初春

沈立新 著

上海远东出版社

图书在版编目(CIP)数据

初春/沈立新著.—上海:上海远东出版社,2020
ISBN 978-7-5476-1653-6

Ⅰ.①初… Ⅱ.①沈… Ⅲ.①报告文学-中国-当代
Ⅳ.①I25

中国版本图书馆 CIP 数据核字(2020)第 234926 号

责任编辑　冯裴培
封面设计　李　廉

组织策划　上海市浦东新区地方志办公室

初春

沈立新 著

出　　版　上海远东出版社
　　　　　(200235　中国上海市钦州南路 81 号)
发　　行　上海人民出版社发行中心
印　　刷　昆山亭林印刷有限公司
开　　本　710×1000　1/16
印　　张　15.75
插　　页　1
字　　数　230,000
版　　次　2020 年 12 月第 1 版
印　　次　2020 年 12 月第 1 次印刷
ISBN 978-7-5476-1653-6/I·351
定　　价　108.00 元

"为什么我的眼里常含泪水？
因为我对这片土地爱得深沉。"①
为什么我常怀念那个春天，
因为在那万紫千红里有着我的初心。

——作者题记

---

① 艾青诗句。

作者的话

写一本关于浦东开发的书,是我两年前萌生的一个想法。

我虽然在浦东土生土长,又一直在浦东工作和生活,但要想写一本书,我感到自己对浦东的了解还是不够的。

在我写这本书之前,已有很多人写过浦东开发,也已有很多写浦东开发的书籍被人耳熟能详。可以说,浦东开发中几乎所有的重要历史事件和人物都已被写过了,再要去写,似乎已无从落笔。

但有一点在我心里始终是明确的:不管怎样,我终归要去试一试,兴许能挖掘到新的第一手资料,兴许能写出一些别人还未曾写过的东西,以作为那些书写浦东开发宏大历史作品的一个小小补充。

于是我就开始了大量的采访工作,从 2018 年 3 月至今,采访了 116 人,计 152 人次(其中有些人采访两三次,有些人采访四五次),采访对象有省部级、厅局级领导,有处科级干部,有专业技术人员,有一线职工,有街镇党政负责人和社区、村(居)委干部,有村民和居民,有国有和集体企业的负责人和中层干部,有民营企业负责人及其团队成员等。结合采访,我还进行了实地走访,对有关资料进行了查阅和核对。

一开始是白手起家,大海捞针,通过大量的采访等工作,我挖掘到了所需要的素材,这些素材绝大多数是新鲜的,即便有一些老材料,也有新的发现和补充。原来在这许多概念和数据背后,还隐藏着这么鲜活的故事和人物,隐藏着这么朴素无华的美。这些浦东开发的亲历者和见证人,用自己的经历演绎了浦东开发,用自己的人生诠释了浦东开发。这些当事人讲述的事情,让我一次次地受到教育和感动,也连接起了在我心里的那个渐行渐远的年代。这些素材成了我写作的源泉,也成了我写作的动力。

由此我也体味到:是每一个参与浦东开发的人,成就了浦东开发的伟大事业;是浦东开发的伟大事业,造就了每一个参与者。浦东开发,不仅创造了新的文明,还形成了新的精神。这些精神,犹如水在地中,无论从哪里掘下去,都能看见这一汪清泉。所以,浦东开发是一个取之不竭、用之不尽的宝库,有着永远写不完的素材。

写这本书时,浦东新区地方志办公室正在做浦东开发口述史,所以这本书一开始也是冲着做口述史去的,但写出来却成了目前这个样子。反正只要把想表达的意思写出来,至于写成什么样子,也就不去管它了。

2020 年 5 月 17 日

目　录

采访赵启正

　　写浦东开发，赵启正是我第一个想要采访的人，因为他是浦东新区的第一任党政最高领导，而且经历丰富、学养深厚。

　　2018 年 4 月 8 日上午，在上海市政府东裙楼 212 室，我见到了赵启正。如同在浦东新区任职时期那样，他依然睿智而慈祥，深邃端庄而风趣幽默，让人既敬仰又亲近，仿佛几十年风雨岁月并没有改变什么，我们又回到了那个熟悉的年代。

　　赵启正说，你应该写，因为你是浦东土著，太了解老浦东了。老浦东以川沙县为主，发生了天翻地覆的变化，你经历了，感受了，并且可以说你是农民出身，这个感觉一定更深刻、更质朴。你写这些更深刻的涉及心灵的浦东故事，还是来得及的，因为这一代人大多还健在。现在有些同志对浦东初期这 10 年、15 年不太了解，所以"不忘初心"与你要写的这本书就有关系。初心在哪里？在浦东创业者心里，在老浦东人的心里。所以你来写，我觉得你会找到着力挖掘的点，这与一个非浦东人，非老浦东人的发掘力是不同的。

　　赵启正说，浦东开发的过程，如果从宏观看，实际上是三件事情：一个是城市化。浦东刚开发时，我记忆里大约 150 万人口，其中约 60% 是市区人，约 40% 是农村人，那么现在浦东农村人口还剩多少？很多地方城市化了。

第二个是现代化。1949 年前上海是城市，20 世纪 60 年代上海是城市，改革开放前上海也是城市，但现在的城市是现代化的城市，与以往的城市有许多不同，比如基础设施的现代化，生产结构的现代化，生活方式的现代化，特别是智慧城市的概念开始兴起，以一系列技术创新带来物理空间、网络空间及生物空间互联互通为主要特征的第四次工业革命已经来临。第三个是全球化。浦东的开发，完全是要把上海建成一个能够和世界进行对话的城市。当时我有一句话反复说：世界上政治对话是通过首都进行的，经济对话是通过最大的一两个经济城市进行的。中国没有像纽约、伦敦、巴黎、东京这样能够进行经济对话的城市，通过浦东开发，振兴上海，使上海成为具有国际对话能力的经济城市。所以浦东开发一开始我们就说了，我们是建设一个世界级的城市。一个城市化，一个现代化，一个全球化，这三句话都可以挖掘。这三者实际上不能完全分开，画三个圈一定有重合和很大的交集部分，从这三个出发点去看问题就比较清楚。

2019 年 4 月，赵启正在小陆家嘴中心绿地和陈桂春老宅。龙鸿彬摄。

赵启正特别提到，浦东现在缺写农村城市化过程的书，缺少对浦东农民蜕变为城市居民的描写。笔者后来写了《田字出头》等四篇描写浦东城市化的文章，就是受了这次采访的启发。

很快一个多小时过去了。赵启正请我们在市政府食堂用餐，餐间，我问他，您以前是搞核物理的科学家，后来当了上海市委组织部长，再后来浦东开发这么大的一个事情，怎么就选上了您？赵启正说，这个事我至今没问过，我问好像不合适。对组织上的这个任命，当时我也吓一跳，因为我自己也没想到。有人说是镕基同志定的,我没问过镕基同志,我不敢问。这是我一生的一个谜。当然组织决定了,我就努力去做。我又问他,您在1993年2月8日,新区党工委、管委会领导班子学习小平同志讲话务虚会上,曾经说过"要敢于暴露自己的愚蠢"这句话,您是否还记得? 赵启正说,什么时间说的已忘记,但这句话还记得。这句话来自于英国一位获得过诺贝尔奖的核物理学家,他曾当面对赵启正说过,自己敢于在年轻人面前暴露自己的愚蠢。所以赵启正以此来勉励自己和大家。

几天后,我去浦东干部学院听赵启正的报告,下午随其去小陆家嘴中心绿地和陈桂春老宅①,《环球时报》等媒体的记者都在那里采访赵启正。赵启正说,当时对这块规划绿地,外方投资者是不太相信的,认为只是停留在纸上的东西。后来,我们在小陆家嘴黄金地段,拿出10万平方米核心区域,放弃该地块如批租可得收入20亿元,反而投资7亿元,建设了小中央公园(后称中心绿地),此举开了上海市城区征地建绿的先河,也显示了我们开发的诚信。所以吸引投资的,说到底是人性中的东西。在一次次的项目谈判和引进中,在一次次的接触、交流和交往中,人们最终相互认可的,不会是金钱、权力和别的什么,而一定是人性中美的东西。

穿过小陆家嘴中心绿地,走进陈桂春老宅,这座当年保存下来的老房子,现在已经成为历史文物。赵启正站在这座老房子的庭院里,讲述了他当年接待日本NHK电视台的事。据此,我写下《陈桂春老宅》一诗:

吹过万丈高楼的风,

降落在这片绿地上,根据季节和今年的流行色,

风仙子穿的是紫裙。这里的花丛,

放飞出千百只蝴蝶和蜜蜂,

---

① 陈桂春老宅:兴建于1922年,为陈桂春先生私人住宅。宅院雕梁画栋,门框窗棂装饰精雕细刻,灰砖清水外墙,红砖砌带饰。浦东开发初,留存于小陆家嘴中心绿地内,现为吴昌硕纪念馆,系区级文物。

吸引它们的，
是周围高楼里咖啡的香气和胭脂红。

绿草如茵哪，鲜花似锦，
老人和孩子坐在草坪上，
就像坐在一艘船上，
开始了这个城市的绿色航行。

这是浦东最繁华的小陆家嘴，
这是小陆家嘴最繁华的地段，
这是最繁华地段中的绿地，
这是绿地里存留的陈桂春老宅。

房屋已经老了，
每一季春光都变成了它的福寿年龄；
庭院已经小了，
每一片小小的楼影都可成为遮挡它的春荫。

黄浦江上千帆过，青砖石阶苍苔生。
门外窗里，日日夜夜看见的，
是幢幢高楼拔地起，滨江两岸万木春。
窗里门外，日日夜夜听见的，
是风声雨声涛声脚步声。

那楼高哇，
银河里如果种着荷莲，
打开窗户就能闻见开花的香气，
要是你想采摘，

嫣红嫩白就在手边。

可是每一幢高楼都依恋这片绿地，
它们和树木花草一起深深呼吸。
可是每一幢高楼都尊重这老宅，
在它面前不敢言高，而是谦卑地称自己是小弟弟。

可是陈桂春老宅呀，
心甘情愿地匍匐在地，
它知道，在它身边，
一个个高度，刷新着浦东的每一天。

日本 NHK 电视台的人，
把照相机架在这老宅的庭院中间，
拍下来的照片：是摩天大楼的尖顶和老宅低矮的屋脊。
他们请教赵启正如何解说，
赵启正说："上下五百米①，前后一百年。"

---

① 当时，632 米高的"上海中心"尚未建造，最高的楼"环球金融中心"为 492 米。

浦东大道 141 号

1990 年 4 月 18 日,党中央国务院宣布浦东开发,浦东大道 141 号小木楼,成为"上海市浦东开发办公室"①的办公地。浦开办挂牌之日,上海市委书记、市长朱镕基指着小木楼内一块挡住过道的门板问里面是什么,浦开办的同志说里面是杂物,所以用门板遮挡起来了。朱镕基推开门板向里面看了一眼,说,今后要让来浦开办的人看一看,浦东开发就是从这里开始的。

1993 年 1 月 1 日,浦东大道 141 号小木楼成为浦东新区党工委管委会的办公地,现已定为不可移动文物。

1992 年 12 月底的一天,我来到浦东大道 141 号,向浦东新区党工委、管委会办公室主任华国万报到。他带我去见王洪泉同志,并对王洪泉同志说,小沈先安排在您的房间里办公。又解释说,没有办法,所有领导的秘书都只

---

① 上海市浦东开发办公室:为上海市政府所属机构,1990 年 5 月 30 日正式挂牌成立。下文简称"浦开办"。

能安排在领导的房间里办公。王洪泉同志的房间本就狭小，再放进一张办公桌，有来客就只能站着说话了。当时，赵启正副市长和所有新区党工委、管委会领导，以及几个下属部门的领导和工作人员，都挤在这幢二层的小木楼里。这也是我对这幢小木楼的初次认识。

以前我在川沙县委办公室工作时，王洪泉是川沙县委书记兼县长，只有在涉及有关工作时，我们才会去他的办公室。撤县建区后，他是新区党工委副书记、管委会副主任，为新区的二把手。天天和他在一个房间里办公，一开始我觉得还真是不习惯。那时电话又特别多，屋子又小，不要说接电话，就是轻咳一声，全屋每个角落都能听见。但是与领导在一起办公，也有许多便利，比如遇到急事和重要之事，即可面呈请示；有时有紧急电话来，我一放下电话，还未向洪泉同志汇报，他已知晓了一半，因为他也听到了一些。他有什么事，也可随时吩咐我。工作效率自然提高了许多。

当时撤销川沙县，有 1 214 名川沙县机关干部需要分流和安排，其中正处级干部 28 名，副处级干部 87 名，科级干部 722 名，科员及以下干部 377 名。分流工作任务重，难度大，要求高。洪泉同志对此忧虑不安，记得有一天中午，洪泉同志听说还有五位原川沙县委局的负责人还未安排工作，已在家待了一段时间。他顾不上吃中饭，就要我火速打电话给这五位同志，请他们即刻来。同时，洪泉同志叫来新区工委组织部部长施耀新询问情况，又去找了赵启正副市长。五位同志来后，洪泉同志又逐一与他们谈心。过后不久，这五位同志得到了妥善安排。1993 年年底，当洪泉同志在最后一名川沙干部的安排表格上签了字，我看得出来，他才算是松了一口气。

那时事情特别多，洪泉同志工作特别繁忙，我心里也十分紧张，怕耽误什么事，下班后在家里睡到半夜有时会突然惊醒坐起。后来，与洪泉同志在一起工作时间长了，而且不管我做得怎么样，他也从未批评和责怪过我，我也就慢慢习惯和自然了。

洪泉同志的房间在二楼西部向北延建的辅楼，在这间房间里，洪泉同志接待了无数的人，处理了无数紧急和重要的事情。早晨，走廊东窗上洒满朝阳；黄昏，房间西窗上都是夕阳。一天又一天朝阳升起，一天又一天晚霞落下,一天又一天不知不觉过去,与洪泉同志朝夕相处,丝毫也不觉得这房间狭小,就像阿根廷作家科塔萨尔说的,房间虽小,内心温暖而广阔。

行政处郦瑾说,她原是杨浦区卫生局办公室副主任,两个人一间20多平方米的办公室,来浦东141号,行政处处长、工作人员包括打字员等十几个人,都在一间30多平方米的办公室里工作,她与另一个人合用一个办公桌,谁写材料了谁就用这办公桌。处长的办公室,中间一个抽屉是自己用的,两边的抽屉则是处里其他同志合用的。有一位搞民政工作的同志,来了一段时期觉得条件艰苦,收入也不高,就重新回到原单位去了。

当时的城建局副局长褚国强说,我认识的第一个川沙干部是益小华①,那时城建局还没有办公之地,我和他就每天早晨等候在141号门口,李佳能局长会把我们叫进去商量工作。我有时会到益小华家里去吃中饭,益小华包的饺子还真好吃。后来借了上海船厂的房子,原是职工宿舍,我们四个人一间办公室,室内四张桌子四张椅子,田赛男②来报到时,没地方坐,我就请她坐在我的椅子上。

郦瑾说,有一次已是下午两点多钟,老陈伯伯③打电话叫我去给黄奇帆④买一点饭,饭店都已没饭菜卖了,就到马路对面一家门面很小的点心店买了一碗面条。那时141号还没有开办食堂,机关干部职工都搭伙在东方医院,党工委管委会领导开会晚了,就不能吃上饭,所以老陈伯伯会经常打电话叫我们去买饭。

当时的行政处处长楼祖麟说,那时,天天看赵启正副市长等人拿了饭碗,穿过马路,去东方医院排队吃饭,许多人吃饭时都站着,还说有的吃已经很好了。看着听着心里特别难受,就想方设法要开办食堂。先是想借用浦东文化馆的图书馆,但华国万主任说,用公共文化场所办食堂,这个口难开。后来,借用了该馆大约100多平方米办公用房改造为食堂,于1993年8月正

---

① 益小华:当时为浦东新区城建局局长助理。
② 田赛男:当时为浦东新区城建局市政处副处长。
③ 老陈伯伯:名陈开琪,当时为浦东新区党工委、管委会办公室秘书处正处级调研员。
④ 黄奇帆:当时为浦东新区管委会副主任。

式开张,面对可以由自己挑选的七八个菜,大家都特别开心。

笔者也记得,后来随着人员的增加,食堂虽然有楼上楼下之分,但菜肴却是一模一样。即便如此,时任上海市副市长、浦东新区党工委书记、管委会主任的赵启正还不放心,经常到一楼食堂排队买饭,他说要来看一看,楼上楼下的饭菜是否真的一样。

141 号没有大会议室,开大会就要到外面去借会场。但党工委管委会的决策会议大多在 141 号召开,且经常在晚上开,或从下午开至晚上,故也经常让食堂下面条。党工委管委会的领导经常一边吃面条一边听汇报和讨论事情。所以在那时要了解党工委管委会在晚上开了多少会,问一问食堂也能知道个大概。每逢春节,党工委管委会领导到各处室慰问,也一定不忘去给食堂的职工拜年。

有一次,赵启正副市长专门叮嘱我,要照顾好洪泉同志的身体,原来洪泉同志患有严重的胃病,之前从未对我提过,反而是他看见我体质弱,要我做不动时不要硬撑,有空时可休息一会儿。

医务室的刘义霞医生说,有一天晚上,赵启正副市长因感冒在办公室里打吊针,他几次催刘义霞下班,刘义霞不肯,他就硬是要让刘义霞把针头拔下来,说余下的小半瓶就不要吊了。

洪泉同志调任闵行区区长,临行前,在浦东新区党政负责干部大会上,赵启正副市长一定要让洪泉同志讲一讲,洪泉同志说,在川沙和浦东的 13 年,是他人生中最宝贵的 13 年,在发生如此重大而深刻变化的历史年代里,对自己未能做好的事,对那些自己未能关心周到的同志深表歉意。胡炜[①]同志说,千桥百路,不忘洪泉之恩。赵启正副市长说,三区两县,都是故土之情。

洪泉同志调走后,我在党工委管委会办公室秘书处任副处长,具体从事党工委管委会决策会议的办理工作。记得最多的一次是 8 天里开了 5 次党工委和管委会的会议,讨论和决策了近 30 个事项。我天天一边做会议记录,

---

① 胡炜:当时为浦东新区党工委副书记、管委会副主任。

一边写会议纪要,8 天下来竟然写好了 5 个纪要,只是在其中一个纪要中,将关于某部门下属机构编制和人员问题写错了,下发后执行中引起了歧义。时任上海市副市长、新区党工委书记、管委会主任的周禹鹏,把我叫到他的办公室,和颜悦色地对我说,当时在会上,不是你记错了,就是我讲错了,但不要紧的,现在我再讲一遍,你再记一遍,回去后把会议记录和纪要改了就是了。自此以后,我听会做记录、写纪要更仔细小心了。

后来,陈高宏①同志要我去政策研究室工作。政策研究室的工作更忙、更紧张,压力更大,但是在高宏同志领导下,有一个良好的氛围,形成了"敬业深化专业,事业重于职业,激情带动才情,理想主导思想,集体提升个体"的工作理念。这段话是高宏同志对政策研究室工作的提炼和概括,也成为了政策研究室的座右铭。那时,政策研究室人手少,稿子多,每天要加班,加班至晚上九十点钟下班算是早的。但是,每当遇到需要赶通宵的稿子,高宏同志总是让我先下班,他和邓捷②等人赶稿至天明。高宏同志总是对大家说,立新同志体质弱,我们首先要保护好他。所以花开花落里有着春思和秋心,忙忙碌碌里有着人世间的肝胆情义。

我有午睡的习惯,那时到了中午就会去寻一个午睡之地,在陶龙章③的车上睡过,在会议室里睡过,扑在办公桌上睡过,靠在椅子背上睡过。有一次,在打印一份文稿时,综合处的沈彬看见我困倦之极,就让我在文印室旁边的隔间(配电室)里睡一会儿,并把一件羽绒服盖在我身上,当我躺下来放平身体时,那种舒坦我觉得就是睡在天堂里也不过如此。耳边打字声如雨声,一场春雨连着一场夏雨,雨滋润大地,万物在生长。

2000 年的一天,我们搬出了浦东大道 141 号。那天,暮色沿着一排排银杏树和香樟树弥漫开来,小木楼沉浸在黄昏的金色之中。我突然意识到,浦东大道 141 号,是我生命中的一座里程碑,我的人生从这里又一次出发,投身于一个波澜壮阔的时代,被赋予了全新的意义。这是我对这幢小木楼的再

---

① 陈高宏:当时为党工委管委会办公室副主任、政策研究室主任。
② 邓捷:当时为政策研究室副主任。
③ 陶龙章:当时为王洪泉同志的司机。

次认识。

2017 年冬,我读潘建龙①所写关于浦东大道 141 号小木楼之文,颇感慨,情不自禁写下《浦东大道 141 号》一诗:

这座小木楼是低矮的
比海平线可能高一些
比夕阳可能低一些
遮挡在破陋的楼巷深处
隐藏在时间灰暗的阴影里
可是现在
它已被全世界看见

那是黄浦江东岸一个晨曦初露的日子
一块牌子挂在这小木楼门前
浦东就从这里走出去
迎着初升的太阳
他是一个朝气蓬勃的少年

你来了　我来了
带着嘱托　带着使命
带着责任　带着激情
带着与这片土地的缘分和情结

这里的一条条电话线
跳动着的都是时代的脉搏

---

① 潘建龙:浦东新区地方志办公室干部,著有散文集《遥望钟楼》。

这里的一个个麦克风

听见的都是世界的声音

这里的每一根神经

绷紧的都是国家战略和人民利益

这里的每一个眼神

交流的都是攻坚克难、敢为人先的信心和勇气

这里的一张张图纸

描绘的是一个伟大时代的起点

这里的一张张 PPT

播放的都是浦东的日新月异

这里的木楼梯虽然陈旧

走过的却都是人生崭新的历程

这里的楼道虽然狭窄

连接的却都是广阔的创新天地

这里的一桌一椅虽然简陋

倚坐在上面打的那个瞌睡却是那么香甜

春花夏木　秋冬雪月

风雨阴晴　俯仰百变

每一个日子都绚烂多姿

每一个日子都苦辣酸甜

每一个日子都沧海横流　英雄相聚

每一个日子都是生命和灵魂的洗礼

每一个日子都如火如荼　追星赶月

每一个日子都值得永远记在心里

每一个日子在这小木楼里悄然逝去

每一个日子似乎都储藏在这小木楼里

每一个日子等于人的一生啊

人的一生　有了这样的日子才有意义
每一个日子累积在一起的名字就叫浦东
一叫出这个名字我就会泪流满面

如今　这低矮的小木楼
谦卑地匍匐在巍峨的楼群脚下
门前的车水马龙已然成为往昔
红瓦白墙没有褪色
东墙下的几棵银杏树绿荫满地

接待老布什

1994 年 1 月 18 日上午,上海市副市长、浦东新区党工委书记、管委会主任赵启正,要在浦东大道 141 号接待美国前总统乔治·布什。始料未及的是,接待前一天夜里下了一场大雪。

新区管委会办公室行政处副处长许唯物负责安保工作,当他早上 6 点多钟来到单位时,发现行政处的同事们都不约而同地来了,大家拿起工具铲雪扫雪,清扫出了可供接待车队进出的车道和停放的场地。为了防止滑跌,办公室领导决定在室外也铺上红地毯,一直铺至车辆下客之处。但是当时只备有室内铺设的红地毯,室外铺设的厚塑料防碾压红地毯还未来得及准备,好在接待前一天晚上欲雪时,许唯物就打电话给处里的杨明军和张志毅,让他们连夜就联系卖红地毯的商店,所以第二天一早,杨明军、张志毅、冯拾金就去了罗山路上的锦艺装潢五金商店,敲开门把红地毯买了回来。这样,西厅门外铺上的十几米长的红地毯,映衬在四周的冰天雪地里,就有了迎客的喜色和喜气。

那天早上 7 点多钟,保安栾闽东和他的四个同事(那是当时 141 号的全部保安力量)就已经到岗了,他们穿着简便装,束武装带,戴着大盖帽和白手套,笔挺地站在纷纷扬扬的雨雪之中,天气虽然寒冷,但他们没有穿那身黄颜色的军用棉大衣,因为他们觉得穿了棉大衣样子臃肿不雅观,不能体现良好的形象。在等待的时间里也不敢喝水,怕上厕所的时间里说不定老布什就来了,直到老布什进了接待大厅,他们方敢喝上一口热水。从早上开始到接待结束,他们在大门口站了四个小时。送走老布什后,赵启正首先来和他们一一握手慰问。那时栾闽东才18岁,他觉得这一天他看到了美国前总统,赵启正副市长又和他握手,又有那么好看的红地毯和雪景,心里真是有点美的。

许唯物回忆,赵启正副市长在向老布什讲解小陆家嘴规划模型时,使用了激光指示器。老布什说这个小玩意儿是高科技,他在指挥"沙漠风暴"战役中也使用过。赵启正副市长接着老布什的话说:"是啊!同样是高科技设备,可以用于战争,也可以用于和平建设。那时你的激光指示器指到哪里,哪里的楼就倒下去,今天我的激光指示器指向哪里,哪里的楼就建起来。"

时隔20多年,许唯物在一次活动中再次见到赵启正时,向老领导讲述了这件往事。赵启正找出了他那时接待老布什的照片,当年接待老布什的情景:那场雪、那红地毯、那穿简装的保安等都历历在目。

1994年1月,赵启正副市长接待美国前总统乔治·布什。

高级电工

　　苏伟国和张志毅是在参加上海市劳动局举办的高级电工班学习时认识的。这个班是培训七级和八级高级电工的，考试的应知课有十七八门，应会课有十几门。一开始有五十多人，逐渐淘汰至二十五六人。最终，苏伟国以总分全班第一的成绩考到了高级维修电工八级，张志毅也考到了高级维修电工七级。当时，全上海市的高级电工也仅 280 多人。

　　1991 年 10 月，苏伟国到浦开办工作，成了浦开办第一个电工，之前浦开办电灯电器等坏了，都是请上海船厂的电工来维修。1992 年 8 月，为成立新区管委会做准备，浦开办决定翻建 2 号楼辅楼，原辅楼底层的配电房要拆除搬迁。这间配电房狭小陋旧，墙上安装着一大块板，电闸开关、电线电路均在这块板上，这里也是驾驶员的休息室，每天人员出出进进，既嘈杂混乱，又不安全。配电房是浦开办供电的"心脏"，在工作时间一刻也不能停电。等到白天所有接待等工作结束，所有人员下班后，才能开始进行配电房的拆除和搬迁工作。苏伟国请了一个朋友来帮忙，干了两个通宵，将配电房搬迁到 2 号楼底层的一间临时用房里。他俩小心翼翼，几十路电线一根都不乱，一根都不断。等到 2 号楼辅楼建成，配电房回搬，苏伟国请了浦东供电所的几位老师傅一起设计和安装，将装接容量从原来的 49 千伏安扩至 248 千伏安，原来的电路综合控制改成了单路控制，使这个"心脏"功能更强大和合理。

当时，外部大规模的建设施工，经常会引致管委会办公区域内的停电和跳闸，这种情况不分白天黑夜都会发生。每天，苏伟国总是等大院里的人全部下班后再下班。有无数次，值班室的老陈伯伯半夜打电话给苏伟国，让他去开闸送电，他去时值班室里一片漆黑，他走时值班室里一片光明，所以老陈伯伯说他是一个光明使者。每次他都骑着自行车去，老陈伯伯每次都叮嘱他坐出租车，尤其是刮风下雨的夜里，说这也是领导特意关照的，可以报销的。但他从未坐过一次，因为他觉得骑自行车快，20分钟就到了，叫出租车反而耽误时间。后来人员增加了，值班室的电话也总是直接打给他，他也总是第一时间就去了，因为他觉得自己情况熟、业务熟，自己去是最合适的。

张志毅本来在浦东化工厂设备科工作，新区管委会成立后，行政处急需强弱电维修人员，经苏伟国介绍，1993年3月29日，他来行政处报到，试用一周后就正式办理调动手续。他参加市高级电工班培训，是厂里的安排，培训费2 600元原本也由厂里支付，但这样一跳槽，这笔费用只能自己付了，这在当时是一个不小的数目。他也不知道为什么会做出这样的选择，大概是"浦东开发"这个新鲜而富有诱惑力的字眼吧。

张志毅来后与苏伟国一起做的第一件事，是在至善路21号（后改为陆家

苏伟国和张志毅在机房工作。

嘴路 300 号），为经贸局、财政局、社发局的临时办公楼安装通讯电器等设备。他和苏伟国是正式电工，另外两人是辅助工，一共四个人。每天七点半到现场施工，一直到晚上十点半下班。中饭去管委会搭伙的东方医院食堂吃，晚饭买两个馒头在工地吃。他那时 29 岁，是四个人中年纪最轻的，攀高爬低的活自然都是他跑在前头，每天从梯子上下来，就一屁股坐在地上不想再起来。按常规可以做一个月的工程量，只做了三天三夜就完工了。

这点力气活还不算什么，难的是原来以为用电量足够了，想不到原来工厂用电改为办公用电，用电量远远不够，而重新向供电部门申请用电，最快也需一个月。苏伟国就和张志毅去浦东供电局请求支持。供电局当即现场办公，最后决定将装接容量放量至 248 千伏安（达到或超过 250 千伏安，需建造专门的配电房用于高压进户）。同时由该局同步办理审批手续（不到一周，即审批完毕）。苏伟国和张志毅说，这是供电局创造的一个特例。没有供电局的支持，干得快也是白干。

张志毅说，浦东大道 141 号一开始使用的是插入式人工转换通信设备，当时院内办公人员近 400 人，办公时几个人合用一部电话，转接时间长，通信效率低。许唯物副处长与我进行市场调研，当时只有 NEC、西门子、朗讯、爱立信、阿尔卡特等五个国外品牌的程控交换机进入中国市场，经分析比较，我们感到，日本与辽宁本溪合资生产的 NEC 积木式叠加型程控交换机，性价比高，端口容量符合办公需求，而且如果今后办公需求增加，其叠加式的功能也留下了扩容余地。于是就引进了此款程控交换机。1993 年 10 月 1日，NEC 程控交换机正式投入使用，这是新区管委会第一次引进使用程控交换机，极大地提高了通信效率，也节省了成本。

仿佛要与浦东开发相呼应，1993 年一入夏，天气就一下子热起来了。新区党工委管委会要在浦东工人文化宫召开第一次全体机关干部大会，那天天气奇热，会场里中央空调却一直无法启动，工人文化宫和空调厂的电工抢修了半天，故障仍未排除。这时已临近会议开始之时，前来参加会议的人陆陆续续进入会场。虽然会场里临时搬来了几十台落地风扇不停吹扇，但仍然温度不降，闷热异常，让人望而却步，门外门口站满了与会之人。苏伟国和张志毅接到电话赶往现场时,党工委管委会办公室主任华国万、社发局和浦东工人文化宫的领导等人都焦急地等待在机房外,身上的衣衫已被汗水湿透了。

在机房里,苏伟国和张志毅问了抢修情况,仔细看了空调线路图纸,对可能存在的故障一一进行了排查,后来,在用万用表测量控制回路线路时,发现是空调保护装置的故障未排除。他俩试着把整个辅助保护装置在控制回路上全部删除,并在确保安全的前提下,直接启动空调设备,获得了成功。在外等候的人们不禁高兴得鼓起掌来。

有关领导当场询问苏伟国和张志毅的情况,在得知他俩是高级维修电工时,第二天就派人来办理他俩的高工聘用手续,并很快就落实了相应的待遇,他俩就成了浦东新区机关第一批聘用的高工。

找钱的人

浦东开发初期，面临的第一个问题，就是钱从哪里来？

第一个来源是中央的优惠政策，即"八五"期间，每年安排给上海 1 亿美元外汇贷款，2 亿元人民币财政拨款，3 亿元人民币技术改造贷款，4 亿元人民币开发贷款，这被称为"1234"政策。在这一政策基础上，允许上海每年发行 5 亿元人民币浦东建设债券，每年给予上海的优惠利率贷款再增加 2 亿美元，每年再发行 1 亿人民币股票，允许上海每年发行 1 亿美元 B 种股票，1993 年起每年再增加 1 亿元人民币财政拨款，这被称为"52111"资金配套政策。1995 年又明确将这些政策延续到"九五"期间。这样，从 1992 年至 1995 年，每年可增加约 40 亿元人民币资金。这些政策性资金大多由市政府安排用于"东西联动"项目。

第二个来源是中央和上海市对浦东的财政体制的支持。由于传统的统收统支财政体制难以激发地方政府增收节支的积极性，1990 年至 1993 年，中央实行"分灶吃饭"和"财政包干制"，在这种制度下，中央和上海市对浦东实行优惠政策，即以 1990 年为基数，新增财力留于浦东。此外，对土地出让金、垦复基金等预算外资金也实行全额返还。1994 年,中央实行"分税制"改革,但在中央和上海市对浦东的政策上,以 1990 年为基数,超收全留的财力结算办法不变。这样,从 1993 年至 1995 年,如果按照分税制测算,原本应该上交中央和市的 15.25 亿元资金留在了浦东。"九五"期间,中央对浦东不再实行新增税收全返的政策,而是实行核定基数,增量分成,建立浦发基金的财政体制。即实行分税制,浦东财政收入划分为中央级和地方级收入,地方级收入超基数部分全留浦东,中央级收入超基数部分按 1∶0.3 返回。以 1993 年增值税和消费税返还额为基数,每年"两税"收入增幅在 15%(含 15%)以内、按规定应上交中央财政部分,全部纳入浦发基金;增幅超过 15% 的部分,50%上交中央财政,50% 纳入浦发基金。据统计,这一时期,浦东共直接利用浦发基金 111.1 亿元(包括市财政直接拨付的浦东国际机场建设资金 6.5 亿元)。上海市还把一部分市属企业的收入下放给浦东,对于土地出让金等预算外收入返还政策保持不变,对部分重大基础设施建设财力安排适度向浦东倾斜。

第三个来源是浦东的财政收入。1993 年建立起来的浦东新区,财政收入 10.7 亿元,财政支出 9.53 亿元,其中经常性支出 6.79 亿元,建设性支出 2.74 亿元。这个经常性支出,就是机关和事业单位的人头经费、机构日常运行经费、科教文卫及社会保障等经费的支出。这个建设性支出,仅是一些农田水利建设、市政设施维护、学校医院大中修等方面的经费支出。比如一户人家,经常性支出就是开出门来的柴米油盐酱醋茶七件事,而建设性支出就是起宅建屋、筑路造桥、开店办厂、置产兴业。由此可见,1993 年的浦东财政还只是"吃饭财政",而至 2002 年,浦东地方财政收入达到 95.18 亿元,可支配财力达到 136.3 亿元,年均增幅分别为 37.18%和 28.46%。从 1993 年到 2002 年,浦东财政预算内建设性支出合计为 292.6 亿元,占预算内财政支出比重为 52.82%,这就意味着浦东财政以一开始的"吃饭财政"很快转向了建设性财政。

第四个来源就是土地批租收入。至 2001 年,浦东取得土地批租收入约 256 亿元,这些资金大多用于浦东重点基础设施建设和重点开发小区的滚动开发。

开发之前的浦东,城市化面积仅 40 多平方公里,主要集中在沿黄浦江一带,基本上是浦西重化工业的疏散地,近代工厂仅占浦西工厂总数的 7%。没有空港和铁路,共有道路 285 公里(包括城市道路 65 公里),除改建的浦东大道和浦东南路,其余道路均按郊县标准设计,路面窄,等级低。公交线路仅占上海全市线路长度的 4%,出租营运车辆仅占全市出租车总数的 0.03%,全年客运总量远远低于全市平均水平。尽管与浦西有 2 条隧道、16 条客渡和 4 条车渡相连,但仍远远不能满足人们越江和出行需要。电话交换机容量 2.41 万门,仅占全市 3.2%。家用煤气普及率 30%,远低于全市平均水平,管道煤气家庭用户数仅占全市的 2.8%,普及率更低。雨水排放系统未完全形成,沿江工厂和港区的雨水自行排入黄浦江,腹地内雨水则就近排入自然河道。城市布局无序,面貌陈旧,危棚简屋、旧式里坊弄触目皆是,学校医院文体等设施严重短缺,上海人常说的"宁要浦西一张床,不要浦东一间房",是很长时期内浦东落后的城市建设现状的真实反映。

落后的浦东城市建设需要高强度的资金投入。从 1990 年至 2000 年,浦东的全社会固定资产投资累计达到 3 100 亿元,其中城市基础设施投资就达到 813 亿元,仅"八五"和"九五"期间的两轮十大基础设施工程建设,市区就共同投资了 1 250 亿元。至 2010 年,浦东的城市基础设施投资累计约达 2 600 亿元。由此可见,尽管有中央和市资金和政策上的全力支持,尽管有浦东自己快速增长的财政收入和土地批租收入,面对这么巨大的资金需求量,钱从哪里来?始终是一个需要不断破解的难题。

马嘉楠是 1990 年 6 月到浦开办报到的,那时她 23 岁,刚从复旦大学毕业,是学国际金融的硕士研究生。那时浦开办虽然还只成立一个多月,但浦东开发已风起青萍,一个波澜壮阔的时代已扑面而来。马嘉楠满脑子都是对这个世界和浦东开发未来的憧憬,她每天与一群充满着激情和活力的人一起工作,她发现改革开放让这里的每一个人都充满了奇思妙想,她所在的政策研究室的领导和同事,一直在研究浦东开发的政策,后来这些政策建议大多写在了国务院的 100 号文件里,这个文件对初期的浦东开发产生了深远的影响。原来这些平易近人的领导,这些看上去平平常常的同事,在做的却是石破天惊的大事。她为来到这样的地方,身处这样的团队而深感自豪。

当时,上海市委市政府决定先行筹建陆家嘴、金桥、外高桥三个开发区,并组建相应的三家开发公司,启动十几平方公里土地开发,但按一平方公里开发成本 2 亿元计算,需要开发资金 20 多亿元。朱镕基市长先是答应一个公司给 3 亿元,几天后又对浦开办主任杨昌基说,三个公司给 9 亿元不行,因为振兴和改造上海也要花钱,所以只能一个公司给 1 亿元。可过了几天,镕基同志离开上海赴北京工作临行前,又说先少给一点,并问杨昌基马上启动要多少钱?杨昌基感到难以启齿,想了想说,那就一个公司给 3 000 万吧。

那时,新成立的陆家嘴、金桥、外高桥三家开发公司连注册资本金还未落实。没有钱,如何启动这十几平方公里的土地开发?浦开办各部门的同志每天围坐在一起讨论各种可行的方案和办法:向政府要吧,市财政局的同志说,上海一年的财政收入 150 多亿元,上缴中央后留下也就约 40 亿元,这些钱只能解决人头经费和部分民生问题,况且这些钱的预算刚经市人代会通过,是不能随便改变用途的。向银行贷款吧,所贷之钱不是自有资金,不能用作公司的注册资本金,再说银行也不可能给未经注册的公司贷款。由政府将土地划拨给开发公司吧,那是原来实行土地无偿使用制度的供地方式,划拨的土地不能进行抵押、转让、出租等经营活动,拿到手也没有用。由政府将土地批租给开发公司吧,早在 1988 年,上海市就已开始实行土地有偿使用制度改革,土地批租坚冰已破,但三家开发公司不要说没有投标的资金能力,由于未经工商注册登记,就是最基本的法人资格还未取得,根本不具备土地批租的条件。

据当年在浦开办工作的吴震同志回忆,讨论延续了两个多月,大家都绞尽脑汁,终于有一天想出了土地折价入股的办法,即将土地折价给开发公司(政府入股)。但工商部门的同志说,公司没有注册资金,工商部门就无法验资,也就无法进行工商注册登记。所以土地折价入股,就必须解决一个关键问题:如何以货币形式表现出来?也就是说如何把这个注册资金表现出来?想来想去,大家终于想出了一个解决办法:即先由政府财政部门按拟批租的土地价款开出一张支票,在支票上背书,将支票上的土地价款作为政府对开发公司投入的注册资本金(政府同时成为开发公司的国家股股东)。开发公司将此土地款作为购买土地的资金(同时用作支付购买相应土地面积的出让金),在支票上背书后交给政府土地管理部门,并签订土地出让合同。政府土地管理部门再将收到的土地出让金支票背书后,上缴给政府财政部门。这样,政府财政部门开出去的支票兜了一圈又回来了,开出去的土地价款资金又重新回到了账上,资金等于是空转了一圈。但支票依次在政府财政部门、开发公司、政府土地管理部门背书后,作为记账凭证,支票上的土地价款分别记入了各自的账户。资金虽然是空转,却实实在在地以货币形式表现出来了,表现出来的货币数额既是土地的价值量,又是开发公司的注册资金量。支票背书和记账是财务上的通常做法,这个通常做法既保证了相应程序的完成(接着再进行验资以及工商注册登记等,各个环节一下子都走通了),又使资金在空转的同时,土地实行了实转,开发公司拿到的是具有货币形式,体现了价值量的可以开发经营的土地。一张支票虽然毫不起眼,寻找到的支票背书和记账凭证这个突破口也看似简单,却是浦开办的同志们在冥思苦索和几乎被逼入绝境之时的飞来灵感。这种做法,就是后来名噪一时的"资金空转,土地实转",它既不是计划经济下的土地划拨,也不是完全市场意义上的土地批租(当时称为土地预约批租),在当时特定的历史条件下,它的横空出世,一举激活了沉睡的土地,三家开发公司正式获得了9.7平方公里的土地使用权,通过以地合资、以地集股、以地抵押等方式,取得了开发建设所需的大量资金。

浦东新区党工委管委会成立后，原浦开办的综合发展处翻牌变成了综合规划土地局，吴震和马嘉楠在该局的经济调节处工作，该处的主要职能为指标平衡，即财政资金平衡、信贷资金平衡、物资平衡和外汇平衡。这四大平衡是计划经济时代的产物，那时正处在计划经济向市场经济转型期，处里除了 200 万元外汇额度指标外，没有其他任何额度指标可以平衡，经济调节处的主要职能就改成了为浦东开发建设融资。

1993 年，浦东新区七路工程①上马，总投资 12 亿元，财政拿不出钱，仅凭土地批租和补地价收来的土地出让金还不够，管委会分管领导黄奇帆提出，向银行借钱。那时信贷指标都在中国人民银行，下达给各银行的信贷指标都是限额的。各银行的信贷指标额度规定只能用于三个科目：固定资产投资、流动资金和技术改造，历史上还没有一家银行给市政项目贷过款。马嘉楠在处里是负责联系银行的，她跟随着处长吴震开始一家家跑银行，那时银行积极响应浦东开发，在 1991、1992 年，纷纷成立浦东分行，在浦东就有 8 家中资银行②。吴震和马嘉楠与一家家银行行长商谈贷款之事，黄奇帆又把各家银行行长请来，与他们讨论能不能借钱给新区搞市政道路建设的问题。行长们都说此事从来没干过，但可以回去向总行和上海行领导汇报，关键是要经过中国人民银行批准。后来，各银行作为流动资金科目，给新区的七路工程贷款 3.1 亿元，此举打破了银行以往不给市政项目贷款的规定，在银行界引起了连锁反应，就好比是改革风来，吹皱了一池春水。

1994 年，浦东新区又上马五路一桥工程③，且又是当年设计、当年开工、当年竣工，总投资 24.5 亿元，财政拿出 5 亿元，资金缺口 19.5 亿元，而 1993 年与银行有约 1994 年是要还掉一部分贷款的。马嘉楠回忆当时的情景是：

---

① 七路工程：为滨洲路、源深路、龙东路、上川路、汾河路、东徐路、同高路道路建设工程，1993 年 5 月 4 日开工，12 月 10 日竣工。

② 8 家中资银行：为中国工商银行上海市浦东分行、中国农业银行上海市浦东分行、中国银行上海市浦东分行、中国人民建设银行上海市浦东分行、交通银行上海浦东分行、中国投资银行上海市浦东分行、上海浦东发展银行、招商银行上海分行。

③ 五路一桥工程：为张扬路扩建辟建工程、沪南路拓宽改建工程、同高路二期及外高桥地区污水排放系统工程、延安东路隧道复线浦东段配套工程、世纪大道样板段工程和金桥立交工程。1994 年 1 月 24 日开工至 12 月 16 日全面竣工。

胡炜和黄奇帆把各银行行长请来开会，两个人把手一摊说，去年向你们借的钱，今年实在还不出，能否给我们缓一缓，再延期一年？黄奇帆说，新区刚开发，财力也有限，要花钱的地方太多，今年我们又在做五路一桥，请你们给胡炜和我一人一个亿的面子，再借点钱好吗？

马嘉楠说，中资银行的贷款只还掉一点点，再借难以开口。黄奇帆对我们说，是否可以向外资银行借钱，搞几个外汇银团贷款。外汇银团贷款是银行贷款的一种，一般是由多家银行或者金融机构采用同一贷款协议，向一家企业或者一个项目提供一笔融资额度的贷款方式。其特点是：贷款金额较大，贷款额可在 2 000 万美元至 150 亿美元之间；贷款期限较长，可在 1—15 年；贷款风险较小，由于银团是由多家银行按一定贷款比例组成的，贷款风险也就按贷款人所承担的贷款比例而被分摊；有利于扩大借款人知名度，由于借款人同时与多家银行建立信贷关系，从而可以有效地提高自己在金融界的知名度和信誉度，为今后对外融资打下基础。银团贷款的历史仅 50 多年，据说世界上首笔银团贷款于 1967 年出现在美国纽约。上海在 1991 年建造东方明珠电视塔时，也搞过一次银团贷款，这在当时的中国可是一件新生事物。但当时参与银团贷款的都是国内的银行，虽然有一部分贷款是外汇，但那是放在中资银行里的外汇，与放在外资银行里的外汇贷款还是不同的。黄奇帆提出的外汇银团贷款，参与对象却都是外资银行，这也是破天荒的一件事。要是说国内的银团贷款已有先例，向外资银行借钱，搞外汇银团贷款，却是无例可循和闻所未闻之事。所以马嘉楠说一开始听黄奇帆说这话，觉得就像是在听天方夜谭。

于是就确定陆家嘴、金桥、外高桥三家开发公司为借款主体，并请工商银行为牵头行。马嘉楠受命去找工商银行行长姜建清，马嘉楠说自己虽然是"小八拉子"，但处里只有五个人，一人管一摊，她是可以直接去与这些中资银行的行长们联系和对话的。所以她就打电话给姜建清，说黄主任让我跟您联系，我们准备搞三个外汇银团贷款。姜建清就是当年搞东方明珠电视塔银团贷款的那位行长，工商银行当时也是银团贷款的牵头行，但搞外汇银团贷款，且一下子搞三个外汇银团贷款，他也是第一次。所以他在听了马

1995 年 9 月 28 日，上海市副市长赵启正、中国工商银行上海市分行行长沈若雷、浦东新区管委会副主任张耀伦等领导参加外高桥保税区联合发展有限公司银团贷款签约仪式。

嘉楠的话时愣了几秒钟，这让马嘉楠有点担心他是否能接受和支持。故马嘉楠又小心翼翼地说，我们黄主任想请你们工商银行当牵头行。想不到姜建清已经反应过来了，一听就说好的，欣然答应了。马嘉楠也很高兴，就请他安排具体负责的人，说自己明天就来对接。姜建清说你们要搞三个外汇银团贷款，我行就成立三个工作小组，你明天过来即刻就启动。第二天马嘉楠就去了工商银行浦东分行，与该行信贷部经理及三个科长（也是三个工作小组组长）进行外汇银团贷款方案的设计。

吴震说，1994 年向中资银行贷款难的另一个重要原因，是 1993 年朱镕基兼任中国人民银行行长后，对银行界混业经营进行整顿，对银行贷大于存的存贷比例关系进行调整，因此信贷规模压缩，银根紧缩，资金流动性减少。与此同时，外资银行陆续进入上海和浦东，外资银行是跟随着外企进来并为其服务的，但当时外企数量还未达到一定规模，致使外资银行的业务量相对不足。加上当时央行对外资银行有一定的控制，所以已进入的外资银行有较多的外汇结余和更多的贷款空间，而且贷款利率也比中资银行低，浦东新区领导层敏感地看到了这一点,因此决定向外资银行借钱。

这些外资银行从未贷款给中国的合资企业(三家开发公司均以土地入股方式与其他公司合资),也从未给土地开发这样看不见摸不着的项目贷过款,他们认为,上海土地批租还刚起步,土地还没有市场,土地开发项目难以取得成功,三家开发公司实力弱小,今后不一定有还款能力。虽然有中国工商银行牵头,他们还是要求新区政府出安慰函,因为他们知道这些企业背后的靠山是政府,安慰函不具有法律效力,但政府出了安慰函,就说明政府是知道和支持此事的,万一将来还不出贷款,他们也好找政府。马嘉楠说,浦东开发史上的第一张安慰函就这样写出来了,这也许也是上海乃至中国第一张由政府出具的安慰函,它显示的不仅是一种信用,更是一种决心。

吴震说,找贷款担保人也颇费周折,先是找了与三个开发公司合资合作的几家香港公司做担保人,为此,黄奇帆在深圳蛇口与从香港来的几家公司负责人谈了整整一天,都谈妥了;但后来由于诸种原因,均被外资银行否定了。吴震他们只得回过头来重新找担保公司,终于找到了上海久事公司、上海投资信托公司、招商银行总行和香港上海实业公司作为担保人。四家担保公司提出要反担保,吴震他们又去找反担保公司,最后落实了浦东国资公司、浦东土控公司、陆家嘴股份公司和金桥联投公司作为反担保人。

在此过程中,央行又出新规定,要求为外汇贷款作担保的中方机构,也须取得外汇额度指标方可担保。这样,除香港上海实业公司无需申请外汇额度指标即可担保外,其余三家担保公司均需取得外汇额度指标方可担保。由于外汇银团贷款启动日期在新规定出台之前,又由于上海外汇管理局的支持,注册在上海的久事公司和上海投资信托公司经办理申报手续,避让了外汇额度担保指标管理;但注册在深圳的招商银行总行,由于深圳外汇管理局的坚持,纳入了外汇额度指标管理。后来,上海市计委调剂了 4 100 万元外汇额度担保指标给招商银行总行,保证了该行的担保得以成立。

外汇银团贷款依据的是国际惯例和有关法律,贷款协议大多用英文写成,长达 100 多页。综合规划土地局局长杨德锦把此文本交到马嘉楠手上,要她抓紧翻译出来。马嘉楠接过这厚厚的一叠文本,担心自己无法完成这一重要任务。好在她曾去英国四个月,在保诚保险公司(Prudential①)学习金融保险和投融资业务,并在该公司的一家律师事务所实习过,每天接触和翻看的就是这一系统的有关业务和法律文本,当时感觉那些枯燥无味的文字,如今却成了滋润心田的雨。她知道在这贷款协议文本中,最重要的一个章节是贷款先决条件,就连夜把它翻译出来。第二天早上,局里请来的律师看了译稿说,我们主要就是看这个(章节)。听了律师的话,马嘉楠心里的一块石头落了地。

从项目准备、合同谈判以及贷款条件协调,历时一年半,三个外汇银团贷款全部完成,参与的外资银行达到 24 家,三个开发公司取得了总计 1.25 亿美元的外汇贷款。

马嘉楠说,外汇贷款拿到手了,但是外汇兑换成人民币又成了问题,因为 1995 年国家外汇管理总局发文规定:获得的外汇不能任意调换成人民币,须经国家外汇管理总局审批同意。所以我们紧接着去北京,争取国家外汇管理总局给我们批外汇兑换额度。我们搞外汇银团贷款的时间处在外汇兑换人民币这扇门关上之际,留下的一条缝隙就让我们钻了进去,后来就拿到了外汇兑换额度,可以去外汇交易中心调换成人民币了。

吴震说,这折合人民币 10 多亿元的贷款,50%用于开发小区的市政配套建设,50%用于新区五路一桥建设。在此期间,经济调节处联系新区各家中资银行,调剂头寸 1.7 亿元作为临时贷款,保证了五路一桥建设资金到位。

自此,外汇银团贷款一发而不可收,从 1995 年至 1998 年,浦东新区又成功组织了 9 笔外汇银团贷款,金额合计达 40 460 万美元,其中 83%的贷款资金由外资银行提供,牵头行也绝大多数为外资银行。忽如一夜春风来,这千树万树的梨花都开了。

那时除了外汇银团贷款,浦东新区还组织国际商业贷款,争取外国政府贷款。除了向本市的中资银行借款,还向外省市银行借款。还发行过信托

---

① Prudential:为英国保诚集团,世界著名的人寿保险公司。2018 年《财富》世界 500 强排行榜位列 50 位。

凭证、建设债券和企业债券。陆家嘴、金桥、外高桥、张江四大开发公司以土地入股组建股份公司，并分别上市，以发行新股和增配股形式，从资本市场筹措资金用于所辖地块的基础开发。陆家嘴、金桥、外高桥三个股份公司还发行 B 股筹措资金。

吴震说，浦东新区管委会还与上海投资信托公司合作，改制了上海投资信托公司浦东分公司，在七路建设中，该分公司提供了 2.5 亿元借贷资金。

马嘉楠说，BT 也是我们经济调节处创立的，BT 的前身在国外叫 BOT，是基础设施投资建设和经营的一种方式，即由政府向私人机构颁布特许，允许其在一定时期筹集资金建设某一基础设施，并对该设施及其相应的产品和服务进行经营和管理，当特许期限结束时，私人机构按约定将该设施移交给政府，转由政府指定部门经营和管理。浦东开发之初，浦东新区外办还专门请英国人来介绍过 BOT 模式。后来浦东新区采用的 BT 模式，省去了 BOT 中的"O"，也即"经营"这个中间环节，因为 BOT 做的是经营性项目，BT 做的是非经营性项目，着重在投资建设和政府回购这两个环节上。比如一条道路由企业来建设，建完了政府就直接回购，只是可能要分几年来回购。外环线 100 米绿化带项目，工程预算 11.8 亿人民币，就是采用 BT 模式进行投资建设和政府回购的成功范例。一揽子 BT 项目的实施，吸引了大量内外资进入浦东新区的基础设施建设，有效地缓解了建设资金不足的矛盾，也改变了以往在基础设施建设中，政府既是出资人，又是具体建设和维护实施人的传统做法，基础设施建设走上了市场化之路。

吴震说，当时处里做了一本台账，将每笔借款都记录下来，包括借款数额、借款日期、利率利息、还贷日期等都列出明细表，至 1996 年底，经经济调节处之手所借之钱约有 80 亿元，这还只是政府举债，不包括各开发公司所借的钱。1997 年初的一个星期天，周禹鹏把相关同志叫到他的办公室，在研究的诸多事项中，特别提到了政府举债之事，说钱是借了不少，但一直借下去像个无底洞，今后还得出吗？当时分管财政和计划的管委会副主任张耀伦也说，借款除了要控制风险，还有一个投资成本的问题，要求综合土地规划局拿出一个方案来。

起草这个方案的经济调节处副处长刘自强说,如何控制政府债务风险,当时在国内找不到现成的教科书,只有一个发国债方面的指标,参考价值不大,就只能翻阅和参考国外的资料,比如世界银行的风险控制指标等,但国际上的风险控制,讲的都是资金方面的,而不是债务方面的。经过对新区政府历年债务和财力增长情况以及投融资成本的分析和测算,我们提出了"两条警戒线"的方案:一条警戒线是负债率,即政府负债余额(历年累计余额)不超过政府当年可用财力,也就是累计债务额控制在小于政府当年可用财力。这就意味着即使发生金融危机,新区政府也能保证一举还清全部债务。一条警戒线是偿债率,即政府当年偿债金额不超过政府当年可用财力的20%,并建立偿债基金。政府在每年财政预算中安排20%的偿债基金用于归还债务利息,包括偿还各开发公司垫支政府性项目的债务。这就意味着偿债成为了创新性制度安排,同时又不影响新区的日常支出和开发建设。

刘自强说,至2002年,新区向国内外金融机构和社会筹集资金累计132亿元,共须承担利息28亿元,本息合计债务累计达161亿元,在此期间,新区财力分年偿还各项债务本息合计70亿元。两条警戒线的设立使浦东新区经受了举债高峰的考验,同时也赢得了良好声誉。

吴震和马嘉楠都说,以前不管是外资银行还是中资银行,虽然贷款给我们,但心里是有疑惑的,有的甚至以为我们所借之款会千年不还,万年不还,所以我们虽然落实了一笔笔贷款,但心里总是有些压抑和委屈的。以前经济调节处每天人来人往,电话铃声响个不停,大多是急着来要钱的,我们也天天求爷爷告奶奶,到处求贷款、求资金、求救急。自从设立了这两条警戒线,银行都吃了定心丸,唯恐浦东新区不借自己的钱,纷纷主动上门来经济调节处谈贷款项目。贷款时给银行出的安慰函,也由新区管委会出具改为综合土地规划局出具即可。

经济调节处就与产业投资处商量,早点把年度投资项目计划拿出来,看看财力能安排多少,信贷需要多少。所需信贷的项目和资金量排列出来后,就可与一家家银行商量落实贷款了,那气氛和情景,就像双方亲家坐在一起商量给儿女操办婚庆喜事。

新区党工委管委会领导与金融界的座谈会每年有两次。在一次次的谈笑风生中,在一项项签订的战略协议和借款协议书里,钱像一条条河源源不断地流入了浦东开发的大海。

马嘉楠说,在此过程中,为了便于与金融界的沟通联系和协调,处里建议成立一个金融服务办公室,挂在经济调节处,这就是后来浦东新区金融局的前身。又为了组建新区政府自己的融资主体,便于直接向银行贷款,按照国务院 100 号文件精神,申请成立了财务公司。但财务公司是要设在公司内部的,所以就要设计一个母公司,也曾想设立在陆家嘴、金桥、外高桥等公司内,但均觉在名称上不合适。后来就采用了浦东发展这个名称作为母公司之名,这就是后来的浦发集团。浦发集团是 1999 年成立的,而财务公司比浦发集团早一年就成立了,所以有人戏称是先有儿子再有老子。

浦发集团成立后,成为新区政府大量重要的基础设施和社会事业项目投资建设的主力军。同时,以财务公司为核心载体,成为了新的融资主体。特别是 2003 年 1 月,浦发集团发行了 15 亿元人民币上海浦东发展(集团)有限公司债券,经大众国际资信评估有限公司综合评定,债券信用级别为AAA 级。这标志着浦东新区的投融资进入了市场化运作的新阶段。

马嘉楠第一次到浦开办时,面试她的主考官问她:"为什么要到浦东来?"马嘉楠回答:"我的父亲是一个石油人,一辈子都在找石油,我们从小就跟随父亲走南闯北,已经习惯和喜爱上了父亲这样的生活。浦东虽然没有石油,但是一定也有着可以像寻找石油一样令人向往的生活。"

马嘉楠的父亲是与王进喜同时代的中国第一代石油人,参加过大庆会战,先后在大庆油田、克拉玛依油田、大港油田、渤海油田、东海油田工作过。马嘉楠全家跟随着父亲,父亲在哪里找石油,就在哪里安家。

马嘉楠说,父亲他们在大西北沙漠里找石油时,一早出去扛着仪器四处勘探,带的干粮冰得梆梆硬,一直揣在胸口还不暖,啃都啃不动。带的一壶水不敢轻易喝,要走到看见远处有房子有炊烟了才敢喝一口。沙漠里的人家说他们:"远看像逃犯,近看像要饭,仔细一看原来是搞勘探的。"马嘉楠的母亲是上海南洋模范中学的老师,随丈夫去油田办教育,第一次开办海洋一中高中班就获成功,许多油田职工的子女考上了全国的重点大学。马嘉楠2岁离开上海,在天津塘沽就呆了14年。平时,父母亲都忙于自己的工作,父亲甚至不知道马嘉楠读书读到几年级了。好在家中诸事均由外婆操心,洗衣做饭、买菜煮茶、扫地擦桌,都是外婆一人做。外婆还会给马嘉楠姐弟三人做衣裳,还帮隔壁邻居的小孩做。外婆设计和剪裁出来的衣裳,常常成为当地流行的款式。马嘉楠说,我们姐弟三人长大后,性格都豁达开朗,干工作都不顾家室,对别人都乐意相助。可以说,这都是受了父母和外婆的影响。

马嘉楠说,父亲找石油找了一生,自己找钱找了11年。父亲是一个找石油的人,自己是一个找钱的人。父亲的生命就像他一生寻找的石油,燃烧和焕发出了全部的光和热,自己的一段青春年华在浦东开发中也没有虚度。

吴震、刘自强、马嘉楠和他们的领导和同事们所找到的那些钱,现在已经变成了高楼大厦、道路桥梁、学校医院、公园广场、树木花草,也许还会变成蜜蜂、蝴蝶和燕子,飞入浦东的每一个春天。

漏了一页

    1993 年 12 月邓小平来上海之前，上海市委书记吴邦国让市委研究室准备汇报材料，市委研究室准备了 30 页的汇报稿。吴邦国书记开会听取情况时说，小平同志年龄大了，每听人说一句话，都要由邓楠同志附在他耳边"翻译"一遍。这 30 页的汇报稿让他听一辈子啊？一定要压缩。后来市委研究室将汇报稿压缩到了 15 页，吴邦国书记说 15 页还是太长，要求压缩到 3 页，就指着与会的黄奇帆说，这件事就交给浦东的同志吧。黄奇帆就带着当时一起与会的施伟民①回浦东了。

    要把 15 页的汇报稿压缩成 3 页，实在是太难了。从会场出来，施伟民的心思就再也离不开这个汇报稿了。当晚，他把自己关在卫生间里，因为他住的房子是一居室，孩子做完作业明天要上学，妻子做完家务明天要上班，他不能影响她们，所以晚上在家写稿改稿，卫生间是他的唯一去处。他像往常一样来到卫生间，开始了那 3 页汇报稿的压缩、构思和写作。这是供上海市委书记向小平老人家汇报的参考稿，这是上海市委书记交给浦东的任务，这是浦东新区党工委、管委会领导交给自己的任务，这是多么大的信任啊！又是多么大的压力！在思绪沉沉的漫长黑暗里，在山重水复的崎岖迷途中，他

---

① 施伟民：当时为浦东新区党工委管委会办公室综合处处长。

想起了小平老人家对上海的深情关注和殷切期望,上海市委市政府按照"一年一个样,三年大变样"奋斗目标提出的一系列落实措施,上海和浦东干部群众这几年来努力推进的全市基础设施建设、功能区域发展、浦东开发开放等方面的工作,全市人民在改革开放中爆发出来的热情和活力……他的眼前突然豁亮起来,他想,只要把这些正在发生的巨大变化,以及这些变化中蕴含着的巨大精神能量概括提炼出来就可以了。至凌晨5点,他完成了这3页汇报(参考)稿的写作,他知道这也许派不上什么用场,但对他来说,已经尽心尽力了。

1993年12月13日,小平同志听了上海市委市政府的汇报,视察了上海的基础设施建设,在杨浦大桥上,慨然赋诗:"喜看今日路,胜读十年书。"

施伟民说,也有出洋相的时候,那是在浦开办给杨昌基①同志准备向朱镕基同志的汇报材料。那时朱镕基是上海市委书记、市长,正在准备向中央领导同志的汇报材料,所以先要听浦开办的汇报。施伟民记得当时写了七八页纸,自己打字和打印,杨昌基急着要稿子,已等在施伟民身旁,故打印后,施伟民来不及再看一遍就装进一只大信封里交给杨昌基,杨昌基拿了就走,出门还绊在门槛上摔倒了,施伟民还上去扶了一把。向朱镕基汇报时,想不到漏掉了第3页,杨昌基汇报不下去,就只得问施伟民这第3页上是什么内容?施伟民就对他简说了一下。朱镕基此时瞪着眼看着他们俩,施伟民顿时冷汗发背,湿透了衬衣自己还不觉得。

从此以后,从施伟民这里出去的稿子,不管时间多么紧迫,他都要冷静仔细地审核,就是标点符号也不轻易放过。

---

① 杨昌基:当时为浦开办主任。

小船浜

  1995 年 12 月 23 日，上海市副市长、浦东新区党工委书记、管委会主任赵启正到塘桥街道调研，塘桥街道党工委书记徐金龙在汇报时谈到这里有一条"龙须沟"①，赵启正就说去看一看。

  所谓"龙须沟"，就是小船浜，位于塘桥路侧，故又名塘桥浜，浜长 80 米，宽 20 米，是张家浜向南延伸的一条尾巴，浜两岸挤着密密麻麻的街面老房子，住着 80 多户人家，是一个棚户区。

  赵启正一行走进小船浜棚户区，居民闻讯都纷纷围了上来。

  赵启正看到的小船浜，沿浜老屋倾斜河上，建筑垃圾和生活垃圾堆压河中，河道堵塞，河水黑臭，垃圾山上肥硕的老鼠到处乱跑。这一幕让赵启正震惊不已，他原以为浦东开发已有好几年，浦东城市和农村地区发展得都比较快，但想不到还会有小船浜这样的地方，发展会是如此不平衡。一种深深的愧疚和自责攫住了他的心，他语气沉重地对大家说，改革开放的好处一定要落实到群众，落实到小船浜这样的地方。小船浜的照片要全部拍出来，形成规划方案，早日实施小船浜改造，通过小船浜改造，带动整个塘桥地区的

---

① 龙须沟：在北京崇文区，解放前为污物漂流、蚊蝇孳生的臭水沟，后经整治变成清水沟。老舍以此沟变化为题材写下著名的《龙须沟》剧本。

环境整改和发展,不能再让群众居住在这样的环境里度日如年。说着说着,赵启正不禁流下眼泪。

接下来的几年,塘桥地区动迁 5 633 户,动迁单位 200 多家。张家浜整治成了全国最佳河道之一,高泥墩地段盖起了新加坡仁恒广场,泥墙圈变成了塘桥公园和新住宅区……

20 多年过去了,在当年赵启正落过泪的地方,早已矗立起了一座名叫"雍江星座"的大厦,小船浜这个名字已在新的地图上消失。

第 4 号章

陈炳辉 5 岁上小学,学校在上海市区严家阁路(后改为芷江中路)的指江庙里,老师大多是四五十岁的老教师,男的西装革履,女的秋裙冬裘,都会说流利的外语,看上去很洋气,据说都是当年外资银行撤走后留下来的职员,从他们嘴里说出来的那些奇怪语言,就像"芝麻芝麻开门吧"的咒语一样神秘,仿佛只要掌握了它们,就能打开一个奇妙的世界。陈炳辉对外语的好奇心就是在那时被激发起来的,也就像是一幅画,在那时打上了底色。

1964 年,外交部根据周恩来总理指示,在全国物色 200 多名青年学生作为外语人才重点培养,陈炳辉作为上海市第六十中学的高材生被选上,并与其他 20 多人考入古巴哈瓦那大学学习西班牙语,由于国际国内局势发生变化,1967 年 2 月即回国,先是在外交部工作一年,随后分配至陕西省外办工作。外交部知道陈炳辉英语和西班牙语好,分配他去陕西省外办,一是因为到西安的外国贵宾较多;二是因为他父亲所在工厂援建陕西,陈一家也已随父亲迁居西安。

1978 年,陈炳辉调至上海市外办工作。

1985 年,陈炳辉随同汪道涵市长出访美国和日本。在美国,汪道涵访问了 20 多家在全美和世界上都排得上号的大公司,了解世界上科技和产业发展的最新动向,宣传我国对外开放政策和上海投资环境。在日本,汪道涵访问了筑波科学城。承办世博会,带动筑波科学城建成了一大批商业、餐饮、信息、文化、娱乐、景观绿化等设施,极大地丰富了城市内涵,完善了城市功能结构,优化了城市环境,提高了城市知名度。汪道涵说,以后开发浦东,一定要在浦东搞大型展览会,就像筑波举办世博会一样,影响力和带动力极大。在美国,汪道涵每到一个城市,公务活动之余,总是要去书店买书,他预先开出长长的书单,都是些政治、经济、科技和文化方面经典书籍或引领时代潮流的新著,让陈炳辉他们一起选书买书,大约买了三四十本,回国后分送给复旦等几个大学。有的书,汪道涵只读其摘要汇编,有的书,他阅读原著后让复旦等大学翻译出版。那时,陈炳辉刚担任市外办友好城市工作处副处长,汪道涵在一次午间休息时,还就如何当好一个处长,专门与他谈心交流。

1985 年,汪道涵市长访问美国可口可乐总部。

1986 年至 1988 年,陈炳辉先后三次随同江泽民市长出访。如何建设和管理好特大型城市,尤其是如何解决上海城市发展中迫在眉睫的问题,始终是江泽民最为关心的,所到之国,江泽民问得最多看得最细的是城市规划建设,空港海港建设和管理,道路交通网络和通信设施等市政基础设施建设,污水处理和垃圾处置,历史建筑和生态环境保护,城市人口控制,居住小区建设和旧区改造,商业网点、文化设施、学校和医院布局,重大项目引进和产业结构调整等,并签署了许多友好交流和经济合作项目。这些考察成果与上海"七五"期间的城市发展有着密切联系。

1987年6月22日,江泽民所率代表团在美国底特律转机,遇强对流天气,龙卷风大作,飞机不能起飞。在机场休息室,江泽民掏出随身携带的小本子,询问"龙卷风"一词的英文表达,并记在小本子上反复背诵之。每出访一次,江泽民的英语会话能力就提高一次。他对陈炳辉说,每次出去越说越多,每次回来后就越说越少。

按友城交往惯例,两市领导人在互访时都会安排答谢宴会,江泽民特别批示,我公务团出国时不搞答谢宴会,同时要求市外办专题请示外交部并向友城做好解释工作。

1988年3月,在出访西欧四国时,荷兰飞利浦公司向代表团赠送了几个随身听,代表团的同志知道江泽民喜欢音乐,就给他留了一个,江泽民按当时的价格付了几百元钱。回国后,江泽民的爱人打电话问陈炳辉,说江泽民怎么把随身听拿回来了?陈炳辉解释说江泽民市长已付过钱了。

1991年4月,陈炳辉随同朱镕基市长出访西欧6国。在法国,朱镕基介绍了浦东开发情况以及把陆家嘴中心区建成金融贸易区的设想,引起法方高度关注和极大兴趣,法方与中方签订协议,无偿捐助200万法郎,用于陆家嘴中心区规划方案设计。1992年5月,上海市政府与法国政府公共工程部联合举办了陆家嘴中心区规划方案国际征集咨询会,随之产生了由意大利、英国、法国、日本和中国等五国设计师提出的五个规划方案。所以,现在的陆家嘴金融贸易区这一"东方曼哈顿",最早的规划构想是在美丽的巴黎开始的。

随团出访,陈炳辉一般会担任代表团秘书长,有时还兼翻译,这使他得到了很大锻炼。江泽民曾半开玩笑地说,内事安排上,我听秘书的,外事安排上,我听炳辉的。这让陈炳辉既感到了信任又感到了压力。他在日程安排、参观接待、项目洽谈等方面慎之又慎、细之又细,但有时候还是难免会出差错,朱镕基出访荷兰时,安排考察世界上最大最著名的花卉拍卖市场——阿姆斯特丹爱士曼小镇上的阿什米尔花卉拍卖市场。热络交易从清晨就开始,最娇嫩最新鲜的郁金香等花卉,从这里运送到世界各地。陈炳辉安排的原意是看一下就走,意想不到的是,清晨 5 点钟,当朱镕基来到这一市场时,花卉拍卖市场公司的十几位主管列队欢迎,并赠送了礼品。事后,陈炳辉立即准备了礼品回访该市场公司,朱镕基高兴地安慰他说:"你辛苦了!"

在随团出访中,除了考察成果让陈炳辉获益良多外,三位市领导对上海城市发展的忧患意识和宏观定位,对世界发展潮流的睿智见识和科学判断,心系天下民生疾苦的济世情怀,以及他们博览群书、好学强记、守正修身的个人魅力和处事方式,都给陈炳辉留下了深刻印象。同时,也就是从那时起,他知道了小陆家嘴规划、自贸区、世博会等与浦东开发相关的事,他感受到了浦东开发之风,已掀起了上海外事历史帷幕的一角。

1993 年 2 月 15 日下午,赵启正副市长主持召开浦东新区第五次党工委书记暨管委会专职主任会议,陈炳辉的名字出现在这次会议讨论的干部名单中,赵启正说:"这个人很强,阅历太好了。"与会的王洪泉、胡炜、黄奇帆等人都一致赞成。这样,陈炳辉就于该月下旬来到浦东新区,担任浦东新区党工委管委会办公室副主任,协助领导具体负责浦东新区外事工作。

1993 年之后,上海市政府将出国任务审批权授予市外办、市外经贸委、市科委等三家单位。1993 年 1 月成立浦东新区党工委管委会后,为全力支持浦东开发开放,上海市政府向国务院上报《关于授予浦东新区管委会出国审批权的请示》[①],同年 6 月 7 日由黄菊市长签发上报的文,6 月 14 日国务院外事办公室就复函同意。这样,浦东新区管委会就成为上海市拥有出国任务审批权的第四家单位。象征着这一权限的图章,名称为"上海市人民政府出国任务审批专用章"。市外办的为 1 号章,市经贸委的为 2 号章,市科委的为 3 号章,浦东新区管委会的为 4 号章。

外事方面,其实最主要的权限有三项:出国任务审批权,邀请外国人来访签证通知函电权,接受外国捐赠钱物权。经国务院同意,上海市政府授予上述四家单位的,是包括上述三项权限在内的全部外事审批和管理权限。

---

① 沪府【1993】40 号文。

在这所有的外事权限中,"出国任务审批权"和"邀请外国人来访签证通知函电权"又尤为重要,前者为"出",后者为"进",这一出一进两扇门连接着的是世界,打开了这两扇门,可以尽览天下之风月,尽占天下之风光。

赋予浦东新区管委会外事权,是一个英明的决策。浦东开发从诞生之日起,就是面向世界的开发,没有外事,就不可能面向世界。进而言之,没有一流的外事工作,就不可能有一流的浦东开发。

然而浦东外事首先面临的问题,是如何让世界知道和了解浦东,知道和了解浦东开发。让陈炳辉至今难忘的有这么一件事:1993年,他随同赵启正副市长出访澳大利亚,有一位参加浦东开发报告会的外国客人问赵启正:"浦东离上海有多远,乘飞机需要多长时间?"

陈炳辉说,为了让世界尽快知道和了解浦东和浦东开发,浦东新区外事接待和出访量逐年放大:1993年,接待来访外宾950批,约1万人次;审批邀请外国人来访,签发签证通知217批355人次;审批因公出国团组457批1617人次。1994年,接待来访外宾上升至1302批13044人次;审批邀请外国人来访,签发签证通知上升至882批1423人次;审批因公出国团组上升至1157批4024人次。至2005年,共计接待来访外宾10836批117079人次;审批邀请外国人来访,签发签证通知64390批85766人次;审批因公出国团组13152批41864人次。

陈炳辉还说,从1993年开始,凡到上海来的外国领导人和外宾团,都尽可能安排来浦东看一看,哪怕只有一两个小时。所以至1998年,已有近200个外国副总理以上高级别的国宾团来访浦东。至2005年,这个数字上升至400个。浦东还成功举办了APEC、《财富》500强论坛、世博会等一系列国际性会议和活动,还在美国土木工程师协学会主办的世界著名的《基础设施系统杂志》上辟出栏目,专门介绍浦东的规划和发展情况。这些都为扩大浦东的世界影响和树立浦东的国际印象起了很好的作用。

陈炳辉说,领导每一次出访,都想多看几个地方,多拜访一些人,多洽谈几个项目,所以日程总是安排得满满的,出访一次也总是十分辛苦。1995年,在美国波士顿,赵启正一个下午有五档外事接待,接待完三档后,大概是上午公务活动结束晚，中午未休息，也大概是连续几天的奔波劳累，赵启正疲惫不堪，问陈炳辉是否可将下面的两档接待推迟半小时，让自己休息一下？随即，赵启正就靠在椅背上睡着了，并打起了呼噜。陈炳辉说这样的事是屡见不鲜的，赵启正出访期间，一天内会见外宾十几批几十人是常事。他在咖啡馆里、露天广场的椅上都"眯"过。有一次在英国出访，约见的一位外宾尚在路上，他让陈炳辉守在门口，自己抓紧时间眯了一会。市领导出访这样忘我工作是一个传统，这个传统在浦东新区外事工作中得到了继承和发扬，在赵启正和浦东新区党工委管委会领导班子，以及浦东一大批领导干部身上得到了自觉体现。

陈炳辉来浦东后，随领导出访几十次，每次出访，都是浦东开发开放中所涉国际交流、项目合作、贸易投资等重要事宜。有时为了一个重大项目或一项重要国际活动，往往多次往返于该国该城，即使在该国该城，也往往蜗居于一隅或一室，连日连夜地接待和谈判。领导们带着任务和压力匆匆来去，很少能有欣赏异国风光的时间和心情。陈炳辉随领导出访和自己带团到美国计有 12 次，但美国很多地方未去过，很多著名景点未游览过。2017 年夏天，也即陈炳辉退休 10 年后，他带着小外甥自费去了美国旧金山，在旧金山著名的 39 号渔人码头，他品尝了久负盛名的波士顿龙虾等海鲜，看到了海滩上慵懒地躺在阳光下的海狮海豹。在约塞密提（Yosemite）公园，他看到了 20 世纪美国伟大的黑白风景摄影师安塞尔·伊士顿·亚当斯曾经拍摄过的山水风景，感受到了约塞密提公园宁静而深邃、平淡而有气魄的美。他之前出访美国的 12 次中，到过旧金山七八次，却一次也没有来过这两个地方，如今他垂垂老矣，虽然是第一次来到 39 号渔人码头和约塞密提公园，却仿佛是故地重游，有一种说不出的情感萦绕在心头。早在 1983 年，他公派在旧金山大学读国际关系一年，住在美国朋友家里，因为贪近，白天从学校后门出入，平时除了去教室、食堂、图书馆，从未在校园里游览过，连学校的正门也未去过。这次，他也专门去看了学校的正门，古老而巍峨的钟楼，长长的绿色门栏，远方的山色云雾，原来都是这样的静好到不可以言说。

陈炳辉说，浦东外事在宣传浦东，让世界知道和了解浦东的同时，始终坚持贯彻一个基本方针：即浦东外事要为浦东经济建设服务，这也是上海市政府将外事权限授予浦东新区的初衷，是上海市委市政府对浦东外事的一个战略定位。据此，1994 年，赵启正副市长提出了"外事为刃，经济为体"的观点，这是对外事工作和经济工作两者关系言简意赅的表述，意思就是浦东外事要以浦东经济建设为中心和主体，在浦东开发开放中发挥开路先锋的作用。这就意味着，要从原来你来我往的小外事，走向包括外交、外经、外贸、外资、外宣等在内的大外事；从原来礼尚往来的应酬外事，走向包括吸引外资、引进外企、扩大外贸进出口、建立自贸区、进行国际科技交流和项目合作等在内的经济外事。这就需要将外事工作提高到一个新层次，开创一个从来未有的新格局，这是一个历史性的转变。自此以后，"外事为刃，经济为体"成为浦东外事工作的一个最大最鲜明的特色。

浦东新区外办做过一个统计：从 1993 年至 2005 年，浦东新区平均每年接待外宾 833 批 9 006 人次，平均每年有 1 011 批 3 220 人次出国出境从事经贸、科技、交流合作等对外活动，外事工作参与经济工作达到了空前的广度和深度，就是在这样高密度、高频率、大流量的对外交往中，通用、英特尔、惠普、西门子等一大批世界 500 强企业投资浦东，一万多家外资企业进入浦东的各个产业领域。第一个金融贸易区，第一个外资银行试行人民币业务地区，第一个保税区，第一家在保税区从事进出口贸易的外国公司，第一个保税生产资料交易市场，第一家大型中外合资商业零售企业，第一家外资保险公司，第一家中外合资物流企业……许多的全国第一在浦东落地生根开花结果。至 2017 年，世界 500 强中有三分之二的企业落户浦东，跨国公司地区总部达到 281 家，持牌类金融机构 100 家，外资企业注册数 23 985 户，全球230 多个国家和地区中，有 160 个国家和地区在浦东投资。

曾任新区外办国际合作处处长的梅金生说，当时，为了更好地服务于经济建设，新区外办专门设立了国际合作处，负责对外合作交流、接待国外团组、发现和跟踪对外交往中的重要项目等工作。记得在 1994 年初，赵启正副市长接待美国迪士尼公司总裁弗兰克·韦尔斯先生，商谈了该公司来浦东投资建园之事。迪士尼公司的人员要去实地考察，梅金生就陪同他们去了黄楼地区。当时黄楼地区有个制鞋厂,厂里的三层楼是当地最高建筑,登上这三层楼屋顶,迪士尼公司的人看了很久,看这周围有无高层建筑,看周边是否空旷,看浦东机场的空间位置。看后他们甚为满意,当时几条高架道路正在建造之中,浦东国际机场也已开始建设,黄楼地区与机场有相当一段距离,如果在此建园,公园彩灯不至于影响飞机起飞和降落,周围空旷和无高层建筑,游人在几公里之外就能看见公园上空的彩灯,同时还意味着具有拓展空间和低成本优势。迪士尼公园随后还进行了细致的市场调查,比如上海有多少人口,一家有几口人,上海年轻人有多少;年轻人的收入多少,上海常住人口有多少,流动人口有多少,流动人口中出差的人有多少,来游玩的人有多少,出差的人中商务出差的人有多少,等等。国际合作处向迪士尼公司提供了许多信息,也开始跟踪这个项目。随后,市政府也把有关迪士尼公司的全部资料转到了新区外办,原来,早在 1990 年,朱镕基市长出访美国时,参观了迪士尼乐园,并与弗兰克·韦尔斯总裁约定:在合适之时,迪士尼在上海建主题乐园。这个项目,虽然由于 1994 年 4 月弗兰克·韦尔斯总裁飞机失事遇难而搁浅了若干年,但一直作为新区外办的重大项目跟踪了十几年。而今,黄楼制鞋厂已荡然无存,厂周围种植过稻麦的田野、养殖过菱藕和鱼虾的小河和池塘,已经成为了米老鼠和唐老鸭在中国的一个新家。

陈炳辉说,国际合作和引进项目的过程,也是一个学习借鉴国外先进经验的过程。比如新国际博览中心,是浦东与德国汉诺威、杜塞尔多夫和慕尼黑三家展览公司共同投资建设的,总面积 25 万平方米,17 个场馆。刚建成之时,有些业内人士说它造型不新颖,不好看。开张营业后,却是最受展览者和参观者欢迎的,展览中心的每条通道、每个展区、每个局部细节,采用的是最先进的技术和设计理念,都是为了让展览者和参观者最方便和更舒适。比如展厅全部都是一层无柱式结构,以方便各种大型参展设备进出,大门一开,似乎整个世界就浩浩荡荡地进来了,带着各种各样的展品和人类各种各样的奇思妙想。

在学习借鉴国外先进经验的同时,也要结合自己的实际大胆创新。对此,当时浦东新区党工委副书记、管委会副主任、外高桥保税区管委会主任

胡炜,在他所写的《〈上海外高桥保税区条例〉出台前后》一文中有着生动的表述:

　　浦东建立全国第一个保税区——外高桥保税区时,全球已有近千个自由贸易区。建立一个什么样的保税区? 大家心里都没底。"保税"在国外的自由贸易区里只是一个"保税仓库"的概念,如果仅仅按照"保税仓库"的概念来建设一个保税区,那就没有多大的实践价值和意义,而直接建立一个类似于国际上最具国际水平的自由贸易区,在当时的历史条件下也是不可能的。据此,从事外高桥保税区研究和建设的人实地考察了国外十多个自由贸易区,收集了世界上一百多个自由贸易区的法律法规文本,最终形成了建设外高桥保税区的指导性文件——《上海外高桥保税区条例》。《条例》对保税区的定义是:"保税区是设有隔离设施的实行特殊管理的经济贸易区域,最主要的一条是:货物可以在保税区与境外之间自由出入,免征关税和进口环节税,免验许可证件,免于常规的海关监管手续等。"这一定义及其所包含的内容,紧扣了国际上自由贸易区的核心内容。

　　1973 年 5 月由国际海关理事会制定的《京都公约》,是国际上最权威的一部有关自由贸易的国际约定。该公约指出:"自由区,是指一国的部分领土,在这部分领土内运入的任何货物就进口税及其他税而言,被认为在关境以外,并免于实施常规的海关监管制度。"这是国际公认的经济上最为开放的自由贸易区政策的根源。就外高桥保税区性质而言,《条例》和《京都公约》的有关定义十分接近,差异仅仅在于:自由贸易区在关境之外,也在海关管辖界限之外;保税区在关境之内,是海关监管的特殊区域,同时参照了自由贸易区的不少做法。这也就是所谓"境内关外"说法的由来。

按此《条例》建设起来的外高桥保税区,最终成为中国经济规模最大、综合实力最强、最具示范效应的保税区,也为 2013 年成为上海自贸试验区的先导区奠定了基础。

陈炳辉说,当时,朱镕基市长说,保税区,世界上没有这样叫的,只有保税仓库,如果叫保税区,英文就是 bonded area,外国人看不懂。问我们是怎样翻译的?我说翻译成"Wai gao qiao free trade zone",就是"外高桥自由贸易区"的意思。朱镕基说这样翻译是对的。所以,对内我们称外高桥保税区,对外称的是外高桥自由贸易区。

原浦东新区外办涉外管理处处长郑亚瑾说,市外办 1 号章,主要管的是全市党政机关、事业单位(包括学校、研究所)等的因公出国审批;市外经贸委的 2 号章和市科委的 3 号章,主要管的是市外经贸委和市科委条线企业的经贸出国(或称商务出国)审批,其余还有本系统党政机关和事业单位(包括部分科技研究所)等的因公出国审批。而浦东新区外办的 4 号章,除了具有市外办 1 号章的职能外,还具有市外经贸委和市科委 2、3 号章的职能:即为所有注册在浦东的企业办理经贸出国审批手续。所以为企业经贸出国服务,也是浦东外事工作的一个特色。

郑亚瑾说,为企业经贸出国服务,是从振华港机[①]开始的,振华港机是交通部所属企业,注册在浦东,公司总部在北京,以往经贸出国审批均在北京总部办理。1993 年起,公司总部委托浦东新区办理审批,委托上海市外办办理护照。振华港机经常派员去国外市场参与招投标,进行商业谈判、设备安装、售后服务等,每次出国人数不限(少则一二人,多则十几人),但批次极多,出国频率极高。经贸出国对审批效率的要求更高,因为涉及企业的时间成本、市场信誉和发展机遇,浦东外办总是以最快的速度、最高的效率为其办理审批手续。随着振华港机产品在世界市场占有率的不断提升,振华港机每年的经贸出国量不断增加,当时就已占到了全区总出访量的 60% 以上。

---

① 振华港机:原名上海振华港口机械(集团)股份有限公司,后改名为上海振华重工(集团)股份有限公司。

时至今日,振华港机已成为全球知名企业,其产品的全球市场份额占到了80％以上。公司 2017 年的经贸出国量达到 1 404 批次,这也意味着浦东外办为其盖了 1 404 个章。要是将振华港机自 1992 年成立至今所有的出访量加起来,所盖的章也许可以铺成一条路:一条开满红艳艳花朵的通向世界之路。

郑亚瑾在市外办是业务骨干。1993 年 2 月下旬,陈炳辉要她来浦东,当时没多想什么就来了,来后发现浦东许多人不知道外事是怎么一回事,各单位没有专门办外事的人,谁出国谁就自己找上门来,围着外办的人说要出国,却连填张表还都不会,与其沟通非常困难,与市外办的工作氛围完全不一样。所以郑亚瑾对陈炳辉说要回市外办去,陈炳辉说那不行,就即刻给郑亚瑾办了正式调动手续。

陈炳辉说,那时确实发生了不少令人啼笑皆非的事:如一开发公司的同志来找我,说公司组了个团,并已报分管领导同意,要我们外办立即安排其团组出访。我说你们组团出访,确实需要报经分管领导同意,但这并不等同于因公出国审批。因公出国的审批权,就全市而言,市政府明确归口管理部门是市外办;就浦东新区而言,新区管委会明确归口管理部门是区外办。从公司的角度考虑,你们可以自己组团,但这团组是否可以出去,就要由外事部门审核把关。如果按你们所说的那样去办理,那因公出国以及所有的外事工作都会天下大乱。陈炳辉说,这样的事,一开始经常有,三个月后就没人为此来找我了。

陈炳辉说,邀请外国人来访,按规定应先报外办,外办填表后发函给大使馆,大使馆发函给被邀请的外国人来使馆办签证。但有一家单位,自己直接向外国人发邀请函,该外国人去大使馆办签证,大使馆发现其"来路不正",就通知了新区外办。对此,新区外办予以通报批评。

郑亚瑾说,忙了三四个月,1993 年上半年就出台了外事工作方面的一系列规章制度,电脑审批网络也建立起来了,利用了市外办的系统,并进行了系统升级。一整套制度并与之配套的硬件建设均已就绪,就像做喜事的人家百事俱备,只等鞭炮声响,红火的喜庆日子就此开始。邀请外国人来访从 7 月份正式开始了,因公出国审批再晚些也正式开始了。由于事先调研仔细，准备工作充分，自正式审批之日起，再也没有出过纰漏和差错，一个个盖上去的图章就像一个个脚印，步步踏实和稳妥。同时，培训工作也在紧张有序地进行，培训的工作量远远大于审批的工作量，通过各种各样的培训，一支外事工作的基层队伍逐步建立和建设成型了。郑亚瑾第一次听见"浦东开发"，是 20 世纪 80 年代她在市外办安排汪道涵市长的一次接待中，而今，她已置身于浦东开发的日日夜夜中，一刻不停地忙着调研、安排接待、审批、培训……眼里看到的是一块原来空白荒芜之地生长出来的丰硕果实，心里感觉到的是与浦东的那一份亲近。

陈炳辉说，江泽民总书记曾经提醒浦东的同志：要认真培养懂金融、懂土地管理、懂市场经济的人才。赵启正副市长也提出，搞外事工作的要学经济，搞经济工作的要学外事，据此，浦东新区外办相继邀请外国专家来浦东讲课，请英国专家讲开发区建设和 BOT 融资方式，请加拿大专家讲房地产开发和房产评估，请美国专家讲企业管理，请日本专家讲共同沟建设和景观照明……

1994 年 4 月至 11 月，浦东新区外办还会同有关部门举办了国际交往讲座，共举行 6 次 11 讲，历时半年之多，邀请长期从事外事、外经贸工作的同志、长驻上海、长期与中国打交道的外国人士讲课，如由德国汉堡驻沪汉莎合作交流处主任诺尔讲"外国人与中国人打交道最感困惑的是什么"，挪威赫斯伦奈科明有限公司驻上海办事处首席代表莫约翰博士讲"外国人对在上海、浦东投资的一些看法"，美国麦坚时律师行吕立山律师讲"一个外国律师看法律在中国的发展"，美国太润有限公司总经理冉馨琳讲"一个美国人在中国对商务谈判的观察"，市外办副主任俞彭年讲"日本人有哪些特点"……这些精彩纷呈的演讲，让浦东新区的干部了解了许多关于国际交往、国际惯例和外事规则等方面的知识和经验，这也许是浦东外事史上的第一次启蒙教育，许许多多的新知识新名词新观念，连同那些西装领带、旗袍胭脂进入了浦东干部的日常工作和生活。"站在地球仪旁思考浦东开发"，赵启正副市长的这句话，不仅开阔的是浦东干部的心胸和眼界，还深深拨动了浦东外事的心弦。

陈炳辉说,赵启正副市长每次接待外宾和出访,准备十分充分和细致,他曾说过,接待外宾,如果不提供情况和材料,只是说让我某天接待谁,那我是不接待的。接待外宾事先做好准备,这一点首先从我自己做起,笨鸟先飞嘛! 每次接待和出访见过的外宾,他都要求记录下来。如果一位外宾他已是第三次接待,前两次的接待情况,包括第一次接待前提供的材料,以及这位外宾的最新情况,他都会梳理一遍,了然于胸。所以每次接待和出访,他总是游刃有余,有心理上的优势,加上他的睿智、幽默风趣和平易近人,使他的每一次接待和出访都能取得预期的甚至是意想不到的效果,也使他成为深受外宾欢迎和尊重的人,许多外宾尊称他为"浦东赵"。他要求浦东干部了解和熟悉各个国家不同的历史文化和生活习惯,对美国人、英国人、德国人、日本人,总不能都是一个说法。

印度总统 1991 年访问上海时,赵启正陪同他参观。在一个几年内迅速脱贫致富的乡里,乡长通过 GDP、人均收入等一系列数字讲农民生活变化,总统听了不甚了然。随即访问农民家族时,一位农妇讲述的生活故事,总统听得兴致盎然。他问农妇:"为什么儿子和儿媳妇的房间比你们的大?"农妇说:"因为儿媳妇是我们的第一客人,必须好好待她。"在爽朗的笑声中,印度总统感知了中国妇女的地位,最后满意而去。①

赵启正以后多次讲起这件事,要求浦东干部要用外国人听得懂的语言说话。

陈炳辉在国际交往讲座上也讲了一课,题目为《如何与外国人交往?》,提出在对外交往中一定要注重人与人之间的关系。他举了赵启正副市长与旧金山美籍华人戈登·劳先生交往的例子。戈登·劳先生患有糖尿病等疾

① 引自沈惠民《赵启正:倾述中国故事的改革者》一文。

病,在接待赵启正副市长出访旧金山期间,脚肿、心律不齐。赵启正副市长对他说,您到上海来时,我为您找个医生好好看一下。后来,戈登·劳先生来到上海,赵启正副市长亲自给中医学院打电话,安排了两个老中医给他治病。戈登·劳先生对陈炳辉说,赵启正副市长的关心感动了他,也感动了全体代表团。

陈炳辉说,1998 年,戈登·劳先生因病逝世,此时已调任国务院新闻办公室主任的赵启正,专门为他写了一篇纪念文章:

戈登·劳先生是我和许多上海人的一位美国朋友,他于两天前因病逝世了。他的祖父由中国广东省移居美国,他是在美国生美国长的华裔美国人。他也有个中国名字叫刘贵明。他说起中国的事往往不能自已,说起中国的进步,眼睛中往往会热泪盈眶。我第一次见到他,是在美国旧金山机场,他和他的表弟为我们代表团每人献上了一个夏威夷花环。后来我才知道,这是他们全家花了整整一个晚上,用许多鲜花特意为我们精心编织的。我们代表团的成员都把它带回了上海。半年后,这些花环虽然变成了干花,但仍花香四溢。

他从 1980 年起,任美国旧金山—上海友好城市委员会主席,凡上海代表团访美,他必尽全力接待。他有严重的糖尿病,脚肿起来穿不了普通的鞋,拖着病体也要为代表团开车。劝他休息,他总是说,我乐意和你们在一起。

前年十月,他开的载着我们的车在海湾大桥当中抛锚了,那时我们都在场,多亏警察帮忙,才把车拖到修理站。去年,他来沪时说,已买了新车,准备专用于上海友人访旧金山时使用。虽然与那辆老爷车有多年的感情,但载着你们抛锚让我难为情了。

今年 2 月,他带着两位美国朋友来浦东,说要试试把孙桥的蔬菜运到美国销售。此前,他听我们说过,孙桥现代农业开发区的蔬

1994 年，徐匡迪市长、赵启正副市长接待美国旧金山友好人士刘贵明先生一行。

菜在国内销售不敷成本，他记住了。

他曾送我一张照片，是他 45 岁时舞龙的情景。他说那是他最后一次舞龙。一位美国老太太在旁边说，这位老人舞得好！他听了别人评价他为"老人"后十分沮丧，于是从此罢舞。

我一直想找个机会也拍一张舞龙的照片送给他，并告诉他，同龄的我们并不老，只要心中保持着热情，就永远年轻。刚刚又收到他的信，谢谢我送给他治疗糖尿病的新药，还说知道我已由上海调任北京，夏天以前来北京看我。今晨，他逝世的消息传来，我很悲痛。我想起第一次我们见面时他送我的夏威夷花环。我想象着，如果人的思念能够开花，我一定会给他编织一个花篮，让它飞过大洋，直至他的灵前。①

---

① 此文由陈炳辉提供。

这篇文章由外办译成英文后寄给戈登·劳先生的家属。

陈炳辉说，这已经是人与人之间情感和心灵的交流了。在对外交往中，其实外国人愿意与忠诚于自己国家的人、热爱自己工作的人、对理想和事业有追求的人打交道。他们认为，与这样的人打交道才有价值，合作才能成事。所以说到底，外事工作中的人际交流，本质上是一种人格、人道和人性的交流，这也是人类交往中的一条普遍原则。

徐匡迪市长曾问陈炳辉，浦东新区管委会是如何翻译的？陈炳辉说，government 是一个完整政府的概念，其成立是要有法律程序的，但我们的管委会是任命的，是准政府性质，所以翻译成 administration，外国人容易懂。徐匡迪表示赞同。

陈炳辉有一次随赵启正副市长参观国外一家化工厂，把外国人讲的化学分子结构也翻译出来了，赵启正副市长对此很是赞赏。

1994 年 10 月，赵启正副市长出访马来西亚，云顶集团中午宴请赵启正，外方接待的人会说夹生的中文，当时我方的年轻翻译，以为赵启正副市长可以自己与对方交流，就自顾自吃饭了。陈炳辉坐在赵启正对面，边吃饭边注意听赵启正与对方交流，遇赵启正听不明白之处，就随时提醒。饭后，陈炳辉对那年轻翻译说：吃饭时要竖着耳朵，随时提醒领导和进行翻译。对一个翻译来说，有许多接待的饭是吃不饱的，饭菜也是没有滋味的，这就是我的经验。那时，新区外办和国际交往中心已有 18 个专职翻译，这支队伍茁壮成长，浦东开发五周年活动时，他们的同声翻译水平让世界吃惊。

世界走进了浦东，浦东走向了世界。浦东外事人与所有参与浦东开发的人们一样，青春年华黄金岁月都成了天下世界的风景。

写到这里，我想亲眼看一看那枚 4 号章，那枚与浦东外事人须臾不分离、与浦东外事须臾不分离、与浦东开发开放须臾不分离的 4 号章。外办的同志给我拿来一张盖着 4 号章的样张，那印章鲜艳如初，令人想起枝头绽放的第一朵报春花。

"不是外办的外办"

戴惠兴是 1964 年考入复旦大学外语系的,学制为 5 年,实际在校 6 年。

1992 年底,戴惠兴从部队转业后,戴惠兴的老师、板门店谈判首席翻译、市外办副主任沈铢,请他去市外办工作。徐家汇华亭饭店也力邀他去担任总经理助理。但是鬼使神差似的,戴惠兴自己寻到了浦东大道 141 号,他把关于自己的材料给了新区组织部,组织部通知他去找新区党工委管委会办公室主任华国万,华国万把他介绍给办公室副主任陈炳辉,陈炳辉让他筹备国际交往中心,他就留下来了。

1993 年 3 月,上海市浦东新区国际交往中心成立。戴惠兴与东方医院袁院长商量,借用了东方医院两间库房作为办公场地。这两间库房虽然陈旧简陋,但靠近浦东大道,又在 141 号机关大院隔壁,打开门窗,能听见黄浦江上的汽笛声和潮声,扑面而来是浦东大道上的浩荡春风。装修师傅说,别的地方不用讲究,靠浦东大道的两扇窗户最好能配上淡绿色的百叶窗帘,也好为这与外国人打交道的地方增添一些亮色。戴惠兴去东方路、浦东南路上的商店,都没买到这样的窗帘。一次下班回家,看见南京路上的中百一店里有这窗帘,就买了两盒。两盒窗帘有三四十斤重,一米八十长,因为太长了无法拿上公交车。戴惠兴只能手提肩扛徒步而行,走过金陵东路,摆渡过江到陆家嘴,等到把窗帘放到办公室里,已是夜里九点多钟。

国际交往中心成立之初,向管委会办公室借款10万元作为启动资金,装修用去了一部分,录用人员每人每天5元交通费5元午餐费补贴用去了一部分。3月份录用的大学生到8月份才拿到工资,戴惠兴到10月份才拿到工资。一切能压缩的开支尽量压缩,一切能节省的尽量节省。有一次,戴惠兴在行政处仓库里看见许多捆署有"上海市人民政府浦东开发办公室"字样的信纸信封,戴惠兴心想只要在署名处换上国际交往中心字样,这信纸信封就可继续使用,他就要来了几大捆,当天下班后,戴惠兴就和同事在单位里换贴这些信纸信封,至深夜准备回家时,发现外面大铁门已被医院门卫锁上了,怎么叫喊也没人听见。新来的大学生陈斌试着想从铁门上方的一扇能翻动的小气窗里钻出去,未获通过,一身灰尘地退了下来。最后是个子比较矮小的小柯姑娘钻了出去,叫来门卫开锁,才把大家放了出去。戴惠兴说,那时还未安装电话,要是没有那扇小气窗,那天晚上还真不知道该怎么办。

戴惠兴回忆,当时建立国际交往中心有两个背景:一是管委会办公室分管外事的陈炳辉,有一次随上海市委书记江泽民出访德国,发现上海代表团在德国的整个行程和活动,都是由一个小型的机构承办和安排的,比政府的部门做得更专业和高效。陈炳辉希望国际交往中心也能这样做。二是浦东新区推行"小政府,大服务",批准设立了一批事业单位,国际交往中心作为浦东新区外办的具体办事机构,也是其中之一。后来,在实际操作和不断探索中,国际交往中心逐渐形成了三个功能:具体安排来访浦东新区的外宾接待,具体落实浦东新区因公出国人员(除赵启正副市长外)的手续办理和行程安排事宜。上述两条,戴惠兴归纳为一进一出功能。在一进一出中,搜集投资项目信息资料进行跟踪服务,是由上述两个功能中派生出来的第三个功能。

在大量的外事接待中,有一些事情至今令戴惠兴难以忘怀:奎尔特先生是一位瑞典人,曾在浦东一家外资公司工作多年,离开浦东后供职于"欧共体",具体负责东亚事务。有好几个夏天,他利用假期来访浦东,戴惠兴和同事多次为他安排与浦东政府官员见面和有关单位参观,奎尔特先生写作了《觉醒的中国震撼了世界》和《世界聚焦上海》两本书,向欧洲人介绍上海和浦东。2003 年 11 月,戴惠兴随团访问瑞典社会保障部,在斯德哥尔摩社会保障部门口,看到有人竟拎了一只"爱我浦东"纸袋,这是国际交往中心接待外宾时用的礼品袋。再仔细一看,原来拎袋人就是奎尔特先生。戴惠兴就上去与奎尔特先生打招呼,奎尔特先生大喜过望,仿佛他乡遇故知似的,把戴惠兴拉到街旁的咖啡屋里小坐,问了许多关于浦东发展的情况,临别时,奎尔特先生说,好久不见,你已经满头白发,但是我相信,你是值得的,因为你们在从事一项伟大的工程。

1995 年春暖花开的一天,戴惠兴接待了一位 92 岁老者。接待从上午九点开始,老人问了一个又一个问题,临走时送给戴惠兴两本他写的书,并要戴惠兴下次接待他 70 岁的儿子。走出接待室时,大堂里的落地钟正好敲了两下。老人微笑着举起五指分开的手,示意和戴惠兴已经交谈五个小时了。这时老人拿出了他的名片,原来他是美国大都会按揭证券股份有限公司创始人大保尔·桑迪弗先生,在他写的一本书里有一张他 87 岁时在飞机上跳伞的照片。几年后,有人告诉戴惠兴,这老人的集团已先后有 12 个项目落户上海。每当听到这样的信息,戴惠兴心里总是会有一种说不出的高兴和激动,就像春天看见满树花开和秋天看见彩霞满天。

1995 年初夏一个大雨滂沱的星期五下午,一个浑身湿透的小伙子从雨帘中冲进戴惠兴的办公室,与戴惠兴撞了个满怀,原来他是欧洲诺和诺德公司的员工,曾随一个研修团来访上海时受到过戴惠兴的接待,这次他是为公司生化酶项目代表团来访而来打前站的。

戴惠兴拿出衣服让他换上,当了解到这是一个总投资 1 亿美元的项目时,随即上报新区领导,新区领导又让外办即报市领导,市委、市政府领导十分重视,先是由蒋以任副市长出面接待洽谈,第二天上午市委书记黄菊又接待了这一代表团。此项目又上报到国务院,在国务院副总理李岚清的安排下,落户到了天津滨海新区。戴惠兴说,这项目落户到天津,大概有两个原因:一是中央领导认为浦东新区大项目比较多,而天津滨海新区刚起来,大项目还不多。二是此项目需要的主要原料为青玉米,浦东不生产青玉米,而天津恰恰是生产青玉米之地。

　　1996 年春,一位戴惠兴在德国领馆认识的学者,在供职于戴姆勒·奔驰公司后,多次来找戴惠兴,因为戴姆勒·奔驰公司想为航空发动机项目在上海寻找合作伙伴。戴惠兴陪着他一次次去金桥公司、大场飞机制造厂等地考察洽谈。此项目戴惠兴他们跟踪了两年,后来因为受有关条件限制,这个总投资 6000 万美元的项目,落户到了沈阳航空发动机厂。有人问戴惠兴,你们牵线的项目,有的项目甚至跟踪服务了好几年,最后落户到外省市去了,是否有点可惜? 戴惠兴说,项目落户在哪里其实都是一样的。

　　从 1993 年开始,国际交往中心每年接待的外宾团组不断增多,安排因公出访的量不断放大,跟踪服务的项目不断增加。鉴于国际交往中心在浦东外事中发挥的积极作用,赵启正副市长曾作过批示,称之为"不是外办的外办"。①

---

① 文中"买窗帘""换贴信封""奎尔特先生""大保尔桑迪弗先生""生化酶项目""航空发动机项目"段落,来自于戴惠兴所提供的有关材料。

保安队长

　　1993 年 5 月，新区保安公司派保安人员进入浦东大道 141 号。市政府机关的门卫是部队士兵，之前机关企事业单位的门房称传达室，门卫大爷是退休人员。用保安做门卫，浦东新区 141 号机关大院在上海市是第一家。

　　同年 7 月，栾闽东成为浦东大道 141 号 5 名保安队员中的一名，那时他还只有 17 岁。一开始，栾闽东没想把保安工作当作自己谋生的长久之计，他曾去报考过警校，但因视力差未被录取。他也曾去一家日方企业开过班车，但半个月后就回来了，他觉得自己不适应日方的管理和工作环境。那时管委会车队是缺司机的，他如果想要进入管委会车队工作应该不是一件很难的事，但他没有去找领导，因为他觉得难为情。他就专心地做起保安工作来，当时新区公安分局派交警在 141 号门口执勤，他就请交警指导，学习和模仿交警指挥交通的各种动作和手势，回到家里还反复练习，一段时间后，一站一立，一招一式就渐渐像模像样了。为此，新区公安分局交警支队队长黄禹生在一次交警会议上还表扬过栾闽东，说如果谁在马路上立岗立不好，去 141 号看看小胖子。那时 141 号内不设停车证，栾闽东就记住来 141 号上班和办事车辆的车牌号码，大约记住了近百辆，这样车来了，他一看就能放行和拦阻，大大节省了门卫检查车辆的时间。

　　栾闽东说，当时来 141 号的外宾多，来的外宾车队也多，而且大多是国宾团,规格高,都是用开道车的,记得最多的一天会有四五档,指挥交通一天站下来,脚不酸胳膊倒酸了。也有来 141 号上访的人,都挤涌在门口,甚至冲到办公楼里去。有一次他去劝阻冲入办公楼里的人,被人揪住领口,拉坏了衣服,喉咙捏得都是血印子,所以那时在 141 号做保安既忙碌又紧张。

栾闽东说,只是能看见那么多的领导,见识那么大的场面,心里又很新奇。每天清晨,老远就能看见 0007 号车来了,那是赵启正副市长的车,车进来时,我们会向赵启正副市长敬礼,赵启正副市长坐在后座,会摇下车窗向我们挥挥手。每当这时,司机陈树声就会放慢车速。有的领导不让我们敬礼,我们就站立在门口默默行注目礼。

做保安的,站岗时头顶上没有遮挡,一年四季日晒雨淋,下大雨时穿雨披也不管用,一个个日子就是这样站过来的。一天 24 小时三班制,晚上值班只有两个人,既要看守门口,又要去夜间巡逻好几次。每个巡逻点位都设有一个小本子,每巡逻一次,每到一个点位,都要在上面签一个到,这是记录下一种守卫的责任,在每一个夜间累积起来的责任里,迎来的是每一个安静的黎明。

有一次,有位保安队员夜间值班时打瞌睡,行政处副处长许唯物当即找他谈话,这位保安队员谎称是母亲生病住院自己陪夜之故。许唯物说把看守机关大院的任务托付给你,你在夜间值班就不能打瞌睡和出差错,接下来会调整和安排好夜间值班人员,让你照顾好母亲。谈话一结束,许唯物就去买了水果,要与这位保安队员一起去探望其母亲,却发现再也找不到他了,原来这位保安队员羞愧难当,就不辞而别了。

栾闽东说,这里出出进进的大大小小的领导把我们当自己人,与我们有一份朝夕相处的亲切之情。1998 年时,新区党工委管委会副秘书长姜平问我们有什么困难,那时栾闽东已升任保安队长,保安队伍也已扩至十四五人。栾闽东就如实对姜平说,没有编制、没身份、不缴金,今后生活没有保障。姜平就和新区有关部门商量研究此事,其时,组织上安排姜平去美国学习培训一年。栾闽东认为此事不会有结果了,但令他想不到的是,姜平学习培训回来,继续协调此事,解决了栾闽东等人的后顾之忧。

　　栾闽东说，新区党工委副书记、管委会副主任王洪泉每年去高温慰问公安干警，总是会让车在141号门口停下来，先慰问我们141号门口保安，说这是我们家里的保安，首先要慰问好。原新区管委会副主任黄奇帆调任市经委主任，有一次来141号，一下车看见我站在门口，就走过来和我握手，说你这小伙子还在这里！市委常委、统战部长沙海林，曾任新区党工委组织部长，有一次来新区，也是一下车先走过来与我握手，并对身边的人说，这位是浦东的老保安，也是浦东开发开放的见证人之一。上海市副市长、新区党工委书记、管委会主任周禹鹏，有一次看见我就说，你今天穿的制服是新换的行头，以前我看你穿的不是这种制服嘛。一个浦东新区的一把手，竟然关注和记得一个保安穿的制服式样，这让栾闽东心里有点感动。

　　栾闽东说，虽然这都是一些小事，但现在回想起来仍有一种温暖。在浦东大道141号的7年，是我工作和人生中最开心的日子。

行知学校

1993年5月，许唯物来到浦东大道141号，担任浦东新区党工委、管委会办公室行政处副处长，分管车辆管理、安全保卫等工作。

当时，中铁八局正在实施浦东大道拓宽工程，在回访该局现场工程队时，许唯物发现，这支前身是铁道兵的工程队，实行的是军事化管理，即使是队员住的临宿，墙壁也粉刷干净，被褥折叠成方，毛巾挂壁成列，牙刷牙膏整齐摆放。队员排队上下工，工具拿法也有规定：铁铲钉镐一律提在手里，不允许扛在肩上，怕转身时打到别人身上。这支工程队的队员，虽然人员比较杂乱，但显示出来的却是训练有素的素质。这一发现对刚刚建立起来的车队管理是一个很好的启示，许唯物就让车队长们都去参观学习，让大家知道：一支施工队的队员能如此，作为新区党工委管委会机关车队更应如此。

许唯物说，车辆管理制度就从那时起开始建立起来了，比如：车队司机接到出车预知任务，要预先研究行车线路、停车地点等。特别是重要接待和队车出行的任务，如在浦东新区范围内，司机对道路尚不熟悉的，要预先去走一遍，做到完成重大任务时至少对路线和现场似曾相识。当时还规定车上必备三样东西：一张地图，一把雨伞，一副白手套。地图是司机自己看的，雨伞是给乘坐者备用的，戴上白手套既是仪表，向对方来车示意时又比较醒目。还规定如发生违章，不允许与警察发生争执，如发生争执的，车队不予支持。对新司机要求不发生有职事故,对老司机要求不发生事故。

那时,车队出车任务多,司机们跟着领导和部门的同志风里来雨里去,没日没夜地工作。为了争取司机家属对车队工作的理解和支持,车队每年都举行一次迎春联欢会,邀请司机家属参加,介绍车队工作情况和浦东开发成果,向家属表示感谢。凡是在外执行出车任务的司机,其家属就由车队安排车辆接送。许唯物说,那济济一堂、同欢共庆的情景,至今让许多人回想起来还温暖在心。

1994年,管委会办公室在141号办了食堂,煤气接进来时,许唯物画草图设计了煤气表房;橘黄色的尖屋顶,米黄色的墙,下方上圆的窗,建造在绿化带中的小花园旁,给这一片小小景观增添了童话情趣。抄煤气表的人说,这样的煤气表房还是第一次看到。许唯物说,141号院子虽然小而简陋,但这是我们机关干部自己的院子。自己虽然从未画过设计图纸,但在这里什么事都要学着做,什么事都要尽可能做得完美一些。

1999年,许唯物调到新区信访办工作,张耀伦副区长的一次接访给他留下深刻印象。那是2000年4月的一个星期四,信访接待室里来了一位气呼呼的男子唐某,是某街道的居民,反映自己的房子年久失修急需翻建,寻所在街道,街道说没有此项权责,寻有关部门,部门说该项权责已下放至街道。唐某在街道与部门之间来回跑了多次未有结果,故来区信访办寻领导。当时唐某气急喉咙粗,张耀伦请他坐下来说,他说气得坐不下来。张耀伦说,你不坐下来,我也站着与你谈。整个接访过程就全是站着的。张耀伦把事情了解清楚后,对唐某说,谢谢你今天来!这件事会处理好的,一定会给你回音。唐某走后,张耀伦对信访办的同志说,政府下放权责的本意是要更好地为民服务,但由于部门和街道没有衔接好,好事反而没有办好。这是政府改革中应该吸取的教训。没过多久,唐某反映的问题就解决了,他还给信访办送来锦旗以示感谢。

许唯物说,2000年冬天,包起帆在歇浦路的集装箱港口时发生了群体性集访,集访原因为噪音:有港口作业引起的噪音;有外围道路高低不平集卡行驶颠簸发出的噪音;有晚上停泊在路边的集卡,早上预发动发出的噪音。

考虑到包起帆是市人大代表,又是社会知名人物的特殊身份,新区有关领导要求许唯物在处理这起集访时,要确保包起帆的安全。许唯物对包起帆采取了"隔离措施":不让他直接与上访群众见面。但是包起帆认为自己是人大代表,故直接去与上访群众对话,达成了某些共识,并草签了一份协议。许唯物看了协议,当即对包起帆说,此协议中有一条:"夜里 10 点或 11 点钟后港口停止作业。"凡世界级的港口哪有这一条规定?一旦船开卸了哪有中间停下来的?租船是有租期的,装卸时间是世界级港口之间的重要竞争力,延迟船期不仅会赔款造成经济损失,还会严重损害上海港的国际形象,此一条既是做不到的也是不能做的。处置上访事件有一个原则:做不到的事不能承诺。为了今天过关,就轻易承诺,明天做不到,事情还是解决不了。情愿今天没饭吃没觉睡,做不到的事也决不能答应。

许唯物重新去向集访群众解释,集访群众反弹强烈。许唯物耐心解释了与港口方、新区公安分局、建交委一起商量的方案:改变港口作业方式,尽可能做到轻卸轻放;能赶则赶,不让集卡在马路上过夜,在马路上的集卡,夜里不许揿喇叭,早上不许预发动;对坑坑洼洼的道路抓紧进行修补。许唯物对集访群众说,这样做噪音情况一定会有所改善,给我们两个星期试试看,如果不行再改。

事情妥善解决后,包起帆请许唯物吃了一顿饭以示感谢。许唯物说,这顿饭吃了什么已没什么印象,只是包起帆赠送给他的一本自己写的书,他一直珍藏至今。

许唯物的父亲许士琪,是民国时期中央大学美术系教授,与陶行知先生既是同乡又是挚友。1946 年陶行知先生逝世后,为纪念和弘扬陶行知先生毕生尽瘁教育的伟大精神和救济贫困地区的失学儿童,许士琪于 1947 年 9 月在家乡安徽歙县创办"行知小学",这是中国第一所以陶行知命名的学校。许唯物说,当时父亲手头也没有多余的钱,捐出工作和卖画全部所得外,连家兄许继国、二嫂素娥病逝办丧礼所得同乡亲友惠赐之钱,也悉数充任办学之资。他还向社会募捐,并致函宋庆龄主持的中国福利基金会的下属机构,得到了该机构的资助。

　　许唯物虽然出生和生活在上海,但受父母的教育和影响,也对歙县有着深厚感情。2011年,他以父母名义向行知小学捐助20万元,设立教育奖学金,专门用于奖励该校德才双全的老师和学生,以继续完成父辈创办该校时的心愿。歙县人说,上海浦东的许家后代,有一颗像他们父辈一样的心。

　　也许可以这样说,浦东既是一所改革开放的学校,也是一所行知合一的学校,许唯物在浦东工作了17年,在这所伟大的学校里,他是一名合格的毕业生。

浦东新区党工委、管委会办公室行政处副处长许唯物在浦东新区办公中心举行奠基仪式前的工地上。

工程师局长

　　益小华读小学时，夏天中午经常去游泳，回来晚了也就经常被老师罚立壁角，考初中未能考上高桥中学，只能上海滨中学。高桥中学当时是上海市十大重点中学之一，踏进该校门等于踏进了大学门，海滨中学是农业中学，乡人蔑称"农中农中，差生集中"，这句话极大地刺伤了益小华的自尊心，他在海滨中学发奋读书，成绩名列前茅，还当上学校团支部书记，考高中时，考上了向往已久的高桥中学，由于学习成绩优异，组织能力强，又当上了班长，班里搞集体活动（包括社会公益活动），都是他和一帮学生干部策划和组织，班里学生有什么思想问题，晚自习时，他会端上凳子约同学到小树林里谈心，小树林上方有时还会有月亮，照得树影都是水汪汪的。

　　由于历史原因，益小华他们这一届高中生未能考大学，1968 年，他回乡务农、耕地、插秧、挑冰、开手扶拖拉机、做装卸工、上塘开河，这些农村里的活他几乎全都干过了。他是生产队会计，有一年冬天未去开河，留在队里算账，有位高中的同学来对他说，六师①在招红师班学员。益小华从未想过要当教师，但他还是去报名参加了红师班培训，培训后居然就被列编了，并于1971 年 1 月分配到了高桥中学。

---

① 六师：指上海市第六师范学校。

　　在高桥中学，益小华先后担任过总务副主任和副校长，分管学校的基建工作和校办厂。1979 年至 1987 年将近十年间，他负责新建和改造了教学大楼、实验大楼、室内体操房、学生宿舍大楼、校办厂大楼等共一万多平方米的建筑。他在 1979 年担任总务副主任时，经常与从事校内基建维修的工匠师傅们一起商谈工作，还常给这些师傅们打打下手，他发现建筑这一行业中不乏能工巧匠，这些民间匠人既有技艺又有智慧，这使他对建筑业产生了兴趣，他买了很多关于泥工、木工、漆工、水电安装工等方面的书来读。有一次还在新华书店买到了一本《营造法式》，这是北宋李诫写的一本关于古建筑的专著，像天书一样难以读懂，据说梁思成一开始也没有读懂。益小华后来结合建筑实践，对此书中关于古建筑的一些形态结构、飞檐翘角、部件尺寸、用材标准化和模数化，有了一个大概的了解。他开始自学木工等手艺，家中一上一下楼房，从建造到装修，从木工、泥工、漆工、水电安装到室内打家具，都是他一个人完成，墙头砌的还是清水墙，家具打的还是时尚的，只是用了一年的时间，因为上班天天是要早出晚归的，造房子只能起早摸黑，利用上班前后的两头时间。

　　高桥中学在号称八百年的高桥古镇上，是一所有着百年历史的名校，在新建和改造校园建筑时，益小华提出要保存老建筑的历史风貌，新建筑也要体现古色古香，所以设计师采纳了益小华的建议：新教育楼屋顶用琉璃瓦。施工队以前从未做过琉璃瓦的屋顶，面对这一堆眼花缭乱的建筑陶瓷，还真不知该从何下手。但益小华知道该怎么做，因为设计图纸是他带到宜兴建筑陶瓷厂，按照图纸定制的琉璃瓦，规格、尺寸、数量、颜色方案都是他与厂方商谈的。根据屋顶的不同部位，定制的琉璃瓦有 20 多种，有筒瓦、盖瓦、底瓦、滴水瓦，屋脊瓦上要摆放吻兽配件，翘角瓦上要摆放走兽配件，益小华多次去宜兴，设计图纸和定制方案早已烂熟于心。于是他天天上屋顶指导工匠安装摆放琉璃瓦。之前高桥地区的建筑还未听说有用琉璃瓦的，这一片琉璃瓦的屋顶，仿佛是被一夜春风吹成的新绿，在高桥古镇的天空里流光溢彩了。

　　校园里修建了荷花池，池上的石拱桥是益小华设计的，用的石料有上百吨,都是去高桥地区拾拢来的。为节省木材,用水泥浇了一座亭子,形状和颜色却是仿古的木结构。益小华还亲自动手叠假山,用三根毛竹搭了个三脚架,上面拴个神仙葫芦(滑轮),把太湖石一块块吊叠起来。那时是夏天,益小华戴了顶草帽,与两个工匠一起叠了一个月。叠假山预先画不出设计图纸,只能凭经验,依每块石头的形状来堆叠。益小华他们从未叠过假山,也许是凭感觉,或者是凭着心中对苏州园林和中国山水的想象,他们居然叠起了一座像模像样的假山。这小桥流水、石山茂树、亭子花径,连同校园里的春风春日、琅琅书声就都成为了那个时代里的崭新风景。据此,高桥中学被评为上海市花园学校。

花园学校的建设离不开财力的支撑,益小华分管的校办厂,年利润达到300万元,而当时二三十万元钱就可建造一幢教学楼。学校教学设施和教师福利待遇都得到相应改善,教学楼里置办的是全国最先进的语音设备,每位教师每天早上可免费享受一杯牛奶和二两点心。高桥中学校办厂受到国家教育部等四部委嘉奖,益小华本人也获得县政府记大功和晋升一级工资的奖励。

1987年,益小华调任川沙县政府办公室副主任,分管行政后勤工作。在任上,有几件事做得颇有起色:第一件是改善干部职工的伙食。益小华与行政管理科的同志一起商量,对食堂工作做了一些改进:早餐不总是白粥酱菜,增加豆浆和点心;中餐菜肴不总是几张老面孔,增加花色品种;晚餐不一律大锅菜,增加小锅菜(即小炒)。小锅炒菜按卖出的金额、点心按用去面粉的数量折算提成,作为个人的奖金,这样也就提高了食堂职工的积极性。这样,食堂基本做到了"早餐豆浆点心多,中餐荤素九十样,还有热汤阳春面,晚餐增设小锅炒,一日三餐人人爱,每周一次小馄饨,节日还要加次菜"。

第二件是干部职工的分房。1989年分配了1.7万平方米314套新公房(不含调出来的旧公房),实际解决了20个部门单位416户干部职工的住房问题。分房方案大多是益小华亲自做,方案材料就有厚厚一大本。房子分下来总体上风平浪静,没有一户上访和一封来信。

第三件是负责建造了县政府一万平方米行政办公建筑,由于精打细算,不仅未超概算,而且略有结余,故用节余的钱进行了机关大院的环境建设,主要改造了会议楼,一楼会议室的内部装修是益小华自己设计的,会议室取名为铁沙厅也是他提出来的。他翻阅了有关史料,知道川沙原来是一块长江口的冲积平原,土质泥沙经风干日晒如铁板沙,故古名铁沙。点沙成铁,点铁成金,所以铁沙也有金石之气。当时有嘉定县建设部门的同志,忽然前来参观铁沙厅,经询问,方知是上海市市长朱镕基在嘉定县调研时,顺带说起川沙的铁沙厅名字取得好,内部装修也简朴雅致颇有特色,嘉定县的同志就悄悄跑来取经了。

铁沙厅南门外,还开凿修建了一个水池,池中有曲桥,有亭子,假山也是益小华与工匠一起堆叠的,这已经是他第二次叠假山了,这次叠假山的石头比较大,叠出来的不是那种剔透玲珑的假山,而是颇有些浑厚质朴之气的石峰。院内补种的苗木也都是益小华他们从外地低价采购来的。1989年,川沙县政府机关大院被评为上海市花园单位,花园单位是上海市园林的最高奖,如同建筑行业的白玉兰奖,评审时对绿化种植面积、园林品位等方面有着严格的要求。由于院内种的香樟和白玉兰都是小树,假山上的紫藤也还枝细叶小,所以评审时有专家认为,院内绿化少了些,假山石头也露了点,但他们相信,用不了几年,这些树木的绿会漫溢出来,紫藤也会爬满这座高大的假山,自然的灵气已经在这些基础性的环境建设中呼之欲出。这一年,益小华因此又受到县政府记大功一次的表彰。

还有一件是接待市委农村调研组之事。1989年底,朱镕基市长带领市委农村调研组来川沙县调研,益小华具体负责安排朱镕基市长一行的食宿。当时对伙食标准尚无明文规定,只是要求一菜一汤,为家常菜肴。市委农村调查组就餐来无定时,天气又寒冷,为了保证市委农村调查组的同志吃上热饭热菜热汤,益小华他们想了几个办法:一是所有菜肴均制成半成品,只要调查组的同志一进门就下锅快炒装盘;二是米饭一碗碗盛好放进饭箱里保温;三是餐具高温消毒后继续保温,拿出来用时十分钟内不会冷却,这样盛菜盛汤时,盆碗也是热的。调查组的同志回来后,一般会洗洗手,上上卫生间,这样等他们坐到桌子上时,热饭热菜热汤正好上来了,就不会出现饭等人、人等饭的情况。

益小华还让食堂准备了面条,面条下早了会变硬变烂,在调查组的同志们开始吃饭时下正好,所以饭间常会端上来一大盆热气腾腾的阳春面,让大家分着吃。

有一次,朱镕基吃饭时对益小华说,这米饭不错,是什么品种啊?益小华说这米的情况我不清楚。第二天,益小华写了张纸条,在朱镕基吃饭时拿给他看,说昨天您问我后,我了解了一下,这米是我们县里自己试种的品种①,朱镕基大概已经忘了此事,笑着说:"你倒是蛮有心的。"

益小华说,市委农村调查组来川沙调研17天,朱镕基住宿在川沙建设培训中心三楼,每晚办公至深夜。他房间里从来不允许放水果,他吃的水果是他爱人从家里带出来的,他的生活也由爱人来照顾,他用餐时安然而坐,简单饭菜也吃得有滋有味。所以古人说,其人如金玉,青菜白菜也是金玉之馔。

市委农村调查组临走时,朱镕基对益小华及食堂部门的工作人员说:"你们辛苦了"!并与大家合影留念。

1990年,为服从服务参与浦东开发,川沙县委县政府决定筹建川沙大厦②、鹤鸣楼和铁沙城三大工程。时任川沙县建设局局长的益小华主动请缨,要求由本县建筑队伍来承建川沙大厦和鹤鸣楼。益小华说,川沙历来有建筑之乡的美称,县局系统建筑安装公司以及各乡镇工程公司有1.5万人的建设队伍,有一大批工程技术人员,背后还有沪上建筑专家团队的支持,我们自己不干有何面目面对本县父老乡亲?!县委书记韩坤林在县四套班子会上说,这件事就交给你益小华去干,干不好就撤你的职。

1990年12月29日,川沙大厦正式破土动工,4.8吨重的打桩锤将第一根桩打入了地下38米深处,一下一下的打桩锤声在这个古老而新兴的县城里震荡回响,一幢新的大楼将从这里破土而出,人们将从这一新的高度,去

---

① 这一稻米的品种名,当年当着朱镕基的面,益小华是说出来的,至今已回忆不起来。
② 川沙大厦:现改名为上海锦丽华大酒店。

眺望浦东开发的未来。

川沙大厦高 90 米，为 24 层，是当时川沙地面上最高的建筑，周围紧贴居民楼和幼儿园，基础开挖时，存在旁边楼宇可能会移位开裂和下沉，以及市政公用管线断裂等风险，在沪上专家的指导下，基础维护采用深层搅拌桩，煤气和自来水管线采用悬吊保护等技术手段，保证了旁边楼宇安全和工程顺利进行。

1991 年 7 月 1 日，川沙公园改扩建，在原园内儿童乐园旧址兴建鹤鸣楼。鹤鸣楼仿武汉黄鹤楼，有五塔七层，高 54 米，是川沙境内最大的单体仿古建筑，上用琉璃盖顶，下砌玉石平台，画栋回廊，连 80 立柱，飞檐翘角，系 60 金钟。登高可望海天旭日之远，伫立可听风吹鹤鸣之声，俯视但见古城巷间之繁华，回首不觉千载白云之悠悠。

在审查鹤鸣楼设计图纸时，益小华觉得基础底部 1.6 米厚度的混凝土设计有点保守，故请上海市民用建筑设计院的专家复核论证，结论是 1.2 米的厚度即可满足基础设计要求。减少 40 公分的厚度，施工就节省了 3 600 立方米的混凝土，还有人工和材料费用。

鹤鸣楼形制为古建筑，施工采用的却全是现代工艺，柱、梁、翘角、椽子、斗拱等全是用混凝土浇制出来的，五塔七层，每个塔层上都有四个飞檐翘角，第一层浇制后安装琉璃瓦时，发现翘角的弯弧度不够柔和，连接翘角之间的椽子与翘角的吻合度也不够精确，翘角和椽子的造型都与原来设计图纸上的比例有偏差。究其原因是按图纸放样时，放的是 1∶10 的小样，从小样翻模板时比例就很难控制，实际搭出来的模板也就有偏差，由于混凝土浇制一次成型，不像木结构尚可修改，出现偏差就难以挽回。益小华知道古建筑建造中，对翘角以及连接翘角之间椽子的曲线弧度要求非常之高：如龙腾飞之态势是谓翘角，如蝙蝠展翅横挂是谓飞檐，翘角之美在于长长的曲线弧度，飞檐之美在于翘角之间呈放射形摆放，两头向外撑足、中间向内收紧的一根根富有张力的椽子。所以在很多古建筑建造过程中，经常会对诸如飞檐翘角等关键部位放大样，即按 1∶1 放实样，虽然这是最简单和原始的方法，可也是最行之有效的方法。益小华在高桥中学建造拱桥弧顶、教育楼顶

1993 年竣工落成的鹤鸣楼。

飞檐翘角时，就是放的大样。因此，他要求鹤鸣楼塔层的飞檐翘角也都放 1：1的大样。这样，按地面上的实样，模板师傅只要依样画葫芦，就可在空中搭出与在地面上翻样出来的不差毫厘的模板，浇制出来的翘角和椽子也就达到了预想设计效果，安装上琉璃瓦，它们就像一张张展开的鹤翼，可以飞向空中了。

益小华是川沙大厦和鹤鸣楼两个工程的总指挥，且又是鹤鸣楼工程现场总指挥，浇制鹤鸣楼基础底座时，他连续 24 小时在工地，因为混凝土浇制时中间不能有停歇。每天一大清早，他总是会攀爬上一层层脚手架，察看工程的进展情况，后来脚手架搭到了楼顶，上去有 200 多梯步，那时工地上及四周静悄悄的，万一失足掉下来，也许没有一个人会看见。他说现在回想起来还有点后怕。

1993 年，川沙大厦和鹤鸣楼相继竣工落成，是时，川沙县也撤县划入浦东新区，这两座楼就成了川沙县委县政府留给川沙人民的最后礼物。时间如东海之水潮去潮来,这两座楼连同古城墙、古城河、岳碑亭,默默见证了川沙的历史,也见证着浦东开发给这片土地带来的变迁史。

1992 年 12 月,益小华来到浦东新区参与筹建浦东新区城建局,同时,他还要协助浦东新区干部分流办公室①,做好原川沙县建设局人员的分流工作。那时正是撤县建区之际,原县局里的干部情绪波动,人心不稳,益小华每天早上先到川沙县局做安抚工作,然后赶到黄浦江边的新局筹建办上班。益小华一开始没有办公地方,大多数时候是在浦东大道 141 号门口,等着领导召见议事。那时候领导上班就像看门诊,与一拨拨的人商谈急需要办的事。有一次益小华迟到几分钟,还挨了领导批评,他顾不上分辩,心里也没有委屈,因为他和领导一样,心里满满的都是事情。

新区城建局建立后,益小华是局长助理兼建筑管理处处长,他说自己当时是光杆司令,记得第一次开一个项目建设的协调会,从发会议通知、落实会议室到主持会议、记录和整理材料、写会议纪要,都是自己一个人完成的。他一边工作,一边招聘人员,一边调研,梳理出了比较系统和明晰的思路,形成了一系列具体工作方案。他说当时没人替你想,只有靠自己去想,如果想得不清楚,也就干不到点子上。那时浦东成了一个热气腾腾的建筑大工地,仅 1993 至 1994 年间,浦东就有近 4 000 个建筑工地,300 多支建筑队伍,30万建设大军,浦东同时成为了上海乃至全国最大的建筑市场,这个市场的形成和发展超越了常规,由此带来的各种新情况新问题,甚至滋生出的各种乱象,对建设市场的管理带来了强烈的改革要求。面对规模空前和亟需规范的浦东建设市场,1993 年至 1994 年间,益小华他们这个处就制定下发了 11个规范性文件,其中市场管理方面 4 个,工程监督方面 4 个,招投标管理方面3 个。

1995 年 6 月 21 日,浦东新区建筑营造交易中心建成运转。这个建筑营造交易中心的建立,使建筑市场从无形市场变为有形市场,从分散管理变为集中管理,从传统管理变为信息化管理,工程建设的交易双方以及所有参与

---

① 干部分流办公室:当时原川沙县撤销后,浦东新区党工委管委会成立的分流川沙干部办公室。

方都被赶进这个交易场所,在市场规则监督下,进行公开、公正、公平的交易和竞争。工程承发包实现了从地下到地上,从隐蔽到公开,从无序到有序的转变,利用工程承发包以权谋私、行贿受贿、非法承包、层层转包等消极腐败现象得到了有力遏制。赵启正副市长提出的三条"高压线"①,其中关于领导干部不准在工程发包中利用职权捞取个人好处的一条"高压线",在这里筑起了第一道基础防线。国家建设部领导称这个建筑营造中心为全国第一家,要求为全国树立典范。新华社记者还写了题为《浦东新区建设工程反腐倡廉有新招》的内参。随后,全国各地都开始了建设有形市场的探索。1999年10月,中纪委在南京召开有形市场现场会,要求把建立有形市场作为建设工程廉政建设的硬件来抓。南京会议后,上海加大有形市场建设力度,确认浦东新区建筑营造交易中心为上海第一代的第一个市级分中心,同时,建立各类建材交易有形市场,并把全市商品混凝土有形市场交给浦东承办。

益小华说,管理建设市场,除了建立工程建设交易的有形市场,还需要建设市场与施工现场两场联动,建筑业与建材业两业联手。为何要两场联动?因为进入建设市场的交易主体是不是有资质,这些交易主体在工程建设交易时是否违法违规,一定会在施工现场集中反映和表现出来。交易主体有资质,交易行为正常,就会保证施工现场顺利施工和创造优质工程。反之,无资质主体之间不规范的交易行为,势必导致施工现场在安全、质量、用材等方面出现问题和埋下隐患。所以,建设市场是因,施工现场为果,两场联动才能首尾相顾。而建筑质量又与建材密切相关,建材质量直接影响建筑品质,因此,建筑业与建材业必须两业联手。1999年之前,建材交易有形市场未建立,对建设市场的管理而言等于是缺了一只角,1999年后,上海建立了建材交易有形市场,这样,两个有形市场,加上两场联动、两业联手,上海整个建设市场就形成了闭合管理的新系统新格局。

---

① 三条"高压线":1994年,新区党工委贯彻中央和市有关文件精神,针对大规模开发建设实际,确定了三条"高压线",即新区领导的三个不准:不准擅自对地价、房价、项目定位、政策优惠等向有关部门开口子、写条子、通路子,不准在征地吸劳、动拆迁中为自己及亲友牟取不正当利益,不准在工程发包中利用职权捞取个人好处。

同时,从 1993 年起,监理制逐步走向成熟,浦东新区实行强制监理的做法在全国为首创,当时规定 3 000 万元以上的工程,必须进行社会监理,而对住宅工程,不论大小,全部实行监理。建设市场规范有序,建设工程也就高效优质。就这样,一幢幢拔地而起的高楼,托举起了浦东的天空,成为名副其实的凝固的音乐和诗,成为浦东开发永恒的建筑之美。

1993 年 3 月,位于陆家嘴商城路上的良友大厦和胜康斯米克大厦同时动工,这两个相邻工程之间只隔着五六米,各自挖地基(也称深基坑)时,由于彼此挖土的进度不一样,又由于上海是软土地基,地下土层被称为可流动的液态土,挖得慢的一方土层向挖得深的一方流动挤压,两个深基坑之间的隔离坝受挤压后首先变形,打在隔离坝两旁的工程维护桩位移 1.68 米,两个工地已打下的工程桩也被毁掉一半,两个工程损失上千万元,被迫停工近 12 个月。

位于同一区域的齐鲁大厦建设动工时,虽然无相邻工程,但在挖深基坑时,由于贪图快和省便,挖机不肯多挪动,停留在基坑一个局部单元向下深挖,造成整个基坑挖土深浅不一,尚未开挖和挖得浅的土层向挖得深的地方流动挤压,同样发生了桩基位移。

那是一个下着雨的天气,赵启正副市长撑着雨伞察看了现场,他对益小华说,这两件事不得了!浦东要建这么多的高层,而且都要抢工期,不解决这个问题不行,影响也太大了。

实际上,这些工程业主和施工单位,不缺专家和技术,不缺施工力量,出现这样的问题,主要是当时施工分布密集,施工现场狭窄,堆土堆建筑材料大多堆在基坑周围,业主要进度,施工单位要抢工期,相邻工程各管各施工互不相让,缺乏协调。

益小华及时组建了协调领导小组,自己亲任组长,又聘请五六名上海市著名专家组成专家小组,并请上海市建工局总工程师、中国工程院院士叶可明和宝钢总工程师王铁梦担任组长,两人都是全国知名的混凝土地基方面的权威。领导小组和专家小组决定对所有新建楼宇地基施工,实行"行政技术一体化管理",要求相邻工程开挖地基时,施工进度必须保持一致;单个工程整个基坑要平均开挖,每个局部单元施工进度必须保持一致。所有新建楼宇破土动工前,要将基坑设计和施工方案报协调领导小组和专家小组会审,并对开挖地基施工现场进行实时监督,对施工中出现的问题随时进行协调。这种行政和技术一体化协调深受业主和施工单位欢迎,保证了浦东大量高层建筑的正常建设。

益小华说,这种协调在地基开挖之前,也即从打桩开始,就已提前介入,因为打桩也会影响相邻建筑。嘉兴大厦建造时,事先给施工单位规定了一天只能打多少桩,因为旁边有个变电站,施工单位为赶进度,擅自改变原方案,打桩至变电站附近,想快速通过,多打了几根桩,结果变电站的地基开裂并抬起来了。所以协调要从打桩开始一直到建筑出正负零①为止。

1996 年 9 月,已担任浦东新区城建局副局长的益小华,被浦东新区管委会任命为浦东国际机场动迁住宅开发建设有限公司总经理兼浦东国际机场动迁基地开发建设指挥部总指挥,负责开发建设 35 万平方米的 2 个住宅动迁基地②和与之相配套的 8 条市政道路③。这是一项为浦东国际机场配套的重大实事工程,从组建公司、土地征用、动迁、建设到交付使用,必须用 15 个月完成。

益小华说,由政府行政官员兼任企业法人,这是在当时特定历史条件下由上级部门特批的,这样做的目的,就是要用特别精简、高效、统一的组织机构,来完成在平常时期看来是不可能完成的任务。

这首先是一项质量工程,两个住宅动迁基地以与浦东国际机场相适应的新型小城镇住宅为定位,在环境绿化、建筑立面、房型设计等方面比较超前,小区内道路配套、学校等公建配套一应俱全。当时尚无智能小区概念,光缆铺设也尚未普及,但铺设了通信光缆进小区,为今后向智能小区转化留下了空间。小区内市政管线(包括架空线),全部采用地埋式。大量推广使

---

① 正负零:指的是主体工程进展程度,在主体工程中的地下工程部分完成,该进行主体地上工程部分的时候,也就是主体工程达到"正负零"。
② 2 个住宅动迁基地:一个位于原江镇镇区域,为晨阳小区;一个位于原施湾镇区域,为思凡小区。主要用于安置原该区域动迁村(居)民,以及机场规划范围内动迁村(居)民。
③ 8 条市政道路:施新路、周祝公路延长线、六施路、镇北路、红心路、顾江路、卫东路、东环镇路。

1996 年，浦东国际机场动迁住宅基地开工典礼，浦东新区党工委副书记、管委会副主任王洪泉等领导出席。

用新材料，400 毫米以下排水管全部采用 PVC 管，墙面采用化学涂料，大胆采用有檩屋面加防水红瓦的传统工艺，有效防止了现浇屋面加装饰瓦易渗漏问题。

　　益小华说，为控制建设成本，当时房屋造价每平方米为 1 300 元（包括动迁费），按照上述建设标准和施工标准，凭心而论，是无利润可言的，施工单位是来做贡献的，好在 90％以上的建筑施工队伍是浦东各乡镇的，用浦东乡下话来说就都是自己人，就是不赚钱也要来帮忙，就是亏本也要把活干好。

　　那一年，益小华每天白天照常在东方路的新区城建局上班，下班后就赶到设在施湾镇的机场动迁基地指挥部，先开工程例会，会后再检查位于江镇和施湾的两个住宅小区的建设工地，回家都已是深夜。这一年多时间里，益小华自己也搞不清楚是城建局副局长兼了总经理和总指挥，还是总经理和总指挥兼了城建局副局长，反正白天黑夜不是局里的工作，就是机场那边的一摊工作。

1997 年底 1998 年初的两个月,工程到了最关键阶段,这两个月里,连绵不断的冬雨给施工带来了很大影响,两个住宅动迁基地和 8 条市政道路的施工现场一片泥泞,土层被践踏得像面粉一样酥软柔韧,工人们称之为弹簧土,现场施工方案多次作出调整,指挥部和施工单位想出各种办法来应对雨天的挑战:如挖深沟槽排水,软湿路基上打石灰桩,用竹篱笆铺设路面,水泥预浇后搭尼龙棚遮雨防冻,公用管线地下敷设交叉施工等。施工单位轮班施工,挑灯夜战,施工人员一身汗一身水一身泥,个个都疲惫不堪,新区城建局局长臧新民来工地慰问和检查时下了死命令:"不要说下雨,就是下铁下钉子,工程也要如期完成。"这两个多月里,益小华每晚开好工程例会后,半夜过后再去工地上检查,一方面是检查工程进展情况,一方面是看工地上还有多少人在坚持施工。同时,也让施工单位看到指挥部的人也没有休息,以鼓舞士气。

益小华说,那时两个工地上灯火通明,下着雨的天空里有一种湿蒙蒙的水汽,灯光似乎也被淋湿淋白了,想到这一片灯光将来会变成千家万户璀璨的灯火,心里也就隐隐地有一股暖流,阴湿和寒冷也似乎隐退到周围的黑暗里去了。回到指挥部,已经是凌晨两三点钟,就在指挥部的沙发上眯一会儿,第二天早上悄悄起身赶回城建局上班。

有一次在检查施湾工地时,益小华一脚踏空,跌进了一只 2.5 米深的窨井里,当时正好在抽水,故水只淹及腰,裤子全湿掉了,益小华怕耽误时间,未回指挥部换衣服,检查好施湾基地,又赶去检查江镇基地,回来时发现裤子已被自己的体温捂干了。

1998 年春节过后,浦东新区党工委管委会在思凡花苑(其中的一个动迁住宅小区)举行了动迁村(居)民的回搬仪式。建设两个住宅小区(包括配套项目),只用了 326 天有效工期,工程总体优良率在 50% 以上,7 万平方米一个街坊获得上海市白玉兰奖,2 个街坊获得浦东东方杯奖。

回搬仪式也是人们撑着雨伞进行的,只不过和雨一起来到的还有 1998 年的春天和动迁村(居)民搬入新居时的新奇和喜悦。

坐落在原施湾地区的动迁住宅小区名为"思凡花苑",起名"思凡",一来是与"施湾"谐音,二来是表示这小区建造得好,连嫦娥见了也会起思凡之心。益小华为此还题诗一首：

思凡在施湾，
安居做示范。
人间有花园，
嫦娥思下凡。

很多人知道益小华是一个行政官员，很少有人知道他还是一个高级工程师，他的聪明智慧不外露，就像静静含苞的花朵，绽放出来的却是他仪态万方的人生。

水泥彩虹

季卫兴 1981 年进入北蔡市政建筑有限公司,做过施工员、测量员、技术员,后来担任项目经理 15 年、公司总经理 14 年。浦东开发之初,金桥开发区启动时的两条道路(维一路和维二路),就是北蔡市政建筑有限公司修建的,施工队做路基时,还先帮金桥开发公司下田割稻。这是北蔡市政建筑有限公司第一次参与浦东开发建设,所以季卫兴记住了。

北蔡市政建筑有限公司做了许多工程项目,其中 4 个工程项目是季卫兴印象最深的,也可以说是公司发展历程中的标志性工程项目。

1992 年 11 月,公司参与了南浦大桥龙阳路立交桥工程建设,这是上海市第一座互通式立交桥,上海市的建筑单位都从未做过,从设计到施工都处于摸索阶段。当时的北蔡市政建筑有限公司,前身是 1964 年北蔡人民公社组建的修建队,员工都是北蔡乡下的农民手艺人,把这么一个重大工程交到他们手里,免不了让人担心。季卫兴是龙阳路立交桥建设的项目经理,做这个工程他心里也没有底,于是聘请了上海基础公司的几位技术员来指导施工。

龙阳路立交桥建设采用的是"先简后连"的施工新工艺。原来造桥的常规工艺是:立柱先起来,再架设横梁(也称上盖梁),然后铺设桥面板(也称简支梁)。新工艺是立柱起来,在横梁位置搭临时支架,在临时支架上先铺设桥面板,然后预浇和连接横梁,故称"先简后连"。"先简后连"不仅改变的是施工流程,而且改变的是施工方法。预应力施工有两种方法:一种是先张法,即对桥梁和桥面混凝土结构进行工厂化生产加工,再运输至工地现场。一种是后张法,即在工地现场预浇混凝土,利用钢索(代替钢筋)贯穿螺旋形波纹铁管,进行预应力张拉,再灌浆填塞缝隙。常规工艺采用的是先张法,"先简后连"工艺采用的是后张法。季卫兴说,混凝土的特点是抗压性强,钢筋的特点是受拉性强,采用后张法,就将这两者的特性和优势发挥到了极致,建筑的质量也相应大为提高。比如在同等的配比条件下,采用先张法生产加工的混凝土桥梁,空间跨度为 20 米;采用后张法预浇的混凝土桥梁,空间跨度可以达到 30 米甚至 40 米。同时,采用后张法工艺,还可以利用上盖梁的养护期进行桥面上部结构施工,大大缩短工期,还节约了材料和运输成本。

建造龙阳路立交桥让季卫兴他们开了眼界,让他们知道浦东开发的舞台是那么的大,也让他们掌握了新的造桥工艺,对混凝土钢筋结构及施工流程有了进一步的认识。他们兢兢业业,不敢懈怠,按照新工艺的要求,做到一丝不苟。1993 年底,龙阳路立交桥工程如期竣工,并被评为上海市优质工程,季卫兴带领下的施工队也被评为 1993 年上海市模范集体。

1994 年,公司参与上海沪宁高速公路入城段建设,整个入城段从花桥到镇北路,有 15 个标段,分别由 15 个施工单位承建。当时,上海市政一公司、隧道公司等几个大的建筑公司都来了,外省市一些知名市政公司,如浙江象山市政公司(即后来的宏润集团)也一起参与。北蔡市政建筑有限公司承建的 12 标段,是 5 个高架桥标段中的一个,长 1.2 公里,为笔直段。这一笔直段比其他标段施工难度更大,施工中稍有弯曲和粗陋之处,就会影响视觉效果。为慎重起见,季卫兴带领施工队先试做了一段 20 米的防撞栏杆,觉得若按施工质量标准能通过验收,但看上去总是不大顺眼,让人心里不大踏实。季卫兴想敲掉重做,总经理陆炳珠表示大力支持,说损失一些钱是小事,工程质量是百年大事,一定要做出比龙阳路立交还要好的工程。这一敲,把整个施工队的精神专注度一下子提升上来了,大家把手底下的看家本领都拿出来了,木匠组建的每一块模板都牢固稳定,泥匠预浇的混凝土每次都震捣到位,自拌的一茬茬混凝土都配比一致。一段段模板拆卸下来,预浇的每一段混凝土都达到了光洁、密实、平整和无色差四个标准。防撞栏杆顺直,线条分明流畅。桥面铺装层用 6 米长尺搁量,平整度不大于 3 毫米。1.2 公里笔直段,尽显笔直挺拔的风姿,展现了混凝土结构内在的美。上海市政局局长黄永良带了另外 14 个标段的施工队负责人来参观学习。该标段工程获得了国家市政工程银质奖。一群来自于浦东北蔡乡下的农民手艺人,就此出名了。

1994 年底,北蔡市政建筑有限公司接下了延安西路高架零号标段工程项目,该标段约长 2.2 公里(从虹许路至虹桥机场),中间要建造的虹桥机场收费口广场项目,是整个延安西路高架 5 个标段中难度最高的工程,被称为整个延安西路高架工程的"喉咙口",因此,没有一家施工单位敢接。当时上海市政局市政建设处处长曹龙金对北蔡市政建筑有限公司总经理陆炳珠说,这个活是我吃了老虎胆接下来,陆炳珠说,我是吃了老鼠胆让季卫兴来做的。

收费口广场项目是 1996 年上海市政府一号工程,方案由上海市政设计院设计,并报上海市委市政府审定。该项目工程主体为拱桥形状结构,跨度 120 米,高度 24 米。中间横贯波浪板,长 130 米,宽 12 米,采用预应力钢索

虹桥机场收费口广场拱桥。

拉吊。整个工程为混凝土结构。此工程的难度在于拱桥的四根立柱为六边形等截面形状,由底部向空中呈弧形延伸,逐渐由粗宽收为细窄,每一个六边形等截面的尺寸在每一个空间都处在变化之中。这就给测量和木工翻样带来了极大挑战,能否攻克测绘这一关,成了建设这一工程的关键。为此,市政设计院专门派了3位测量工程师前来进行测绘工作,但是一周后,他们感到无从着手,就都回去了。用季卫兴他们的话来说,就是"一点花头都没有"。季卫兴以前上中学"学工学农"时,曾经学习过测量理论,后来在许多工程中积累了实际经验,他带了两个大学生和两个中专生,边摸索边测绘,每测绘一段施工位置,组模和结扎钢筋就紧随其后,一座拱桥的骨架从两端开始向空中飞升,最终在顶端合拢,丝毫不差,每一个六边形等截面、每一个夹角都计算得精准无比。可以预浇了,季卫兴担心市政局原先提出的分两次预浇的方案,会造成结构变形,故建议一次预浇。于是从晚上8:30开始一直至第二天下午13:30,经过一天一夜17个小时的施工,一千三百方混凝土预浇完毕。收费口拆模竣工,一座拱桥以它优美绝伦的线条出现在这个城市的地平线上,一道彩虹从九天落到了人间,那些波浪板也变成了轻轻飘动在彩虹边的云彩,从虹桥机场出来的川流不息的车辆,也都变成了漂在彩虹桥下的一河桃花和莲花。市委书记黄菊、市长徐匡迪参加了收费口竣工典礼,黄菊书记还与季卫兴合影留念。那一年,季卫兴被评为上海市劳动模范,他的人生原来可以像水泥一样质朴,也可以像彩虹一样美丽。

当北蔡市政建筑有限公司施工队开赴零号标段时,其余4个标段的基础部分、上部结构已基本完成,北蔡市政建筑有限公司施工队已落后于其他4个标段约50%的工期。陆炳珠把公司全部力量调上去,工地上有600多人,建立了4个食堂,一部分人吃住在临时宿舍,大部分人每天大巴士接送,每天24小时日夜施工。收费口广场工程,3个月就竣工,整个零号标段工程,8个月全部竣工,硬是把工期抢了回来,确保了延安西路高架建设全线如期竣工。后来,每当陆炳珠经过收费口,心中就会涌起自豪和感慨:是改革开放的时代给了北蔡市政建筑有限公司机遇,让一群来自乡下的农民手艺人蜕变为现代建筑工匠和建造师,造出了也许是他们一生中最有价值的工程。

　　2001年，北蔡市政建筑有限公司承建郊环线（南汇）大治河桥，首次采用了挂篮技术，随后又陆续在浦东川杨河和浦东运河上建造了6座同类型的大桥，其中闻居路大桥主跨105米。公司在挂篮施工上取得零的突破并积累了丰富经验，又一次成为同行业中的翘楚。公司总工程师李小平说，挂篮施工适宜于宽度大的河道，施工时不影响通航，桥梁空间跨度大，桥型美观。施工时三跨为一组，在桥墩上，混凝土结构像翅膀一样向两面空中伸展。

　　从龙阳路立交桥到挂篮桥，北蔡市政建筑有限公司在浦东开发的建筑史上，留下了一座座会飞翔的桥、一道道水泥的彩虹。

为了那片绿

　　1964 年 7 月,康味菊从北京林业大学毕业。她就读的风景园林系,前身是清华大学造园系。教园林史的汪菊渊先生,是中国风景园林系和园林学的创始人,第一代中国工程院院士。教树木学的陈俊愉先生,是第二代中国工程院院士,也是康味菊毕业论文的指导老师。教造园学、工程学的孟绍桢先生,是第三代中国工程院院士。1963 年,《人民画报》社采访陈俊愉先生时,康味菊与许多学生随老师一起接受采访,《人民画报》封面刊登出了采访照片:一张大大的康味菊的个人照,青春的面容焕发出的是新中国园林事业的蓬勃朝气。毕业分配时,康味菊人还未到上海,上海园林局的人说,你的照片已到上海了。

　　北京林业大学是全国最好的园林大学,康味菊是优秀的四年制本科生,她的才华很快在上海园林局得到了展示。有一次,康味菊接待一位亚洲国家的植物学家,当时中国与这个国家的关系比较敏感,接待不能出一点纰漏,局领导和同事都为她捏了一把汗。植物在国际上的统一名称是用拉丁文命名的,因而植物国际交流离不开拉丁文。识得 500 种植物可称为植物学家,识得 500 个拉丁文还远远不是拉丁文专家。康味菊在介绍植物品种时全部用了拉丁文,她的苦功没有白下,这门死了的语言在她所喜爱的植物里是活着的。接待结束,这位亚洲国家年长而资深的植物学家,情不自禁地要认康味菊为干女儿。

24 岁的青春之花在上海园林局这片绿荫里绽放,康味菊工作不久就担任了局团总支副书记,组织上准备发展她入党,一切手续已办,只等支部大会召开。她的前程花团锦簇,如同她心底那片耀金闪银、春华秋实的园林。

1970 年,康味菊调至南市区园林所工作,在南市区园林所工作的 15 年,康味菊的人生依然焕发出光彩。当时南市区人口密度大,几乎没有一块绿地,康味菊提出垂直绿化,向空中要绿量,她与同事到江苏、浙江、安徽山区寻找和发掘藤本植物。茎长叶茂、花大如蝶、荚果扁平的油麻藤,是墙面和棚架垂直绿化的优良藤本植物,康味菊一开始还不认识,戏称它为“大刀豆”。通过广泛发动山民和苗木供应商,大量的藤本植物被采挖和运送而来,分发到南市区的各个街道、工厂和学校等广泛种植,三年后,南市区的屋顶绿起来了,墙面绿起来了,棚架绿起来了,每个角角落落都绿起来了,还建成了以藤本植物为主体的“蔓趣园”。高压油泵厂屋顶花园还成了全市屋顶绿化的典范。无数的油麻藤、五叶地锦、云实、爬山虎和牵牛花,与原本的树木花草一起,生长出一个倾泻着绿色和倾诉着生命的南市区,油麻藤上深紫色的花,给这里的大街小巷带来了山野的色彩和气息。

在上海地区,1980 年之前,杜鹃花都是在温室里栽培、生长和开花的,人们也只能在温室里观赏杜鹃花。1979 年,康味菊列了杜鹃花露地栽培的课题,经过土壤 pH(酸碱度)测定、空气含水量测定、勒克斯(lx 光照度)测定、散射光(非直射阳光)测定等,了解不同的杜鹃品种在不同的地理环境中的生长习性,最终选择日本品系的石岩杜鹃作为露地栽培的品种。杜鹃适宜半阴条件、冷凉气候、湿润环境、酸性土壤,夏季尤其要避免日晒,因为夏天阳光强烈,会使杜鹃花萎叶黄。另外,上海地区土壤碱性强,所以还要进行土壤改良。康味菊在全市十几个公园设点,并在蓬莱公园开辟了一个近 2 000 平方米的杜鹃园,进行石岩杜鹃露地栽培试验,经过两年多努力,石岩杜鹃露地栽培成功,作为模本地被大面积种植推广。这是一种常绿夏鹃,春夏开花,花色有深红和浅红。当蓬莱公园和另外十几个公园里的杜鹃花竞相开放,映红这个城市的春晨和夏晚时,人们喜爱的杜鹃花终于从温室走上了街头。

蓬莱公园是上海解放后新建的第一批公园之一。在缺少资金的情况下,康味菊带领职工巧思苦干,结合人防工程挖湖堆山,在小小的蓬莱天地里创造出山、水、亭、榭、廊,仿建了九龙壁,开辟了梨园、茶室、餐厅。她将散落在民间明清时期的石碑、石雕、石刻等70余件文物收集起来组成景点,还将一座明代文人祝枝山题匾"溪山清赏"的四角亭移入园中成为一景。为此,上海《新民晚报》和香港《大公报》都来采访报道。

垂直绿化、露地栽培杜鹃花、石雕石刻等蓬莱文化形成了南市区园林绿化的三大特色。1982年,南市区被评为第二届全国绿化先进单位。

后来,康味菊在复兴公园工作期间,对沉床式毛毡花坛,提出矮化型、密集型、细腻型花卉类群的用花新标准,成为当时上海公园花坛用花的一个新成果。在龙华公园工作期间,她与北京植物园联合进行桃花引种研究,发展桃花特色,将灿烂的桃花与烈士的光辉人生相结合,组织拍摄了《桃花颂》,作为革命传统教育片在中央电视台和上海电视台播放。

1993年春,浦东新区城建局力邀康味菊到浦东来工作,那时康味菊在龙华公园担任主任,她对浦东新区城建局办公室的李健同志说,我已经50出头了,去浦东可能不太合适。李健说,浦东紧缺搞园林绿化的人,局里领导都希望你来。李健一次次地去找康味菊,也许是李健的恳切打动了她,她决定先去实地察看一下,在浦东即墨路的船厂大楼里,她看见城建局的人挤在租借来的办公室里,一刻不停地忙碌着,虽然办公室里有桌子无椅子、有椅子无桌子的,但有事情做,有做不完的事情。她对李健说,这地方有事可做,我来!当时浦东新区在北林大毕业、专修园林的高级技术人才,就只康味菊一人,她担任了浦东新区城建局城管处副处长,负责园林绿化工作。从此,她与浦东的那片绿就再也分不开了。

投身浦东开发是康味菊人生中的一个重要新起点,她着手做的第一件事就是编制浦东园林绿化规划。在新区党工委管委会和城建局领导重视和关心下,邀请和组织沪上园林绿化和规划等方面专家,成立了编写工作组。以前的园林绿化规划称城市绿化专业规划,浦东编制的是绿地系统规划,第一次提出了城市绿地系统的概念,所谓系统,即环、楔、廊、园、林。环,即外环;楔,即楔形绿地;廊,即道路和河道;园,即公园;林,即造林。第一次提出了园林绿化是唯一有生命的基础设施的理念,将园林绿化从单纯的景观提升至建设城市环境生态系统的高度。第一次提出了绿线和蓝线的概念,所谓绿线,就是道路绿化;所谓蓝线,就是河道绿化。康呋菊说,绿线和蓝线的提出和建设太重要了!1993年开始,浦东创造了用最短时间修建最多道路的记录,许多道路都是当年立项当年完成,浦东绿地增长量的三分之二来自于道路绿化。浦东有16 000多条河道,7 000多公里长的河岸线,绿化一上去,这个绿量也是惊人的。规划也最早提出了楔形绿地的概念,认为它们是沟通城市中心区与外围江河道路的空气流动带。当时全市有8块楔形绿地,其中5块在浦东,这些楔形绿地建成后,等于是一座座小的森林。浦东新区编写绿地系统规划受到国家建设部关注,1995年春节期间,周干峙部长、吴良镛院士听取了汇报,并给予了指导和肯定。

为了推进全区的园林绿化建设和管理工作,康呋菊和同事们着眼于基础建设和管理,制定了一系列建设和管理的措施和办法,要求各开发区、各街镇编制和报批区域性园林绿化规划。每个街镇都要建一个公园。所有的园林绿化建设项目设计方案都要经过专家论证和报批,根据项目的不同性质,明确绿地比例(如化工项目必须30%以上,别墅项目必须40%以上,一般项目必须20%以上)。明确浦东新区绿地建设的投资标准为每亩4万元(即每平方米70元)。明确投资和实施主体,确保绿化建设项目落地。这样,对园林绿化的开发建设和管理,就全部覆盖到了520多平方公里的土地上。

规划的实施和建设管理体系的建立,确立了优先发展绿化的战略思想,确立了多渠道、多元化发展和管理绿化的方针,确立了向规划要绿地、向改革和机制要资金的原则。至20世纪90年代末,浦东新区人均公共绿地从开发初的0.54平方米,达到23.06平方米,绿化覆盖率从8.41%,达到35%,绿地面积从328公顷,达到2947.78公顷。

1994年是最忙最难也是最出成果的一年。这一年,完成了浦东新区绿地系统规划、浦东城区雕塑第一规划,"腾飞""纽带""展翅"等首批大型雕塑落成。完成和启动了世纪公园、世纪广场、世纪大道、汤臣高尔夫、上南公园、南浦广场公园等大量园林绿化项目规划方案的评审、招标评标等工作，完成了"五路一桥"绿化配套，建成了济阳公园。济阳公园是浦东第一个实事工程公园，4月份，5万平方米的公园建设在耀华玻璃厂原址上启动时，部分基地还在拆除搬迁。新区党工委副书记、管委会副主任胡炜在奠基典礼结束后，将手中的铁锹交给康味菊，说10月份要完工，11月15日赵启正副市长要来剪彩。这一年，康味菊的丈夫生病住院很长时间，她每天只睡两三个小时，在医院和单位之间赶来赶去。当时，新区城建局具体搞园林绿化的就康味菊等5个人，上面对着市里的7个局，下面对着各开发区、各乡镇街道和所有的企事业单位。每个人都在废寝忘食地工作，一个个日子都是忙碌，一个个日子又都是奇迹，一个个日子里有风霜雨雪，又都是满眼新绿、三十六陂春水、一堤杨柳一岸枫香。

从三路、五路到七路，所有道路绿化配套和园林绿化等项目的设计方案，都要经过康味菊的修改和审核，在这些方案里，有着康味菊的大量心血，也有着她的理念和灵感。这些方案产生的是绿量，新区绿化增量的65％是由道路绿化贡献的，绿化在道路建设面积中占了很大比例，如龙东路占51.3％，迎宾二大道占68％，环南一大道占48.5％，罗山路占54％，30公里长的外环线，不仅建了道路红线内绿地，还建了百米和400米林带，磁悬浮两侧建了各50米林带及大批生态林。浦东道路绿地面积也成了上海市绿地面积的重要增长点。

这些方案诞生的是一个团队。许多园林绿化和道路绿化配套建设项目方案，是由新成立的新区园林绿化设计院设计的，在康味菊的指导下，这支年轻的设计队伍，犹如一片初春的园林苗壮成长。

这些方案催生的是一片片风景。穿越世纪公园的张家浜，原是一条臭水浜，整治期间，康味菊对绿化设计方案进行了重大修改，强化了浜两侧绿带，软化河岸，使其四季有花，该整治河道获得国家最佳人居环境奖。康味菊团队设计的小中央公园，是小陆家嘴地区的后花园，滨江第一期中段和北段绿化，是小陆家嘴曼妙的岸线。小中央公园里和滨江绿地上，树木花草的

张家浜景观。该照片由康味菊提供。

香气与摩天大楼里咖啡的香气混杂在一起,花丛里飞起的成群蜜蜂和蝴蝶
与来去如潮的俊男靓女一起,演绎着东方曼哈顿的瑰丽和传奇。

1998 年,康味菊设计了远东大道(北干线)绿化配套方案。远东大道是
一条通往浦东国际机场的快速主干道,北干线全长 24 公里,绿化面积占道路
建设的 64.5%。方案设计充分考虑了南方树种丰富的特点,以常绿树为主
体。两侧 29 米宽绿带背景选用杨树、香樟树和广玉兰树,以杨树为主,适当
点缀香樟树和广玉兰树,三大树种形成高空背景。中部背景以大型常绿灌
木为主体,选用珊瑚树、夹竹桃和石楠等。前景以宿根的色叶开花植物为
主,选用金丝桃、杜鹃花、葱兰等,以及少量草皮。

中央 10 米宽隔离带呈地毯式种植,以矮型灌木为主体,其中 6 米宽种植
丝兰(俗称凤尾兰),两侧各 1 米宽镶嵌火棘和金叶女桢。

远东大道两侧绿带高低错落,形成了丰富的层次,杨树、香樟树和广玉

兰树在高空筑成了一道绿色屏障,广玉兰单纯作为行道树单调不好看,成群种植生长出来就树势雄伟。中部的珊瑚树修剪后长势愈趋旺盛,弥补了杨树秋天落叶的不足,初冬结出的一串串小红果,犹如垂挂在绿壁上的玛瑙。下部矮矮的灌木花叶繁密,地面青草丰茂。

中间隔离带以凤尾兰为主角,凤尾兰花序直立挺拔,一年开两次花,分别在五一节和国庆节期间,它的花似乎是专门为了祝贺这两个节日而开的,一株株洁白的花和一阵阵幽香,给这条道路带来了宁静和温馨,而火棘叶果的红,金叶女桢的一身金黄,把凤尾兰花的白映衬成明净的艳。

每一个单元绿化种植量大,形成了大块面和大跨度,产生了强烈的视觉冲击和逗留效果。中间隔离带无乔木,避免了将道路一分为二,全线绿化成围合式,围合出一条铺锦叠翠的长廊,浦东在这里夹道欢迎天下世界的来客。

远东大道绿化配套设计方案,体现了高大、浓密、宽广、厚实、多彩的设计原则和风格,是对以往道路绿化配套设计风格的总结和提升,成为日后浦东许多道路绿化建设的样板。另外,方案还充分考虑了成本因素,选用的主要树种杨树,生长快、成本低;选用的宿根植物,不需要年年更种;选用的珊瑚树等品种,少虫害,易活易长。整个绿化配套建设的成本,没有超出新区制定的绿化费用标准。

对远东大道绿化配套设计方案,上海市副市长、新区党工委书记、管委会主任周禹鹏听取了两次汇报,并提出了明确要求和指导性意见,方案也充分吸纳了新区党工委、管委会和城建局领导以及专家的意见和建议。远东大道建成后,也得到了建设部领导和评选国家园林城区专家组的高度肯定。

2015年,康味菊获得上海园林终身成就奖。

人生的酸甜苦辣都已付之一笑,转眼几十年的春秋都已长成了园林。康味菊来浦东之前是副处级、高工,退休时仍是副处级、高工。她本以为可以延长退休的,但当时浦东还没有实行高知延长退休的政策,这样,她的教授级高工就未能评上。对此,她不抱怨不后悔,因为她觉得来浦东干了许多事。一切都会烟消云散,唯有她造的园、植的林、栽培的花、呵护的草,始终会在这片土地上郁郁葱葱、四季飘香,那是她生命中的绿,有着她的寄托和爱恋、坚守和眼泪,为了那片绿,一切的付出,她都心甘情愿。

碧云明月

党中央国务院宣布浦东开发后,上海市委市政府决定在浦东设立四个重点开发小区,并成立相应的开发公司。1990年下半年,陆家嘴开发公司、金桥开发公司、外高桥开发公司相继成立,这三家开发公司加上后来(1992年)成立的张江开发公司,就成为了浦东开发的先锋队和主力军。

金桥出口加工区是我国大陆第一个以出口加工区命名的国家级开发区。上海作家潘阿虎和周嘉俊在《浦东之路》一书中这样写道:

它位于浦东新区四个重点开发小区的中部,西连陆家嘴金融贸易区,北接外高桥保税区,南临张江高科技园区。浦东的主干道杨高路东西贯通,横跨黄浦江的杨浦大桥向南延伸,构成了该区域的两条主要边界。

金桥以前是一个小镇,周围是一望无际的田野,从1990年秋天开始,这里开始沸腾起来,一座通向世界的金桥开始架筑。

金桥的第一批开发者叶廉芳在《忆金桥创业二三事》一文中回忆了当时的情景:

> 开发之初,资金极其紧张,只有向银行借来的 200 万元开办费,那能顶什么用?为了起步开发 4 平方公里土地,通过"空转"方式,先把土地使用权拿到手。为了筹集资金,四处奔走,八方游说,与国内银行开展银企合作,又与香港中银集团进行中外合资,当时中银集团代表侯文藻先生戏言:"金桥公司真是像追求情人一样盯牢我们。"
>
> 从 4 平方公里土地起步,滚动开发,终于在 1991 年底,迎来了金桥第一个进区项目——爱丽丝制衣有限公司,这极大地鼓舞了全体金桥开发者的斗志与信心。

叶廉芳提到的金桥公司当时面临的困难情景,也是其他几个重点开发小区开发公司所共同面临的。这是浦东四个重点开发小区历史上第一次遇到的来自资金方面的困难和挑战,这一困难和挑战在浦东开发初期的十年中,不断被及时应对和暂时克服,同时,它又如影随形紧紧依附在开发公司身上。

可以称之为第一阶段的十年开发建设,取得的成绩是无与伦比的:

> 在这片面积为 522 平方公里的土地上,十年完成的全社会固定资产总投入近 3 000 亿元人民币,建成的各类建筑总量近 5 000 万平方米,新增道路总长近 1 000 公里,集中城市化面积由十年前不

到 40 平方公里猛增到 100 平方公里。吸引来自世界 67 个国家和地区的近 6 000 家外资企业和来自中国内地的 5 000 多家内联企业落户。在昔日简陋的住宅、广袤的农田之上,一个外向型、多功能、现代化新城区的雏形已见端倪,成为 21 世纪新上海的象征。①

在这十年开发中,四个重点开发小区发挥了无可替代的作用,并形成了各自的开发模式。

金桥公司的陈恩华在《金桥模式及启示》一文中写道:

金桥利用国家投入的土地资本,经历了与国内投资机构进行中中合资、与香港中银集团和招商局进行中外合资,以及上市发行股票"三步曲",成功实现了土地资本与金融资本的有效结合,快速形成了巨大的土地开发能力,自开发以来的 9 年时间内,累计完成了近 10 平方公里的土地开发,引进项目 340 多个,其中世界 500 强企业 26 个,平均每个项目投资额达到 2 500 万美元,完成工业产值 396 亿元,累计上缴税收 76 亿元,在全国开发区中名列榜首。金桥开发的体制和机制、速度和规模,被当时的国务院特区办领导誉为"金桥模式"。

同时,陈恩华还分析了这种模式存在的问题:

在市场需求发生变化的情况下,单纯的土地滚动开发机制难

① 引自周禹鹏为《浦东之路》一书所写的序。

以为继,迫切需要建立相适应的开发机制。

实际上,从 1995 年起,金桥模式中的问题就不断暴露和突出:一是动迁成本不断提高;二是中外投资方和股民要求投资回报(利润分红);三是招商引资中的地价倒挂,成本亏损;四是市政基础设施投入、日常养护管理费用增加。金桥公司面对的问题,也是其他重点开发小区开发公司面对的问题。这是重点开发小区在经历了大规模初期开发建设,并取得阶段性成果后,又一次遇到的来自资金方面的巨大压力。

1998 年 4 月,先后担任过静安区副区长、市妇联副主席的孙国华,来到金桥公司任党委书记。之前,上海市副市长、新区党工委书记周禹鹏与孙国华谈了一次话,孙国华问周禹鹏,金桥目前最大的困难是什么? 周禹鹏说了一句英语:Cash flow(现金流量),意即没有资金,招商招不进来,没有项目。

孙国华去金桥公司报到那天,走进金桥公司大门,迎面大堂里都是上访的人,大约有 200 多人,都是金桥公司征地范围内的动迁农民,听说新的党委书记要来了,故要找她解决动迁补偿、住房安置、就业等问题。

孙国华说,杨小明总经理比我早来一年多,他主要负责开发建设和行政工作,我主要负责党建和稳定工作等,这一摊农民上访的事就由我来管了。记得有一次,与公司的殷明华同志在公司四楼接待上访农民,从下午 2 点一直到晚上 10 点,晚饭也不能吃,水也顾不上喝。那时正是公司最缺钱的时候,不能立刻解决农民的问题,但是我们向农民保证,一定会妥善解决这些问题。后来,公司每年拨出几千万元来解决这些问题,而且可以说是解决得最早和最好的。

杨小明是 1996 年 10 月到金桥公司任总经理的。

他说,重点开发小区初期大规模开发,必然是高强度投入,因而也必然是高负债率,这是初期开发的一个客观事实。当时金桥公司也确实没有钱,记得 1997 年有一次去香港开会,十几个人,连买飞机票的钱也心疼,后来是买了火车票,乘了二十六七个小时的火车去。开的是金桥联合发展公司的董事会,公司与香港招商局的中国银行合资,对方要求分红,公司账面上虽然有盈利,实际上根本分不出红,双方就一直僵持在那里,晚饭也没得吃,一直到凌晨 2 点多钟,才叫人到楼下通宵超市买牛奶面包来充饥。

当时的情况是:农民动迁征地的钱日涨夜大,投资合作方和股民要求分红呼声甚高,招商引资作为新区和公司重中之重刻不容缓,虽然通用汽车和909项目来了,对金桥招商引资局面有一个很大改变,但未能从根本上解决一个问题,即投入与产出问题。因为招商引资,土地总归是向便宜里走的,项目越好,给的土地价格越低,如通用汽车项目,将近半平方公里(50 万平方米)土地,卖给它只有成本价格的一半,不卖给它项目就进不来,卖给它就只能亏损。政府开发投入与产出,可以有税收平衡,开发区是自负盈亏的,这样的投入与产出,靠开发区自身就很难平衡。所以在这样的情况下,开发公司如何持续发展,招商引资如何持续进行,公司国有资产如何保值增值,这是开发区长久以来最难以做到的一件事,也是金桥公司当时遇到的最大困难。

杨小明说,生意越做越穷,穷则思变,用当时流行的一句话来说,就是要学会“戴着镣铐跳舞”。金桥公司想了两个办法:一是工业区招商引资,由原来的以地招商改为以房招商。以前卖出土地,除重大项目,一般的项目卖得高一些,也就 40—50 万人民币一亩,扣掉成本后所赚无几。改为公司自己造厂房出租,情况就不大一样,厂房招商,对加工业特别是出口加工区企业非常有利,因为进区企业生产线布置得快,投入产出快。所以金桥公司一开始造了几十万平方米厂房,造厂房成本每平方米约 1 800 元,一年租金每平方米 350—400 元,也就是说,5 年的租金就把造厂房的钱全部赚回来了,而且,土地本来的价值和增值的资产仍旧在公司手里,公司就变得有实力了。

第二个办法就是后来建造的碧云社区。一开始没想到要建这样一个社区,当时招商引资有四句话:千山万水、千难万险、千方百计、千辛万苦,就是为了做好招商引资工作,服务工作是延伸的,除了做好对所引进项目的服务,还要做好对有关项目方高管人员包括生活需求等方面的服务,如外企高管需要在上海租房子,我们帮他租,需要请家庭教师和保姆,我们帮他请,反正他有什么困难,尽管提出来,我们都会尽力帮他做。在服务中有一个发现对我们非常有启发:这些在金桥开发区工作的外企高管,都居住在浦西虹桥的古北小区,每月所付租金,至少五六千美元,折合人民币约四五万元。问他们为何不肯住到浦东来,他们说浦东还是比较乡下了一点,配套不齐,生活不便,也没有好的房子。杨小明对他们说,如果我们做出一个好的社区,你们愿意住到浦东来吗? 他们说,你们怎么能做得出呢?! 杨小明说,你们怎么知道我们做不出?! 他们说,你们国有企业怎么做得出像古北这样的社区?! 但如果你们做得出,我们就一定住过来。因为当时从虹桥到金桥上班路上需一小时,而住在金桥上班只需十分钟。

这个新发现使公司萌发了要建造一个适宜外企高管居住的社区的想法,也使公司面临着一个竞争和学习的考验,公司专门成立了一个部门来研究此事,请教了专家,也去国内外考察了许多项目,最后得出一个判断:做这样一个社区,凭公司的技术完全做得到,但凭公司的眼光不一定能做到。因此,想请一个合作方一起来做,当时住宅做得比较好的是万科,公司就请上海万科的领导来商谈,上海万科愿意合作,但向深圳总部打了三次报告均未获批准,总部的答复是这个地方是做不出来的。这件事对金桥公司刺激甚大,公司决定自己建造这一社区,先请美国、加拿大、法国、澳大利亚设计事务所设计,然后吸取各家之长,形成规划方案。图纸出来后,拿去给外企高管看,他们看了说,如果你们真的做成这样,我们就来。

当时毗邻碧云社区的金杨新村住宅已建成,每平方米销售价格为2 300元左右,碧云这块地原来的规划与金杨新村一样,也是普通商品房。这块地已征地但未动迁,上面还居住着许多村民,生产队里还养着猪。

杨小明说,碧云一期竣工后,心里没底,担心卖不出去,第一个来购房的是ATNT上海总经理,是个美籍华人,我很高兴,还请对方吃了两顿早饭,卖出去的一套房子每平方米为4 000美元,折合人民币每平方米三万多元,碧云房子的造价每平方米约400美元,折合人民币每平方米也就二三千元,所以卖到这个价格应该说是很不错了,但没过多久,我就后悔了,因为庄臣公司财务总监来租房,每月租金付6 000—7 000美元,也就是说,月租费单价比卖房子单价还要高,这样高的租金,成本只要几年就可收回。我们就决定从今以后碧云所有房子都只租不卖。卖出去的一套房子,好在销售合同中加了一条款:公司有优先回购权。故五年后这套房子又被公司买回来了,所以整个碧云社区没有一套房子是卖出去的。

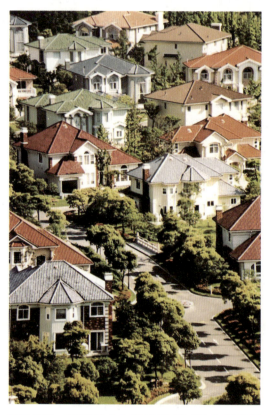

碧云社区。该照片由上海金桥(集团)有限公司提供。

曾在金桥公司工作过的陈卫星,当时在她《碧云别墅的成功引发的思考》一文中这样写道:

碧云别墅是金桥公司第一个集策划、开发、销售、管理为一体的自营的高品位住宅楼盘。开盘不久便成为沪上最知名的物业之一,并在1999年评为建国50年上海市最佳住房小区大奖。

碧云社区别墅一期33幢,于1999年1月底完工,2月份交付使用,至年底出租率已达100%。二期37幢别墅于1999年8月开工,将于2000年4月底完工,工程未完工,但已预约频频。

碧云别墅采用澳大利亚规划设计师的设计方案,其主要优点是:规划了蜿蜒曲折的河道,围合成四个岛区,独具匠心的湖泊和河道设计,创造了"岛"的特殊地形,保证每一单元住宅都享有绿地和水域。整个小区绿化率高达70%,小区内种植了5 000多棵树木及各种花草。水体的形式以湖面、溪流、瀑布构成,亭台、板桥、卵石、白鹅、金鱼、树木、花草构成了自然的生态景观。

杨小明说,公司还建造了碧云花园,为公寓房。卖掉三分之一,成本全部收回,三分之二全部出租,每套房月租金约5 000美元。就从那时开始,金桥公司一年的租金从一二千万元,一直收到十几个亿。至今,仅碧云别墅年租金就已达到4亿元。

"行到水穷处,坐看云起时。"金桥人在困境中柳暗花明,描绘出的这一片碧云,成为了缭绕在浦东这座青山上的最美云彩。

杨小明说,早在外高桥新发展公司时,他就开始做厂房出租了,只是没有像在金桥公司时做得这样规模大。后来他调到了陆家嘴公司,陆家嘴是金融贸易区,不是出口加工区,不能再搞厂房出租,他就按金桥以房招商模式搞以楼招商。2003年,也就是在他调到陆家嘴公司前一年,陆家嘴公司一年里就卖出了23块地,他去后就叫停了,明确除了市区安排的重大项目,土地尽可能不卖,公司自己建造办公楼和公寓房出租。公司的租金从他去时的共计三四千万元,到他离开时共计已有30多亿元。

笔者问杨小明当初为何会想到这样做?

杨小明说,土地在外企的会计制度里,是作为资产记账的,它会自己贬值,也会自己增值。当时有一个情况自己是看到的:土地会增值,土地捏在手里等于是黄金。买一辆高级的汽车,100 万元或 200 万元买进来,四只轮胎一落地就贬值了,再卖出去肯定卖不到原价了。土地就不一样,买到手,产证办好就升值了,放着,继续升值。租出去价格虽然看起来便宜,但土地在,过了十年二十年,即便上面的房子没了,这块土地也是零成本了。这一点当时许多人没有看清楚,特别是在改革开放初期,对土地的本质还认识不足。当时自己在开发区工作,经常与外商谈判和接触,对土地价值和本质的认识可能比别人早一些,这也就是在开发区工作的优势。所以 2008 年金融风暴时,韩国最大的钢铁制造公司,也是世界最大的钢铁制造公司之一的浦项制铁集团,要将浦项大厦卖掉。这幢楼位于陆家嘴金融贸易区,总建筑面积 98 130 平方米,是由国际著名的美国贝聿铭建筑设计事务所设计的,在周围楼宇中租金最高,卖掉时价格全球投标。当时杨小明已调任陆家嘴公司总经理,公司得到这个消息已是投标的最后一天,公司决定参加投标,投下来每平方米价格 1.7 万元,为最高价,就把它买下来了。浦项当时建造这楼是从陆家嘴公司买的地,土地价格每平方米 400 美元(折合人民币 3 000 多元),造价每平方米 1 万多元,故该楼的成本价为 1.3 万多元。陆家嘴集团拿到该地块时成本价为每平方米 2 000 多元,加上中标价 1.7 万元,减去浦项之前已支付的 3 000 多元,该楼实际价格为每平方米 1.6 万元左右。买下来后这楼一年租金 1 亿多元,10 年后仅租金收入就将买这楼的成本基本收回了,而且租金还在涨,如果算上土地和房子增值因素(2018 年该区域房价为每平方米 8 万—10 万元),这房子就赚大了。所以,金融风暴人家是逃出来,我们却是冲进去。

杨小明说,当然,公司在考虑盈利的同时,对政府安排的重大项目和功能性项目,就是地价倒挂、甚至不收钱也要做好,这是开发公司秉持的一条重要原则。他讲了上海日本人学校的事情:2003 年,金桥公司与日方接触洽谈日本学校项目,这是由日本文部省和上海日本商会投资的官商合办的学校,早在 20 世纪 80 年代末 90 年代初,日方已在上海虹桥办了第一所也是唯一一所这样的学校。金桥公司之前办过欧美方向的学校,在政府有关方面的支持下,决定同意日方要求,在浦东金桥地区开办一所日本学校,当时方案也已做好,2万平方米的地块也留出来了,日方告诉金桥公司,他们在2005年来办这所学校。想不到的是2004年,杨小明调去了陆家嘴公司,所以当日方在2005年去金桥公司谈此项目时,由于金桥公司对开发地块已作调整等原因,日方的要求被婉拒,日方就去青浦买了一块地,准备将该校办至青浦,并给新区区委书记杜家毫写了一封信,意思是给新区领导打个招呼,不是我们不来,是你们浦东没有地了。杜家毫就将此信批给了教育局和杨小明,希望能把此项目留下来。因为当时日本在浦东已有两幢大楼,森大厦早已建成,环球金融中心正在建造,两楼计有四五十万平方米,特别是环球金融中心建成后,将有大量日本公司进驻办公,日本学校作为功能性配套项目,会给日本公司高管人员等提供便利。

杨小明即刻赶至虹桥,找到当时谈判的日本学校校长,对他说,如果我现在给你一块地,你能留下来吗?校长说,给我一块地,我当然留下来,我们原来的想法就是在浦西办一所学校,在浦东办一所学校。杨小明说,我给你陆家嘴的一块地,比金桥的更好,一共3万平方米,其中一万平方米已造有建筑可租给你,但必须按市场价。其中2万平方米租给你造日本学校,租金每年一元人民币,你如果口袋里有20元人民币,20年的租金就可一下子付掉了。

杨小明说,这块2万平方米的土地虽然产权仍在我们手上,但等于是送掉了,然而不能就这样白送,我们决定规划一个日本社区,因为日本人有一个习惯,喜欢集聚和居住在一起,金桥开发区原就有一个藤田日本人园区,1平方公里内全是日本企业,所以我们有一个判断:浦东会有一个日本企业大集聚的过程,环球金融中心造好了,全上海大的日本公司就会全部过来。

这也已经是最后一块地了,这块地在世纪公园旁边,当时建了一个中央公寓,卖出去也就每平方米两三千元,到了2005年也只涨到每平方米1万多元,陆家嘴公司就把这块地收掉不卖了,做了一个日本社区,造了8万平方米建筑,都是日本式公寓,请日本公司设计、建造和管理,之后有六七百户日本高管入住,大多是日本学校学生的家长,这是全上海唯一一个日本人满租的地方,也是一个以日本人居住为特色的日本社区,租金每天每平方米6元人民币多一点,一个平方米一年就有2 000多元租金,现在已涨到3 000多元,不计算土地和房子价值,仅收租金就足以平衡送出去这块地的开发成本。而且,日本孩子来了,日本家庭也就来了,日本的项目也就随之而来了。

杨小明说,开发公司除了要做好政府安排的项目,还要做好社会需要的市政基础设施项目。2009年时,陆家嘴公司向市政府请示要建一座人行天桥,韩正市长带了委办局一大批人来现场调研,当时有不少同志反对,说浦西在拆天桥,你们这里还要造天桥,几个亿的钱投下去会不会是浪费? 韩正市长很睿智,说此事我们今天会上不定,市政府将此权力下放给新区政府,由新区自己决定要不要造。陆家嘴这个地方造个厕所都是要市政府批的,这么大的一座天桥市政府不批了,实际上是对浦东一次很大的授权,也是最大的信任。

天桥造出来后,社会各界舆论和市民都说好,现在平均每天在上面走过约有20万人次,逢年过节有50—60万人次。浦西的天桥只有三四米宽,陆家嘴的天桥宽10米,不仅有通行功能,还可供行人休闲观光。天桥旁边的地铁车站加高升起来与天桥连通,在天桥与地铁车站接口处,同时开了几千平方米商铺,商铺出租的租金用以天桥的维修养护和日常管理。天桥是世纪大道的原点,从这里出发,一路连接东方明珠、正大广场、浦东海关、新鸿基项目、地铁车站等,把一路的笙歌繁华和一城的旖旎风光都连接起来了,天桥本身也成了城市的一个景点。

2000年前后,金桥园区的道路,是按工业区标准设计的,路幅太宽,后来规划调整后,将路幅改窄了。金桥公司做明月路时,路两旁房子已造好,就将车道收窄,将原计划3米宽的人行道放宽至6米。杨小明说,记得当时他拿了一把皮尺和一支粉笔,到现场量一量,粉笔画一画,就叫工程公司按此施工了。路做好后,区里领导和园区市民也都说好。明月路中间加了一条绿化带,种的是梧桐树,路两边种的也都是梧桐树,树长大后,把树荫都搭起来了,整条路像林荫大道一样。过去对人行道的认识只局限于人的通行,实际上人行道还应该包括散步、遛狗、逗留、观光、休闲等功能,甚至还可在路

明月路。该照片由上海金桥(集团)有限公司提供。

边放几只矮凳,让人坐下来说说话,这样人行道也就有了更多的生活情调。

　　所以杨小明总结,自己在开发区工作,无非是要肩负起两种责任:一是做好招商引资、功能开发和市政项目,这是对国家的责任;二是使公司盈利,国有资产保值增值,这是对公司和员工的责任。

　　杨小明说,浦东是一个能做事和能做成事的地方,也是一个有着精神价值追求的地方。当时有事找新区领导,只要一早去门口候着,就会候着了。领导来了,看见你笑笑,叫你有什么事快点讲。2005年春天的一个休息日,区委书记杜家毫要看陆家嘴规划建设情况,叫联络处弄了3辆自行车,他骑一辆,杨小明骑一辆,规划处处长侯劲骑一辆,从区政府门口出发,沿世纪大道一直至小陆家嘴滨江,一路上每到一处,就听杨小明等人汇报所在地块的规划建设方案,这天看了一百多万平方米的开发地块和有关楼宇,包括东锦江旁边的塘东地块、浦东南路世纪大道口的浦东世纪广场项目、渣打银行和星展银行大楼等。杨小明对杜家毫说,金融中心建设需要大量办公楼,陆家嘴金融城容量不够,有些地块要改成金融地块。浦东世纪广场在八佰伴旁边,当时是块住宅用地,动迁了一半,后来其中30万平方米就改成了金融办公大楼用地。这天也定了不少事,所以有时候自行车的轮子还要比汽车的轮子跑得快。

2011年,杨小明受命开发前滩①,他1995年任外高桥新发展公司总经理,1996年任金桥公司总经理,2004年任陆家嘴公司总经理,都没有做过前期规划和开发,用他的话说都是从身体开始做起的,到了前滩,是从头开始做起的,这样就等于是给他补了一次课。他这个总经理,用乡下的话来说,就是一个"全个头脚色②"了。

杨小明37岁到浦东,62岁退休。他说最开心的是在浦东有事可做,现在到世纪大道上走一走,每隔500米就有一幢陆家嘴公司的楼,有时开车到金桥和外高桥看看,当时建造的房子还都在。这一幢幢楼里有着许多人的岁月和故事,就如同青山绿水里有着桥影日色、人歌人笑和鸟语花香。

2004年,区里调杨小明去陆家嘴公司时,杨小明不愿意,他认为自己已经52岁了,做到五十七八岁也就差不多了。当时金桥公司也已走出困境,每年有钱赚,有好项目进来。区里找他谈了好几次,从春节后一直谈到5月份,他才答应下来,这一去,想不到一干又是10年,而且还干了不少事。

他的话,让我想起了希罗多德和汤因比说过的话:"安逸的国家养育的毫无例外是柔弱的人民。""只有在亚当、夏娃被逐出伊甸园之后,他们的子孙才去发明了农业技术、冶金技术和乐器。"

---

① 前滩:在黄浦江以东、川杨河以南、济阳路以西、华夏西路以北,约2.83平方公里,建设目标为第二个陆家嘴,上海新的世界级商务中心。
② 全个头脚色:乡下土话,即样样都会的厉害角色。

今晚不加班

　　陈亚敏是原川沙县财政局的财政专管员,她于 1993 年 2 月到正在筹建中的浦东新区财政局工作。当时该局借浦东南路上一家钢折椅厂二楼的大半个楼面办公,楼下是车间、仓库和商场。中午吃外面送来的盒饭,盒饭送到底楼,大家排队领取。逢雨天撑伞,五颜六色排成一行,风声雨声里也有着欢声笑语。

　　当时新区 10 个部门相继成立,保障各部门及其下属单位正常运转所需经费是当务之急。陈亚敏在综合财务处工作,对口的是城建局,城建是大口,包括了市政市容、建筑管理、综合交通、公用事业、环保环卫、绿化园林、城管执法、防汛、民防等职能,除了机关行政部门,还有许多事业单位,这些行政事业单位的人员数量、工资情况,以及机构所需的日常运转经费和业务经费等,都需从头摸起。城建口又是三区两县划转合并起来的,由于各自的财政体制不同,基本情况和经费基数也都不同,给摸底调查工作增加了许多复杂因素。当时尚未实行"收支两条线",还有许多收费项目的收支情况也都要搞清楚。而且,城建口许多单位的日常工作与老百姓的日常生活息息相关,如果有哪一天路桥不修,道路不扫,垃圾不除,老百姓的日子就过不安稳。

　　陈亚敏一上班就去摸情况、跑数据,下班回家就进行汇总、分析和整理。

那时,陈亚敏的儿子还只有两岁多,陈亚敏每次晚上在家加班,总是对儿子说妈妈在做"作业",所以陈亚敏每次下班,儿子总是问她一句话:"妈妈,今天晚上做作业吗?"然后看她拎包里是否带着作业本。陈亚敏看见儿子问话时,眼睛里总是充满了期待,但每次听见陈亚敏的回答,儿子的神情就会黯淡下来。每天加班至深夜临睡时,陈亚敏总是会走到儿子床边,看着儿子熟睡的面庞,她的心里有着一种难以言说的歉疚,她总是会想:总会有一天,可以告诉儿子:妈妈今晚不加班!

那时,正是手写转向计算机输入的年代,陈亚敏参加了电脑培训班,逢培训日,下班回家来不及吃晚饭,一放下包,骑了自行车就去听课,她读出了初级班和中级班。陈亚敏毕业的第一本科是电大财务管理专业,她又报考了第二本科——上海财大财务会计专业,这样在三年时间里,许多休息日她都要去浦西中山北一路的校区读书。有时读至夜深,郊区已无公交车,几个同学就拼车回来。

转眼陈亚敏的孩子上小学了,那时陈亚敏住在川沙城,天天早上 6 点钟带孩子乘申华车①到洋泾镇上的六师附小上学。陈亚敏专门托了人,孩子放学后,去学校领孩子,等陈亚敏下班后再去接孩子回家。儿子每次看见她来接时,脸上总是笑得很灿烂。

后来,陈亚敏住到了桃林小区,吃好晚饭,安顿好孩子,再走去单位加班。那时财政局已搬至杨高中路(桃林路口)办公,离陈亚敏居住之处不远,陈亚敏也已调至预算处工作。加班后回家的路上,要走过一个小弄堂,黑暗无灯光,所以如果加班晚了,陈亚敏就会叫丈夫来接。

浦东新区建政后,财政局搬进了新区办公中心,陈亚敏也住在了联洋小区。有一次,陈亚敏加班至晚上 10 点钟,回家时天正下着毛毛雨,她没带雨伞,想走得快一点,走到民生路十字路口,由于路滑,她摔了一跤,竟然摔闷了站立不起来,只能坐在路中间,其时正好有一辆轿车开过,司机停下来,问她是不是我的车碰到你了?陈亚敏说不是,是我自己摔的。陈亚敏坐了好

---

① 申华车:乘客扬招即停的中巴车。

长时间,试着几次都站不起来,就打电话让丈夫来,去医院检查下来幸好未伤着骨头,只是左膝盖淤青,右膝盖摔破出血。陈亚敏说,难为情的是,把裤子也摔破了。

而今,陈亚敏的儿子已长大成人,在很早的时候,他就不再问陈亚敏那句话了,陈亚敏也不用再天天加班了,儿子仰起脸问她那句话的年代已经过去,陪儿子唱童谣、看月亮、搭积木、采花摘果的日子,以前似乎很少有过,今后也许也不会再有了。

但是,亲身经历的那个年代,那些追星赶月日子里的新奇和壮阔,那些旋转在脑海里的设施量、养护量……以及密密麻麻如星辰一样的数据,那些不眠的黄昏和深夜,似乎还在那里原封不动地保存着。因为那正是陈亚敏们的青春韶华如百花般鲜艳。

如果有一天,孩子问她:"妈妈,你为浦东做过什么吗?"她会平静地回答:"没有做过什么,但是我为浦东加过班。"

关龙门

张惠安是原川沙县财政局预算科科长，1993年3月到浦东新区财税局预算处工作。

预算处的主要职能是预算管理和会计核算，还包括控办、国库和国债管理等职能，它虽然只是财政局的一个处，却又像是浦东新区管委会的一个处，因为就拿预算管理这一职能来说，它所涉及的是制定政府财政体制，编制全区财政年度预算计划，统筹安排和平衡全区财政收支，对全区财政收支进行监管等重要方面。在这一职能岗位上的人，所做的是最基础的工作，涉及的却是全区最高的财政决策和对上对下的宏观大局。

张惠安和其他两位同志被安排在预算管理岗位上工作，他们都知道这是处里也是局里最重要的工作岗位之一，他们感到了一种前所未有的压力，因为他们面对的宏观大局是浦东开发。

张惠安他们面临的首要任务，是要制定浦东新区的财政体制。所谓财政体制，是界定和规范各级政府之间财政关系的一种制度性安排。就狭义而言，也就是预算管理体制，其核心问题是各级政府之间财权和事权的划分和界定。有一级政府就有一级财政，有一级财政就必然有财政体制。当时中央政府实行的是"分灶吃饭"的财政体制，也就是中央给地方政府定下财权和事权，由地方政府自己去平衡。上海市政府在1995年之前，对浦东新区确定的是"核定基数,定额上交,增收全留"的财政体制。

浦东新区当时所属有 43 个乡镇街道,财政局预算处所要制定的浦东新区财政体制,也就是浦东新区对这 43 个街镇的财政体制,以理顺区与街镇的财政关系,明确划分区与街镇之间的财权和事权,确保这 43 个街镇财政体制的平稳过渡和工作的不断不乱。

浦东新区所属的 43 个街镇,是三区两县合并起来的,由于原川沙县是整建制划入浦东新区的,因此制定对街镇的财政体制,也是以原川沙县对乡镇的财政体制为基础的。但是由于当时实行的是"分灶吃饭"(1994 年后才实行分税制)的财政体制,各区县自行决定对下属街镇的财政体制,因而各区县之间对街镇的财政体制是不尽一致的。原川沙县所属乡镇与从原上海县划转过来的三林乡财政体制不一致;原川沙县乡镇、原上海县三林乡与从黄浦区、南市区、杨浦区划转过来的街道之间的财政体制不一致;从黄浦区、南市区、杨浦区划转过来的 11 个街道之间财政体制也不一致。

财政体制不一致,主要是财权和事权不一致。财权不一致体现在四个方面:一是纳入财力核算范围的企业不尽一致。原川沙县纳入乡镇财力核算范围的是由乡镇投资的乡镇企业、个体企业。原上海县三林乡,纳入乡财力核算范围除了乡镇企业和私营企业外,还包括临商(临时经营商)。划转过来的 11 个街道,纳入街道财力核算范围的是街道自办的集体企业(一般为加工场)、个体户和临商。二是企业产生的税收纳入财力核算范围不一致,即哪些企业产生的税收可以纳入区级财力核算范围,哪些企业产生的税收可以纳入乡镇街道财力核算范围,这在三区两县原来的财政体制中不尽一致。如同类企业产生的税收,在原川沙县是纳入县级财力核算范围的,所形成的是县级财力,但在原上海县三林乡却是纳入乡级财力核算范围的,所形成的是乡级财力。三是纳入财力核算范围的税种不尽一致。原川沙县的乡镇,乡镇企业和个体企业经营所产生的企业所得税、产品税、营业税、增值税,以及流转税中的教育附加、城市附加等,全部纳入乡镇财力核算范围。但在原上海县三林乡,流转税中的教育附加、城市附加是不纳入乡财力核算范围的,与原川沙县的乡镇比较,财力核算范围里少了一块流转税中的教育附加和城市附加,多了一块临商的税收。街道的集体企业、个体户和临商产生的企业所得税和流转税(即产、增、营三大税种),除流转税中的附加外,均纳入街道财力核算范围,只是街道办的集体企业少,一般一个街道只有 1—2 个集体企业,且大多是为了解决回城知青就业的小企业,其产生的税收要比所在区域的个体户和临商产生的税收少许多。四是税收分成比例不一致。拿增值税为例,在有的区县可能自留 100%。在有的区县可能自留 20%,给下属街镇 80%。这样各区县对街镇的税收分成比例是不一致的。黄浦区划转过来的陆家嘴街道和梅园街道,由于这两个街道三产多,税种好(即地方税种多),税收收入高,黄埔区给的税收分成也就多,这两个街道的财力也就比其他街道强。

财权不一致的情况很复杂,比如区域里的国有企业,既有中央企业、市属企业,又有区属企业,这些企业产生的税收,按常理央企的归中央,市属的归市,区属的归区,但又不能一概而论,因为中央企业里产生的有些税收(如印花税等)是要留给地方的。又如有些市属企业里有区里的股份,有些区属企业里有乡镇街道的股份,这些企业产生的税收就需要进行分成,进入市、区、乡镇街道各自的财力核算范围。

上述种种的不一致,最终表现的是财权的不一致。要是说财权反映的是一级政府的财政收入,那么事权反映的则是一级政府应承担的与自己职责相匹配的财政支出。当时在事权方面,除了原川沙县各乡镇的事权是统一的之外,原川沙县乡镇与原上海县三林乡,原川沙县乡镇、原上海县三林乡与三区划转过来的街道,三区划转过来的 11 个街道之间,事权支出的标准和范围都是不尽一致的。比如行政事业单位发的津贴和奖金,标准都是不一致的。又如在原川沙县,行政事业经费,教育和卫生经费,市政道路设施维护费用,均由乡镇承担,但在原上海县三林乡,上述费用原则上由县承担。三个区划转过来的 11 个街道,基本上只承担行政部门(当时街道事业单位很少)的经费开支,以及一些日常管理的事务性支出,其余费用的支出,街道之间的情况也千差万别。

张惠安对原川沙县各乡镇财政情况比较熟悉,他着重到新划转过来的乡和街道去摸情况。当时预算处才六七个人，办公条件也比较差，一个处一间办公室，只有两张办公桌。由于办公简陋，就是局里的公章大印，也只能放在局长张耀伦的包里，由张耀伦每天带着上下班。张惠安每天晚上拎着一包材料回家加班，对白天摸来的情况和数据进行测算、分析、整理和汇总。当时还没有电脑等设备，制表全靠手工(张惠安曾在乡里搞过宣传，刻过钢板蜡纸)，一张张表格都是自己刻钢板蜡纸和油印出来的，每天晚上又是写又是算，又是刻又是印的，爱人说他像在开什么印刷厂似的。

从3月份到10月份，张惠安他们每天白天调研，晚上加班整理材料，千头万绪终于理出了头绪，许多不一致终于得到了统一。由于乡镇和街道的财权和事权是不一样的，他们拿出了浦东新区对乡镇和对街道两个财政体制方案，完成了他们这一层次应该完成的最基础的工作。

张惠安说，值得一提的是，从黄浦区划转过来的几个街道，按原来的财政体制，分成都比较高，收支相抵有较多结余，制定新方案时，在事权未变的情况下，将这些街道的个体户税收拉掉了一块，不纳入街道的财力核算范围，这些街道一开始是不太接受的，但后来都无条件地服从和支持，体现了很强的大局观，也为平衡和统一各街道之间的财权事权起了很好的作用。

据1994年《浦东新区年鉴》记载：

新区所属的43个乡镇街道第一轮财政包干体制于1992年到期，根据新区管委会提出的要求，1993年新区财政局制定了乡镇街道财政体制管理办法，即"核定基数、递增包干、超收分成"。年内，新区财政管理体制实现了四个统一，即统一了财政包干范围，统一了包干内容，统一了包干基数，统一了递增分成比例。同时体现了对乡镇街道的适当照顾。乡镇街道财政体制的调整完善，调动了基层当家理财的积极性。1993年43个乡镇街道完成财政收入4.90亿元，比上年增长88.46%。各乡、镇、街道全部超额完成财政收入包干任务,超过包干基数的 82.10%。

张惠安说,制定财政体制,首先考虑的是收入与支出平衡、财权与事权匹配、不能有赤字等因素,同时还要考虑促进经济和保障事业发展,体现一要吃饭、二要建设的指导思想和原则。但当时浦东新区初期的财政体制,限于当时的历史条件,应该说只能算是"吃饭财政",即财政收入主要用于行政事业单位、教育、卫生以及民生等日常性支出,做到保工资、保运行、保民生,余下的财力至多只是安排一些基本建设,如农田水利建设、市政设施维护、学校医院大中修等。在这样的情况下,建设资金从哪里来就成为当时困扰浦东新区的一个重大问题,而当时的财政体制是无法破解这一难题的。

张惠安说,制定财政体制的任务完成了,但加班依然是财政局各处室的常态,他自己在晚上刻钢板蜡纸就持续刻了三四年,尤其是每年的关龙门这一天,财政局的人是要通宵加班的。

所谓关龙门,就是在每年的 12 月 20 日至 31 日之间,市财政局选定一个日子(一般定为 12 月 31 日),作为关龙门之日。对于浦东新区而言,这天夜里 12 点钟之前,全区一年的财政收入和支出的确切数据全部出来。过了 12 点钟这个时辰,即使有收入和支出的数目,也均放到明年的往来账上,作为明年的收入和支出。关龙门这天,原来开出去的税单以及工商、公安等部门的罚没款收入,什么时候进来是不知道的,只能一个时辰一个时辰地等。财政在关龙门时,银行也在协助财政关龙门,有的银行关得早,有的银行关得晚,但预算处的国库在 12 点钟之前总是要开着的。收入和支出的一张张单子进来,就随时统计和调整数据,在 12 点钟时最终形成这一年收入和支出的确切数据。同时,原来宕账的一些应收款和应付款,也会在这一天发生变动,就要随时调整账户和作出处理,应收款进入收入账户,作为今年的增长数;应付款进入支出账户,该支出的就要支出,否则就要放到明年支出,且要重新安排预算。所以关龙门这天,区里局里的领导都在现场,一方面是要及早知道这一年的最终数据,以更确切地考虑、调整和安排明年的预算;一方面是要现场处理一些突发的收支变化情况。关龙门这一天的零点就是明年的元旦,财神爷总是给勤快的浦东人送来大礼,真金白银一分一厘都进了国库,关龙门和迎新年的喜气在这繁星满天的冬夜里,在这灯火通明的屋子里,也在每一个人的眉梢。

张惠安是原川沙县张桥乡季乐村人,他的村庄旁边就是镇政府所在地,镇里每年开人代会,总要请季乐村的人去帮忙,张惠安也去做过无数次义工。他也当过装卸工,扛160斤一袋的碳酸碱,装上运输的卡车,跟车至浦西大木桥路的玻璃厂,卸完货后,骑自行车回来(自行车是装货时一并让卡车捎带的)。他也曾当过乡农科站的技术员和乡经营管理办公室的会计。1988年原川沙县财政局招干,他考上了,先在局农业科工作,后借至县检察院协助查破经济案件,经常加班审核有关会计报表和财务账目。回财政局时,正好预算科的老科长退休,局里就让他接任了。

张惠安说,自己在农村种田近10年,什么样的累活苦活脏活都干过,别人当兵的当兵,招工的招工都出去了,自己只能一直留在农村,心里也有过委屈。但后来,自己居然从农民转成了居民,又从居民变成了机关干部,又逢上了浦东开发,虽然天天加班加点,也没有双休日,但比起以前干过的活,根本算不了什么,什么报酬什么利益,心里想都没有想过。只觉得自己是跳了龙门,正在做的是一般人求之不得的光荣之事,自己又正在当做之年,每天加点班也无所谓,心里也一点都不感到累。所以,只说映山红是子规鸟千呼万唤、日夜啼叫而开出来的心血之花,却原来这漫山遍野的嫣红也可以用来形容喜悦。

笔者采访陈亚敏时,陈亚敏说张惠安比自己加班多。笔者采访张惠安时,张惠安说卢根林比自己加班多。卢根林是原川沙县税务征收员,当时他要把那些税务上涉及划入浦东新区的企业情况都搞清楚。局里不让他退休,他也就多干了好几年。于是,笔者又想采访卢根林,但是卢根林的爱人说,卢根林已经失忆了,新区地方志办公室主任柴志光就与笔者一起去探望他,在川沙镇城丰路70弄8号一间简陋的房间里,我们见到了卢根林,他已经退休20多年了。他坐在桌前,神情安详平和,仿佛以前的一切从来就没有经历过,岁月仿佛是一本新的日历一页都还没有翻开过,天地间一切还都是苍茫混沌,我们只能与他默然相对。唯见阳台上雨过月季,那花瓣上的水珠映照的也许正是初春嫣红的记忆,窗外芭蕉新绿,梧桐叶茂,都是人世的明净悠远。

护花使者

1998年8月5日上午,柴志光得到一个消息:在拆除六团镇上供销社旧房进行房产开发时,发现了一块大石碑和八块小石碑。供销社房屋原是乔家祠堂旧址,乔氏一族是浦东川沙地区的大族,始祖乔云,为东汉梁国睢阳(今河南商丘)人氏,第三十三世裔孙乔杞,元末时任松江府知事,其子乔彦衡于明朝洪武初年迁居南汇八灶(今浦东新区六团地区)。乔彦衡六世孙乔镗,抗击倭寇,捐资修海塘,率众建筑川沙城堡(即后来的川沙县城),保护一方之民。乔镗之子乔木,为隆庆二年进士,官至福建参议。乔木之子乔拱璧,为万历三十五年进士,官至湖广参议。为表彰乔家建城抗倭之功绩,乔镗被皇帝两赐金绮冠带,诰授奉政大夫,在川沙城内建立"钦奖武功"石牌楼,乔木、乔拱璧则被皇帝赐建"父子进士"牌坊。虽然乔家石牌楼坊早已倒塌,但乔家弄等地名仍保留至今。

六团作为乔家始迁地和发祥地,乔家在此建有乔家厅、乔家祠堂和乔家墓地。乔家祠堂作为一族祭祖、议事的特殊建筑,是乔家的一部"立体族谱",具有重要的史料价值,但在20世纪五六十年代,乔家建筑被移作他用,乔家祠堂曾被当作仓库,许多珍贵历史真迹受损被毁,有关的石刻碑记也不知去向,似乎都湮没在历史和时间里了。

柴志光是1997年从上海市工业党校图书馆调至浦东新区档案馆工作

的,他又是土生土长的浦东人,对浦东的古迹文物、历史掌故、风土人情等有着一份特殊的爱好和感情。根据志书的记载,他知道乔家大族和乔家祠堂的事情,他之前曾去打听和寻访过,但一无所获。听说有了新发现,他立即与征集科的许芳和司机小潘赶至现场。工地负责人说,几块石碑,是拆时在墙壁里发现的,曾向新区有关部门反映过,但没有回音,一块大的已推入河中,几块小的扔弃在碎砖断瓦堆里了。柴志光去时自己带了杠棒和绳子(两根三角皮带),也顾不上酷暑天热,和小潘一起把翻寻出来的8块小石碑扛抬上车。一块大石碑央请民工从河里捞起,又请六团起重机械设备厂工人师傅帮忙,吊装在专门借来的卡车上。一大八小九块石碑全部运回了档案馆。八块小石碑拼出来的正是"乔氏家祠各支捐助碑",碑刻于清嘉庆十二年(1807年),大碑青石质,碑额隶书"梁国家祠碑",立碑时间为嘉庆十一年(1806年),刻记了乔家祠堂建造过程和家规族令,是乔家祠堂留存于世的最后纪念之一,也是浦东地区为数不多的祠堂碑记实物。

赵家沟是浦东东北部地区的一条水上交通要道,东起浦东运河,西至黄浦江,沿岸密布集镇和村舍农田,最东头是钱路镇和顾路镇,中间有赵家镇和南行镇,最西头是东沟镇。黄浦江潮去潮来,河上船来船往,百姓依水而居,两岸农田深得灌溉之利。柴志光从志书上读到,在南行镇老街关帝庙前,曾立有一块"重浚赵家沟碑记"。1998年8月,柴志光骑自行车去南行镇、中行镇、北行镇(此三镇街合称高行镇),寻访此碑三次不着。后来在北行镇上,他询问几个在一起闲聊的老人,其中一位老人说有位老师熟悉当地历史,可能会知道此碑下落。这位老师果然没有让柴志光再白跑一次,他告诉柴志光,此碑原埋在关帝庙里,1994年因关帝庙动迁拆除,被移至赵家沟大桥西侧的一家工厂内。志书记载此碑文字已大部分风化,但柴志光看到此碑实际上还有一半文字可以辨清。此碑立于明万历二十九年(1601年),碑文四周刻有云纹,碑额为篆书,碑文为中宪大夫、贵州石阡府知府、前两京都察院都事陆郊所撰。而陆郊正是明朝一代名臣名士陆深之后。

此行还让柴志光有意外收获,老师还告诉他,北行镇上,还有一块康熙二十五年(1686年)的"奉宪严禁脚夫碑记",原立于镇南万安楼前,后被遗弃于北行大街东侧的一条小弄堂里。柴志光见到它时,它在一只垃圾桶边仰面朝天,碑上文字已稍有磨损。该碑记文由松江府下发,由上海县知县刻石立于高行镇。碑文为严禁脚夫敲诈勒索、强行替人搬运、欺行霸市等规范脚夫行为之若干规定。脚夫者,搬运工也,其民间组织称为搬运队和杠棒队。柴志光说,从此碑可以看出当时高行镇街货物进出之频繁、搬运之繁忙、商业之繁荣。柴志光由此推想,在其他交通便利、经济发达、人口集聚的集镇也应该有此类石碑。果然,在周浦镇和高桥镇,他寻访到了同一年份所立的"奉宪严禁脚夫碑记",周浦镇的碑已破损,高桥镇的碑合扑①在一所学校的绿化地里,在树木花草中沉睡了多年。

孙桥徐家荡地区有一石碑,为清乾隆年间所立,所记乃地方上因出钱办义学、请求官府免除其劳役,南汇知府发布一道公文准其所请之事。20世纪80年代,柴志光在有线广播里听说此事,故在1998年夏天去寻访此碑,他在徐家荡的一所小学里,见到此碑正躺在学校操场靠近围墙的草丛里,他以清水洗净碑面,碑文清晰,凿刻甚深,用宣纸拓一张碑文带回馆,与馆长商量欲将此碑收为馆藏,故去与有关镇商量,镇有关部门负责人说,此碑镇里建文化广场也需一用。该镇文化广场建成后,柴志光发现无此碑踪影。事隔两年后,柴志光又去徐家荡这所小学察看,发现此碑仍在原地,只是已下陷泥中,此时这所小学已搬迁,四周空无一人,只是此碑似乎料到柴志光会来,酣睡荒草泥淖之中,悠然如隔世高人。柴志光这次不用再担心有人阻拦,与小潘叫了卡车和铲车,将此碑装运回馆。

柴志光说,寻访古石碑收获最大的是艾可久碑。明万历年间,艾可久官至南京通政使,为正三品官员,后出任过陕西巡抚、监察使等职。其为官清廉,过世后万历皇帝嘉其功绩乃下圣旨:"行工部照例减半造坟安葬。"并派松江府专员主持安葬仪式,安葬在孙桥艾家宅(其时未称艾家宅,艾可久葬后有一支艾家人迁居于此,遂称之)。艾可久墓地有石碑牌坊、墓碑亭和神道,神道两边有石人、石马、石羊、石狮子等石构件。文献记载墓碑亭最为特

---

① 合扑:俯卧之意。

殊：两块方形巨石墓碑，立在两座式样一致的石亭里，碑依着亭，亭护着碑。它们相依为命，大概想要共同抵御这历史的风雨和时间的侵蚀。一直到 20 世纪 50 年代，艾可久墓地还是完整的，后来，在这里办起了畜牧场，因为这墓地四面环水，仅有一小路可通，饲养在这里的猪牛羊不易走失。

1990 年 7 月 20 日，当柴志光寻访到此时，这里已是一个小工厂，艾可久墓地上的有关建筑都已荡然无存。村人说，一座墓碑亭内的石墓碑可能埋在这个厂的水泥场头下面，另一座墓碑亭内的石墓碑敲碎后，已沉入河中，其余的石人石马等石构件也已大多扔填在河中了。几天后，柴志光叫上许芳和小潘，请民工将水泥场头凿开下挖，向东扩挖时发现了墓碑。这是两块墓碑中的其中一块，一米见方，两米高低，青石质，重约 14 吨，四面刻有文字。北面刻的碑文为《艾可久墓神道碑》，记载的是艾可久生平简历和业绩及家族史，东西两面刻的是皇帝圣旨，为皇帝给艾可久出任巡抚等职的诏书。南面刻的是皇帝的喻祭文，详细开列了祭品种类和数量，如"猪二口、羊一腔、馒头五份、粉汤五份、鸡汤一份、鱼汤一份；果子五包、每包五斤；凤鸡一只、炸骨一块、炸鱼一尾；酥饼、酥定各四个；降真香一柱；烛一对、重一斤；酒二瓶"等，祭文由翰林院撰写，并遣直隶松江府掌印官致祭，所用费款开报户部知数。皇恩浩荡，典章分明。明万历年间按规制安葬一名正三品官员的情景，在喻祭文中可谓栩栩如生。

柴志光读到的有关资料上，记载有 7 块墓碑文，看到这一块墓碑上四面碑文，柴志光知道了另一块遗失的墓碑上，一定是三面刻了碑文。实际上是两块墓碑上共刻了七面碑文，只是那块已被敲碎的墓碑和那三面碑文，大概会永远沉没在这茫茫河水之中了。

这次开挖还挖到了墓碑上方的碑额，碑额上雕刻着飞龙和仙鹤，只是没有发现墓碑的底座，据说是一只驮着墓碑的石龟。直至 2013 年 10 月 20 日，柴志光正在上海图书馆查阅资料，接到高桥镇纪委书记周明法电话，说在孙桥艾家宅附近一处房产开发工地上，发现一只大石龟，可能是艾家之物。柴志光即刻通知许芳和小潘，一起赶至现场，一看正是与艾家墓碑相配之物，这石龟一定是久失所驮之碑，愧对所守之责，就从泥土里爬出来了。

柴志光请上海博物馆专家来鉴定和修复所得艾可久之碑，专家说这样的碑在上海地区从未见到过，应是第一块。

有不少碑寻访颇费周折，但有一块碑，得来却全不费工夫。1999年初夏的一个中午，柴志光饭后出馆舍在川沙城中散步，走进天主教堂旁边的一条小弄堂，无意中发现墙根下倚着一块长方形的石板，一种职业的本能让柴志光感到这也许是一块石碑，他用手摸向石板面墙的一面，手指触摸到了那些石刻的文字，他像孩童时代突然看到一本从未看过的书一样好奇和欣喜，他想把它翻过来，但一个人根本搬翻不动它——它大概见到了柴志光，想显示一下自己的分量。

这是块"建筑川沙县商会并财神庙捐户芳名碑"，为民国初年之物。碑文记载的是川沙城各商号捐款数额，共176个商号和商人姓名，捐款银洋7 835.40元。此碑佐证了川沙地区工商业发展的历史，开川沙毛巾生产先河的天华厂以及好几家知名毛巾厂、浦东赫赫有名的百年老店养和堂等一批国药商号都碑上有名，著名学者胡适祖上开设的"胡万和"茶店商号也名列其中，当年川沙工商业兴旺发达、远悦近来之盛况，可见一斑。

几年中，柴志光收集到了大大小小、各种各样的石碑26块。与此同时，他还寻访了大量古桥和古宅。

柴志光说，浦东运河，以前名老护塘港，为南宋时所建的一条海塘，也称捍海塘，塘东之河称御寇河，塘西之河称运盐河。北起高桥南面黄家湾，南至奉贤境内，逶迤上百里。随长江口积沙成陆、海岸线东移，明代在捍海塘外又修筑一条海塘，俗称小护塘，后又称钦公塘。老护塘捍守海潮功能失去，又随着盐业兴起，捍海塘及其两侧之河成为煮盐运盐的黄金走廊，煮运盐中间停顿之处，也为盐民聚居之处，渐渐形成为小集镇。故从黄家湾开始，经钱路镇、顾路镇、曹路镇、龚路镇（也称九团）、大湾、小湾、八团镇（即后来的川沙城）、六团湾、邓镇、五团镇（即后来的祝桥镇）、四团（即后来的盐仓）、三团（即后来的南汇镇）、二团和大团镇……由北向南，在捍海塘上每隔几里路就有一个集镇，每个集镇就是一条老街，这也许是当时浦东境内最长的一条老街，沿着捍海塘，可以从黄家湾一路走到奉贤境内。每个集镇和老街上都有桥,以石桥居多,少说也有上百座。一座桥就是一段历史,也许也是一个集镇、一条老街的历史。特别是那些年代久远的古石桥,桥上不知走过了多少行人,桥下不知流淌走了多少河水,桥边不知飘落了多少春花秋叶、兴兴衰衰了多少镇街人家。

柴志光走遍了捍海塘上浦东新区境内的古石桥,搜集古石桥的有关资料,并将具有保护价值的古石桥登记造册、拍摄存档。柴志光发现,从黄家湾至曹路镇,至今已无一座古石桥。龚路镇老街北市的永安桥,始建年代不详,明万历四十三年(1615年)重建,清道光年间重修。按柴志光推测,此桥从始建至今该有500年历史。永安桥系花岗岩石三跨二柱平坡桥,桥面由9块石条组成,桥柱上对联被石灰覆盖,桥身刻有重建重修捐款者姓名及捐银数量,大多为张姓和秦姓人氏。永安桥所在之地古称九团坎,为张氏和秦氏聚居之地,早在明嘉靖年间,桥西就建有秦氏家祠,秦家为浦东名门望族,秦

凝秀桥,位于唐镇一心村大湾新村宅,跨西运盐河,建于清乾隆三十四年(1769年)。柴志光摄。

陶十一桥,位于原施湾镇滨一村,跨牛路港,建于民国二十三年(1934 年)。柴志光摄。

六庆桥,位于张江镇新丰村高家牌楼宅,跨杨家港,建于民国十三年(1924 年)。柴志光摄。

氏祖上有名秦裕伯者,为元至正四年(1344年)进士,明代朱元璋多次请其入京为官,秦裕伯不肯。秦裕伯死后,朱元璋封秦裕伯为上海县城隍庙(今豫园)正神。民间传说,这是朱元璋认为你秦裕伯活着不肯出来做官管阳间之事,你死后我就叫你出来做官管阴间之事。大概是为了纪念秦裕伯之故,秦氏家祠后来改名为城隍庙,也称秦家庙,世代享有香火。秦家庙遗址现为龚路中学校园。柴志光最后一次见到永安桥是在1999年,因房地产开发,河浜已填,桥被凿断沉埋河中。这座500年的石桥就此完成了自己的历史使命,它默默无闻地载渡了这世上的人,这世上的人大概今后再也不会记得它了。

大湾镇上有环龙桥(也称余庆桥),始建于明崇祯年间,清乾隆三十六年(1771年)和光绪三十二年(1906年)两次重修。桥建在捍海塘上,南北向,为贯通东西两河的水洞桥,历经明、清、民国三代,至20世纪60年代,一直是浦东地区川沙南北交通要道上的重要桥梁。古时重要桥梁,桥首一般立有碑记。此桥边也立有《环桥碑文》。1978年疏浚浦东运河时,此桥被拆除。1998年4月的一天,柴志光和档案馆的黄令真、小高去大湾寻访老宅,顺路察看清光绪年间的凝秀桥,其时凝秀桥已坍塌,但桥石扔搁在河上,从坍塌的桥石上走爬过河,前面又是一河,河边正好有只小水泥船,摆渡过河到对岸的水桥上,水桥是一块大青石,仔细一看上面有石刻文字和花纹,原来就是余庆桥边立的《环桥碑文》石碑,碑额和碑身相连,碑额中间阳刻"环桥碑文"四字,碑文大部分已磨损,百多字可辨识,全文难以读通。略有文采,似可与碑上花纹、映着四月油菜花的河水相生辉。石身光滑,大概为村民常年在石上洗衣磨刀之故。柴志光想把此石碑收藏馆里,但数次交涉,村民都不肯,村民想将此石卖个好价钱,柴志光说此石是公产和文物,如村民对此石有保护之举,可奖励,而不是做买卖。村民不认柴志光的这个理,最后文保所出场与村民谈妥了有关费用,等到去拿运此碑时,村民已将其卖给了出价更高的人。

柴志光说,古时之桥,大多由地方上的贤达乡绅起头,众人捐款兴建而成。故在经济繁荣、集镇密集之处,大多设有桥会,如大湾镇上有同善桥会,小湾镇上有公济桥会,这些桥会起头,建造了一大批同善桥和公济桥。那些古石桥,在形态上或拱或平,或一拱或多拱;在桥饰上,或建以桥亭,或饰以狮子、龙首和荷花等图案;在桥身或桥柱上刻以碑记或对联,无不透露出建桥人的情怀和对生活的期望。桥边或是镇店街巷,或是村舍人家;河上或是高柳垂杨,或是青苇白蒿;桥上行人早霞,桥下流水夕阳,总总是人世间的风景。桥上走过去的是一去不复返的童年和青春,桥上走过来的是春花秋月里的思念和爱恋,是天涯海角的归心。

柴志光与馆内的同事,还寻访了喻氏民宅、杨氏民宅等一批古宅,抓紧拍摄照片和录像,这也是一件刻不容缓的事,有不少古宅拍摄后不久,就在大规模的动迁潮中拆除了。黄楼有一老宅院,名黄家楼。据说黄楼地区华姓多,故原名华楼。又据说此老宅院为黄姓所建,黄家与华家赌博,将黄家楼输给了华家,故叫华楼。黄家不服输,在大街上起锅下面条,声称吃一碗面条不要钱,只要高喊一声黄家楼,于是又叫回去了黄家楼。黄家楼估计为清初中期所建,一色的花岗岩阶沿石宽长齐整,围墙高大,门圈全是花岗岩石头砌成。大门为砖雕,上有寿字、蝙蝠、仙桃、喜鹊以及吉祥草图案。天井里铺的也是宽宽大大的青石黄石。进来有三进深,第一进里的大厅,曾改为黄楼公社开会的大礼堂。第二进太平天国时被焚毁,剩的两只石鼓,等到档案馆想收存时,已被人卖掉。第三进为两层楼房,虽然颓败,但楼板厚实坚固之极。黄家楼前有河,临河处均为石驳岸,河边有马鞍形石水桥,拴船的凿着孔的石头攀。柴志光到过这老宅院多次,他觉得这处老宅院应该列入保护范围。

浦东历代重要人物的许多著作,在志书上只是一个目录,柴志光想按图索骥,把这些古籍古书一本本寻出来。从2012年起,他一个人利用双休日,一次次去上海图书馆,查阅到一本,就当场复印一本。一天至多也只能查阅和复印二三本。就这样用了五年时间中的大部分双休日,查阅和复印了300多种从宋代到民国浦东重要人物的古籍书。此时柴志光已在浦东新区地方志办公室工作,地方志办公室与复旦大学合作,选择50多位人物的古籍书进行重新整理(包括加标点符号和增加注释等),2018年已出版14位人物计10册著作,这套新版的古籍书,获得了本年度上海图书出版优秀提名奖。另外,还选择了30多位人物的诗歌著作,印成影印本内部出版。明代以来名闻于世的陆深,其近400万字的著作也在重新整理之中,近年也将出版。清代新场镇人叶凤毛的著作《说学集斋》,国内均为残本,2017年复旦大学有一教授去日本访问讲学,柴志光拜托他代为寻访,果然得到了这部著作的全本,虽然是拓本,但也弥足珍贵。这些古籍书,大多为宋朝以来进士、秀才、学者等所著,内容大多为诗歌、经学和中医药,颇具史料价值和文学价值,其重新整理和出版,弥补了浦东古籍书出版和馆藏方面的空白和不足。这些线装宣纸木刻本的古籍书,而今变成了焕然一新的现代书籍,翻开来时,闻到的仿佛是从历史深处飘来的百花盛开的芳香。

时间把柴志光寻访的这些石碑、石桥、房屋、书籍变成了古物和古迹,这些古物和古迹,是生长在历史和时间季节里的人类文明的花朵,它们有可能生生不息、世代绽放,也有可能凋落和毁灭。那护花之人,不是先用眼睛,而是先用心,看见了那常人眼中忽略的美。

田字出头

　　严桥镇位于上海市黄浦江东岸,是浦东新区 31 个建制镇中离市中心最近的一个镇,以严桥名称建独立的乡一级行政建制始于1943 年 7 月,因有跨白莲泾的严家桥而得名。清乾隆年间和咸丰年间,严桥地区先后形成张家楼集镇和严家桥集镇,整个地域属江南水乡的农村风貌。新中国建立后至 1979 年,严桥地区为大城市服务的蔬菜生产和养猪为主的副业生产有很大发展。域内耕地有1 300 余亩被征用,主要用于市政道路、工厂企业、文教事业、小规模工人新村等建设,但是由于历史原因,城镇化进程缓慢。1979 年至1989 年进入改革开放时期,严桥成为浦东第一个纯蔬菜乡,同时乡村队工业迅速崛起,工业收入占三业总收入的 60%—70%。由于上海市中心向郊区延伸,传统工业向郊区扩散,市区人口向郊区转移,及动迁户安置、大型住宅区建设等,域内有 3 876 余亩耕地被征用,城市化步伐大为加快。1990 年开始的浦东开发,拉开了浦东有史以来最为壮阔和深刻的农村城市化的历史大幕,山佳明就是在这样的历史背景下应运而生的一个人物。

　　山佳明 1949 年出生于严桥同心村,1968 年高中毕业后回乡参加农业生产,种过稻麦蔬菜,也当过装卸工,扛过万吨轮上 200 斤重的米包子,扛过洋泾港船上三四百斤重的石头,走过长长的跳板,爬过高高的货山。后来,又当过生产队长、村长、乡长,1992 年起任严桥乡党委书记。在山佳明成长的道路上,有两个人对他影响甚大:一个是他的父亲山守仁。山守仁与卫洪泉一起进行花菜留种繁殖试验,经过 4 年努力取得成功,培育的花菜种子被命名为"五一一号",在全市及外省市推广使用,从此结束了花菜种子从国外进口的历史。他根据上海气候特点,分析造成蔬菜生产不稳定的原因,提出了菜田实行"四改"技术的建议,即改低畦为高畦、改宽畦为狭畦、改长畦为短畦、改浅沟为深沟,提高了抗旱涝能力和蔬菜生产的数量和质量,获市科技成果二等奖。他设计制造的"拱形无支柱三角钢筋架塑料大棚"获市科技成果三等奖。在开展引种结球白菜、薄膜小环棚早熟栽培、改土明渠为地下瓦筒暗渠、兴建水泥明沟等多项试验中,也取得了丰硕成果。1953 年、1958年、1979 年、1981 年他 4 次被评为上海市劳动模范。从一个普通农民到成为一个农业专家,山守仁把一生的爱都奉献给了脚下这片土地。在山佳明的心里,父亲始终是他的一个榜样。另一个是严桥乡老书记肖德元,肖德元1980 年担任严桥乡党委书记,在他带领下,严桥乡蔬菜生产名列全市前茅,

由由集团公司董事长山佳明。

为上海市菜篮子工程做出了贡献,生猪出栏量占到当时川沙县的四分之一,乡、大队、生产队三级工业有较快发展,农民收入有较大提高。1987年,严桥乡投资兴建由由饭店,至1990年初落成,这是严桥地区第一次用由由两字命名的建筑,也是严桥地区第一次用由由两字命名的物质,由字表示的是田字出头,这意味着正在兴起的改革开放,让严桥农民第一次有了田字出头的感觉。山佳明跟随老书记一起开创的是严桥这一方土地上的福祉,从老书记手里接过来的,是要继续带领严桥人民过上幸福生活的庄严历史使命。

与以往十年的改革开放不同,从1990年4月开始的浦东开发,使严桥地区进入了一个超常规快速城市化的过程。在这一暴风骤雨般的历史进程中,严桥乡首先面临的是农民失地问题。严桥乡域绝大部分处于规划中的陆家嘴金融贸易区,1991年5月9日和1992年9月16日,市政府先后下达2次批文,对严桥乡实施两期预征土地共计7 770.531亩,其中耕地面积4 701.471亩。严桥乡域又是市区市政基础设施和商业、科技、文化、医疗、住宅等建设的重点区域,早在1989年,南浦大桥建设就征用了严桥乡土地645亩。杨高路扩建工程,2.5公里路段在严桥镇域。世纪大道全长5公里,其中4公里在严桥境内。龙阳路立交、东方路延伸、内环线(浦东段)和地铁2号线建设,还有八佰伴商厦、上海科技馆、东方电视台、上海儿童医学中心、仁济医院、塘桥新村等建设,全部或大部分或部分在严桥镇域内。至1999年,全镇历年征地达11 328.284亩,占总面积的68.56%(其余为尚存的新民村土地面积、水面积、堤岸沟渠等面积)。镇域内集体土地(除内环线外的新民村)全部被国家预征。

其次是农民失业问题。1992年,严桥镇农业劳动力有1 247人,乡村队三级工业企业职工有4 200多人,在大规模征地过程中,不仅耕地上的农民失去土地需要安置,即使已至乡、村、队工厂工作的原农业劳动力同样也因征地,以及所在的企业搬迁和关停并转而需要重新安置。

再次是农民失居问题,由于动迁房的建设有一个过程,进入实征土地上的农民暂时失去了居住的房屋,并且不能在原来的土地上建造新房。

第四是农民降低收入问题。由于失地失业,农业劳动者和乡村队企业劳动者的收入大幅减少。

第五是由于大规模土地预征到实际开发有一个时间差,部分征而未用的土地、动而未迁的房屋成为"城中村",出现外来人口聚居、环境卫生脏乱差现象。

令山佳明担心的是:十年改革开放,让严桥人民尝到了甜头,正在开始的浦东开发,让严桥人民充满了期待和憧憬,如果不妥善处理严桥农民失地、失业、失居、收入减少等问题,就会损害农民的根本利益和挫伤农民参与浦东开发的积极性。农民对浦东开发的期待和希望就会落空,农民原本对浦东开发的满腔热情就很有可能转化为上访的干柴烈火。

这也是浦东新区党工委、管委会领导担心的问题。1993 年 2 月 15 日,浦东新区第五次党工委书记暨管委会专职主任会议,讨论了洋泾乡、严桥乡城市化试点和在开发过程中不要造成农民损失等问题。不久,上海市副市长、新区党工委书记、管委会主任赵启正专门召开洋泾、严桥、北蔡等 6 个乡的党委书记会议,了解和研究开发中出现的新情况新问题。会后,赵启正又把山佳明叫到自己的办公室,对他说,严桥乡是陆家嘴公司开发的主区域,严桥乡服从服务于浦东开发大局,着重要体现在服从服务于陆家嘴公司的开发上,因为陆家嘴是浦东率先开发之地之一,也是最早能体现"一年一个样,三年大变样"的重要区域之一;并叮嘱山佳明要在浦东开发中,走出一条农村城市化的示范之路。

20 世纪 90 年代初,老市长汪道涵来严桥乡调研,为严桥乡题了八个字:"开拓创新、奋发有为",老市长题的这八个字和赵启正副市长说的话,就这样铭刻在了山佳明的心里,激励着他去破解难题、勇往直前。在这关键的历史时刻,严桥乡的党政班子统一了一个思想:浦东开发给严桥地区的城市化带来了千载难逢的机会,严桥的土地虽然在逐年减少,严桥乡的建制虽然在不久的将来会被撤销,但只要严桥的土地尚存一块,严桥的党委政府尚存一天,就要带领严桥人民去开拓奋进,创造美好的生活。

山佳明认识到,城市化就是以农业为主的传统乡村型社会,向以工业和服务业等非农产业为主的现代城市型社会转变的历史过程,他和党委政府一班人,从实现产业升级和结构调整优化开始,带领全乡人民踏上了服从服务参与浦东开发的新征程。

严桥是上海花菜的发源地,有"花菜之乡"的美称。严桥地区农民有 100 多年种植花菜的历史。20 世纪 30 年代,严桥农民以一两黄金换一两花菜种子的代价,从英国、美国、荷兰、丹麦等进口花菜种子。1959 年,严桥同心大队采用温室留种获得成功,收获花菜种子 4 900 两,为我国花菜留种填补了空白。严桥花菜被中央农牧渔业部列为"丰收计划"项目,荣获上海市名特优蔬菜之称号。1949 年后至 1970 年,严桥的蔬菜生产处于传统农业生产方式阶段,菜农主要凭借传统经验、精耕细作及风调雨顺才能求得一个好收成。1970 年至 1980 年,严桥地区逐步由传统农业向现代农业转变,农业科技对促进生产力的发展作用明显,番茄、辣椒、茄子等杂交制种的技术广泛普及,菜田"四改"新技术的应用,解决了蔬菜生产不稳定的主因,钢架塑料温室大棚的研制成功,结束了传统的蔬菜露地栽培形式,开创了蔬菜保护地园艺设施栽培的新起点。工厂化育苗的推广应用,使蔬菜育苗完全不受气候条件的制约和影响。1983 年,严桥停止了粮食种植,成为纯"蔬菜公社",并成为上海市菜篮子工程的重镇。

严桥农业的历史就是一部蔬菜种植史和创新史,虽然浦东开发中,大量菜田被征用,大批菜农被缩减,但山佳明感到,这部历史还在延续,即使结束也应该有一个辉煌的高潮。严桥乡党委政府面对浦东开发的新形势,提出蔬菜生产减田不减值的奋斗目标。通过虹桥园艺场和上海农科院,引进国内外特色蔬菜新品种,包括西芹、荷兰芹、紫甘兰、抱子甘兰、紫角叶、西洋菜、樱桃番茄、白花甘兰、生菜、罗勒、黄秋葵、茎椰菜等进行试种,种植成功后向宾馆、饭店销售,成为浦东地区首先引进宾馆蔬菜种植并向宾馆销售蔬菜的乡。同时推行规格化净菜小包装,洁净小包装蔬菜满足了宾馆、饭店对蔬菜质量的要求。为保持蔬菜的新鲜度,减少蔬菜损耗,宾馆蔬菜供应点都建有蔬菜冷柜库。1992 年,将乡农业公司转制为农贸实业公司,实施产、加、销一体化。1995 年日产 15 吨 35—40 个蔬菜品种,年销量 6 000 余吨,产值 500 余万元。规格化净菜小包装扩展到了市区八家大菜场。1997 年,仅宾馆蔬菜的销售额就达到 400 多万元。严桥乡党委和政府还决定走出严桥,在孙桥乡建立现代化蔬菜生产基地——由由蔬菜园艺场,种植了 40 多种名特优蔬菜。至 1999 年,在菜田面积降为 720 亩(其中 200 亩为孙桥乡园艺场)的情况下,总产值却上升至 792. 9 万元,亩产值达 11 013 元,创造了历史新高。

严桥地区与上海城市一江之隔的区位优势,使之很早就接受了城市大工业的熏陶、辐射和扩散。20 世纪 60 年代,严桥就已经有了集体所有制社办企业。1980 年起,严桥依托城市大工业,采取联营、独资等方式,兴办了一批乡镇企业。至 1991 年,严桥乡、村、队三级工业企业已达 144 家,但由于其中 95% 的企业处于陆家嘴金融贸易区内,根据该区域的规划和产业导向,这些企业都需动迁。面对企业大动迁的实际情况,严桥乡对乡、村、队三级工业企业中的劳动密集型企业和规模小、科技含量低、经济效益差的企业,实行"关、停、并、转、迁、拆"。同时大力发展都市型工业,利用内环线外仅存的新民村土地,于 1993 年 6 月建造严桥工业小区(后改名为由由工业园区),总建筑面积 89 067 平方米。至 2000 年,引进 41 家都市型工业企业,年销售收入 2 亿元。大力发展商贸服务业和房地产业,建造了博文农贸市场、由由汽配市场、浦东明月饭店、光辉菜场和高潮渔村等一批商业贸易设施,开发了南城小区、新佳苑、新景苑、民丰苑等一批住宅小区。特别是投资 3 亿元,1994 年兴建、1996 年 12 月 26 日开业的福朋喜来登由由酒店,1997 年至 2004 年累计销售总收入为 50 578 万元,成为严桥镇第三产业中的领军企业。这座总建筑面积 36 965 平方米,高 29 层的四星级大楼,也成为这一区域中的一个新地标。至此,严桥镇的经济也实现了从 80 年代的"大力发展第二产业,稳定发展第一产业"到 90 年代的"大力发展第三产业,稳定推进第二产业,努力提高第一产业"的产业结构的转换。

山佳明说,1993 年的严桥乡党代会报告,提出了一个前所未有的奋斗目标:即从 1993 年起,严桥乡农民的劳均收入每年递增 1 000 元。当时在面临这么多困难的情况下,提出这样一个目标,体现的是严桥乡党委政府破釜沉舟的决心和迎难而上的担当。这个目标的提出,极大地振奋和鼓舞了严桥干部群众的士气。两届党代会 6 年时间,这个目标每年都实现了。1998 年,严桥农民劳均收入达到 11 870 元。这个 11 870 元,就是从发展经济调整产业结构中来的。

经济发展了,就业问题也就得到缓解,原来从事一产的 651 位农民端起了现代农业的新饭碗,原来在乡镇企业上班的农民进了新的厂门(仅由由工业园区就有 1 800 人就业),有一批农民走上了宾馆服务、物业管理等新岗位,只有极少数农民拿了一次性补偿金自谋出路去了。农民在浦东开发中找到了新工作和新生计。山佳明说,当时有不少厂,劳力安置的钱补偿给了厂里,但是厂关掉了,工方的人都跑掉了,只有农民是跑不掉的,仍由我乡里来安排,但是我们不怕,有一个安置一个,决不让严桥乡的任何一个农民失业。

1992 年 7 月 6 日,严桥乡撤并工业公司、农业公司、副业公司,成立“上海浦东严桥实业总公司”,其组建标志着乡镇企业从星罗棋布、面广量散的阶段向集约化经营阶段发展。山佳明说,这是严桥乡经济体制为适应生产力发展迈出的第一步改革。

1993 年,根据沪农委(1993)第 50 号《关于印发〈上海市农村股份合作制企业试行办法〉的通知》精神,上海浦东严桥实业总公司进行资产评估和界定集体资产产权关系,经过严格审核程序,转制为股份合作制企业,公司更名为“上海由由实业发展总公司”,除集体资产入股外,1956 年以来户口在队、劳动在册三年以上的乡民均可以现金入股,按现金股配置影子股,按年度结算股息和享受红利分配。严桥乡 3 000 多农民纷纷入股,严桥成为市郊首家实行内部股份制的乡。山佳明说,这是严桥乡经济体制改革迈出的第二步,严桥农民成为新股民新股东,得到了不是以劳动进行分配,而是以资本进行分配的一份新收入。严桥乡农民的经济利益就这样与严桥乡的发展前景连接在一起,严桥乡农民参与浦东开发的热情就这样被唤起。

1993 年,严桥乡党政机关的“助理制”改为“科室制”,36 个助理全部分到由十几个部门合并后的党群办公室、行政办公室和教卫办公室。党政机关工作人员由原来的 140 余人精简为 38 人。同时实行“车改”,党政机关只留下 5 辆公务用车。这是严桥乡为与经济体制改革相适应而进行的又一项改革。这项改革为后来的严桥镇与花木镇合并打下了基础。

严桥历史上曾有 9 个生产大队(1984 年起为 8 个村),至 1993 年,尚存 6 个村,但除了内环线外的新民村土地未被全部预征,其余村的土地已全部被预征。新民村尚存的 1 150 亩耕地是老天爷留给严桥人的最后一块黄金宝地,严桥人注定要在它上面铸造历史。自 1993 年起,严桥乡在新民村土地上建造由由工业园区的同时,又开始兴建农民住宅——由由新村,1996 年建成第一期 46 万平方米,1999 年建成二期后,总建筑面积近 80 万平方米,有 175 幢住宅 7 840 套住房,21 个弄,575 个门洞、住户 6 981 户,人口 16 887 人。入住的近万名居民来自严桥原村落的农民动迁户,其余为市区老城区改造和市政重大工程建设动迁而来的居(农)民。

山佳明说,建造由由新村,主动为严桥农民集中提供动迁安置房,对一个地方乡镇政府来说,这在当时是没有先例的。常规和稳妥的做法是等土地实征开发后,由项目单位建设动迁房。但从土地预征到实征有一个过程,从实征到建成动迁房又有一个过程,这样就不知要等到猴年马月,农民等不起,严桥乡党委政府也不能等,因为如果农民居无定所,人心就会不稳;农民如果不早日搬迁,就无法向陆家嘴公司早日交地。另一个重要原因是,严桥农民舍不得离开严桥这片土地,如果等一个个项目单位开发建造动迁房,严桥的农民势必会分散居住至四面八方。山佳明不愿意看到严桥农民离乡背井,而要按照严桥农民的心愿,让他们仍然居住在严桥,做到离土不离乡,但建造由由新村需要大量资金,当时采取的办法是,与正在进行旧城改造的黄浦区、南市区的有关单位合作,严桥出土地和部分资金(主要用于动迁补偿和劳力安置),合作方出大部分资金(其所得动迁房用于安置市区旧城改造的居民),这样由由新村就建起来了。

山佳明说,当时严桥乡党委和政府决定,建造由由新村的定位并不是建造一般的农民动迁房,而是要建设一个现代化的住宅小区,以与未来陆家嘴地区国际化现代化新城区相匹配,让世世代代种田的农民住上品质较高的房屋。因此,由由新村的规划方案是请上海城市规划院设计的,房屋、地面、道路、水电、雨污水等配套设施均按城市化较高标准设计和配置。房型合理美观,采光充足。小区内自来水管、燃气管、雨污水管、电缆等所有管线下埋,无架空线。自建污水泵站、污水纳管,污水管自丹麦进口,价格比国内的贵一倍多。至今二十多年,小区地面从未开挖过,每逢暴雨,小区道路从未被水淹过。

1997 年,严桥镇政府又出资 5 000 多万元投入由由新村公建配套设施建设(包括建造由由小学、由由中学、幼儿园和托儿所,引进市第九人民医院在社区开设分院,建设商业街和集贸市场,扩建改造由由公园,进行社区 65 000 平方米绿化等)。至 2000 年底,社区绿化面积达到 154 708 平方米,占总面积 24.6%,仅广玉兰树就种植了 1 000 多棵。由由新村有了与以往田野上不同的城市风景。

由由新村的动迁房,当时严格按照上海市规定的人均居住面积 12 平方米(建筑面积人均 24 平方米)、独生子女照顾 4 平方米的政策分配。山佳明说,镇里唯一能作出的一项硬性规定,就是对老人必须安置一套动迁房。这是因为考虑到一个家庭将来孩子长大了要成家,老人的房子可让给儿子居住,儿子的房子可腾出来作为第三代的婚房。这样规定虽然考虑到了农民的祖孙三代,但入住的农民后来还是遇到了居住方面的实际困难。令人感动的是,当时严桥的农民纷纷签约搬迁,全镇 2 848 户农民,没有一家做“钉子户”,没有一次强迁。所以浦东开发在严桥地区能够顺利快速推进,首先要感谢顾大局、识大体的农民。

1994 年起,随着由由新村住宅房屋的逐步竣工,以及大量本乡农民和部分市区居民的陆续入住,严桥镇党委政府于 1996 年 9 月,建立了“由由新村社区管理中心”,并先后组建由由一村至七村 7 个居委会。历史上的居委会都是由街道管理的,由镇(严桥乡于 1995 年 12 月改制为严桥镇)管理还是第一次。于是“镇管社区”这个新理念随之诞生,并成为日后浦东乡镇乃至上海各区县纷纷效仿的做法。山佳明说,当时他提出“镇管社区”,完全是浦东开发的时势所迫,也是由严桥镇的实际情况所决定的。当时由由新村一下子住进来 12 500 多人,而且后面还有源源不断入住的居(农)民,对严桥动迁农民和市区动迁居民入住小区的管理就成了一个十分迫切和重要的问题。以前农村是乡村队三级管理体制,浦东开发中严桥的村队二级建制正在逐步消亡,在镇下面增设"社区管理中心"这个层面,这样就形成了镇、社区管理中心、居委会三级管理体制。"镇管社区"就是在镇的建制尚未撤销或转换成街道建制的情况下,镇给自己增加社区管理新职能的一种尝试。这也表明了我们的一种态度:只要严桥镇党委政府存在一天,就要管理好这个新社区一天。

山佳明对原来的村队干部说,以前你们分管几十户几百农民,组织农业生产,是称职的;现在让你们去管理小区里的几百户几千居民,未必适应。只能对不起你们了!就这样,由由新村 7 个居委会的 26 名居委干部全部公开向社会招聘,罗根红、普光宏等一批原来在国营大中型企业工作或待岗的中层干部来到了由由新村,他们中的大多数人虽然以前没有做过居委工作,但由由新村的这一片新天地吸引着他们,很快他们就成为由由新村 7 个居委会的书记和主任,带领着原来的严桥人开始了由农民向市民,进而向文明市民转变的历史进程。1997 年,由由一村、五村率先被评为上海市文明小区,至 2000 年,由由新村 7 个居委会全部被评为上海市文明小区,年轻的由由社区被命名为上海市文明社区。1998 年(戊寅年十月),严桥人民立"由由新村志碑",有关碑文如下:

严桥人倚浦东开发之大势,易百年老镇之旧貌,起方圆千亩之新村,各小区错落有致,楼宇顾盼,绿茵连绵,众居者其乐融融,品茗读书携手漫步,出有车,病有医,老有养,幼有育,周之大同晋之桃源相距何遥。

严桥农民有了自己的新家园。一个有趣的历史现象是,在大规模的开发建设中,严桥镇人口未减反增,在籍人口由 1990 年的 2 797 户 9 862 人,增至 1999 年的 5 499 户 16 103 人。

自 20 世纪 80 年代末至 2000 年 4 月,严桥镇 8 个行政村 56 个生产队在征地过程中全部撤制完毕,按当年的补偿标准,农民按农龄得到了相应的补偿。山佳明说,撤制村队集体资产分配,是以往的土地和体制与农民进行的最后一次结算,也是以往的土地和体制对农民辛勤劳作的最后一次回报。严桥镇党委政府要做的事,就是不能让集体资产流失,保证集体资产保值增值,让农民在撤制村队集体资产分配时,能分到一笔钱。所以在 1993 年成立严桥乡集体资产管理委员会,加强对集体资产的集中管理,对集体资产进行审计和评估,确保村队集体资产按法律和政策规定分配到每一个农村劳动力手中。受当时历史条件限制(如土地价格低、补偿标准不高等),这笔钱虽然不多,但不管如何,这是浦东开发给农民的一份红利,这份红利能让农民直接感受到浦东开发的好处,用现在的话说就是获得感。当时的新区党工委管委会办公室信访处处长苏金方说,浦东开发初期,农民为撤制村队集体资产分配上访较多:有的反映集体经济亏空,分不到钱;有的反映集体资产分配不公;有的反映集体资产流失,村队干部有侵害集体经济行为等。但是严桥乡在撤制村队过程中,没有一户农民上访,没有一封检举信,这在当时是很少见的。

2000 年 4 月,浦东新区调整行政区制,撤销原严桥、花木两镇建制,建立新的花木镇人民政府。严桥 1943 年至 2000 年共 57 年独立建制的历史至此结束。

在此之前,也即 1999 年底,在组建新的花木镇党政班子时,浦东新区党工委管委会领导周禹鹏、胡炜均找山佳明谈心,告诉他区委已决定安排他去由由实业总公司工作,保留公务员身份,要求他把由由实业总公司做大做强,注册地不出浦东,同时继续承担原严桥地区的社会责任。山佳明表示无条件服从组织安排,但他也向组织提出了一个请求:请区委、区纪委对他进行离任审计。周禹鹏赞赏地说:"一个镇党委书记离任时主动请求审计,这倒是从未遇见的事。"山佳明回到镇里召开党政干部会议,让严桥镇的干部自己选择:或去新的花木镇政府工作,或去由由实业总公司工作。结果有一批人选择去由由实业总公司工作,并按规定不再保留公务员身份。据此,山佳明也向组织上提出不再保留公务员身份,这样他就把自己彻底与大家和公司拴在一起了。

2000 年 5 月,上海由由实业总公司改制为上海由由(集团)股份有限公司,这是农村股份合作制企业向现代企业制度的转变。当时面临的一个最大问题:就是对原公司中 3 000 多农民持有股份的处置。最简便的办法,就是以货币化形式全部分给农民,这样农民持股结束,农民问题也就不再成为改制后新公司的问题。但是山佳明不是这样想的,他是土生土长的原住民,从小起就有着与农民同甘共苦的经历,与这些农民有着难以割舍的血肉联系和感情。从当生产队长一直到担任镇党委书记,他就满怀着要让家乡越变越美、农民日子越过越好的心愿并为之不懈奋斗。他是共和国的同龄人,亲身经历了新中国建立后严桥地区的历史变迁和时代变革,有着深厚的国家情怀和家乡情结。他又是受党教育培养多年,一方土地上的农民领头人,有着自觉的责任意识和担当精神。从严桥镇的党委书记变成由由(集团)股份有限公司的总经理,身份和角色改变了,但无法改变的是他对家乡和百姓的感情,让严桥农民富裕起来的初心,共产党人的本质和使命。山佳明说,把农民股份分掉,农民得到的是一次性分配,把农民股份留下来,农民得到的是永久性分配。把农民股份分掉,3 000 多农民就散去了,把农民股份留下来,已撤销的严桥就会在新公司里得到延续,由由(集团)股份有限公司就是新生的严桥的象征。山佳明统一了公司上下的思想,以职工持股会和托管股份的形式,使农民在新公司里继续持股。对原公司中占 30% 的镇级集体资产股份,经上级主管部门同意批准和会计事务所评估,并召开镇人民代表大会,由区人大现场监督,转让价格由人民代表投票表决,报请区委区政府指定的城工委具体操作,转让给由由(集团)股份有限公司的核心经营层(三年为期付清)。这样,核心经营层认购了 9.5% 的股份,原来入股的严桥农民持有 60.5% 的股份。1993 年出资 2 000 元入股的农民,经过历年股份增配,至今持股份额大为增加,每年可分得 15% 左右的红利。公司核心经营层与 3 000 多农民一起成为了股东和老板。

2002 年至 2005 年，由由(集团)股份有限公司完成了"东方城市花园"一期和二期工程。此工程获得上海市白玉兰奖，国家建设部在该项目工地召开了国家康居工程现场会。

2004 年至 2007 年，由由(集团)股份有限公司完成了由由国际广场(包括一幢喜来登由由酒店、一幢公寓式酒店、一幢高级写字楼、一幢名为"巴黎春天"的大型商场)的建设。同时，引进美国沃尔玛、山姆会员店等企业，建设了由由世纪广场。

这样，在参与浦东开发的历史上，严桥人建造的以由由命名的标志性建筑共有三幢：1990 年建成的 10 层高的由由饭店，是当时该区域最高的建筑，热情好客的严桥人民在这里略尽地方之谊，欢迎浦东开发之初刚成立的陆家嘴、金桥和外高桥三大开发公司入住开张，这些开发公司的老总们至今都不会忘记，他们正是从这里出发，踏上了浦东开发创业的历史征程。1996 年建成的 29 层高的福朋喜来登由由酒店，意味着严桥经济转型产业结构调整达到的历史新高度。在土地逐年减少，镇域逐年缩小的历史背景下，严桥从这里又一次崛起，昂首南浦大桥上吹来的风中，迎来黄浦江上的满天彩霞。2007 年建成的 40 层高五星级的喜来登由由酒店，意味着作为一个建制镇的严桥完成了在浦东开发中的历史使命，实现了从农村向城市的嬗变后，又一次出发，以新的姿态宣告了严桥以另一种方式的存在。

由由(集团)股份有限公司为社会提供了 4 600 多个就业岗位，其中吸纳农民征地工 2 564 人。公司自 2011 年起，对这些农民征地工的基本保障实行托底管理：即按照上海市当年最低工资标准，每人每月发放一份托底工资，2011 年时为 1 280 元，至 2018 年递增为 2 420 元，并为其缴纳四金(包括其个人部分)。这些农民征地工在由由(集团)股份有限公司或下属企业就业，另外获取一份岗位工资。这样每人每月就拿到了 2 份工资。按照测算，至 2035 年，这些农民征地工按先后全部退休(按照上海市目前的退休年龄计)，由由(集团)股份有限公司要付出 7.9 亿元。公司还规定，农民征地工退休后因病住院，其医药费的个人承担部分可到公司报销 50%，对特别困难的，另外 50% 可在公司帮困基金中报销。山佳明说，公司这样做，出发点就是要让农民征地工增加收入,得到实惠,生老病死有依靠,让农民征地工充分享受浦东开发的成果,因为严桥的一切,都是浦东开放这个伟大的时代所给予的。

仁济医院(东院)和上海儿童医学中心,原址是严桥同心村的土地。早在 1985 年,山佳明任同心村村长时,就引进了仁济医院的动物房试验基地。1991 年底 1992 年初,山佳明多次邀请两院来浦东开办医院。1993 年,新区党工委管委会领导提出,浦东一定要有三级医院,以改变浦东人看病要过江的历史现状,也就在这一年,两院的筹建组都设到了严桥乡里,严桥乡不仅拿出了土地,还积极配合筹建组做好征地动迁、劳动力安置等工作,并提供了动迁安置基地。上海儿童医学中心地块原来商品房已建到三楼,拆掉后给了院方。2001 年,仁济医院扩建,所需 69 亩土地本来是由由(集团)股份有限公司的,为城中村改造项目,已完成征地吸劳、动迁补偿和七通一平,机器设备和施工队也已进场。但是由由(集团)股份有限公司服从大局,将地块让了出来,所以有人说,山佳明虽然人在企业,但很多事情仍能站在政府的角度看。山佳明说,其实引进两家医院,我首先考虑的是严桥当地的人民群众能"近水楼台先得月"。

至 1999 年底,陆家嘴金融贸易区内建成大楼建设项目 110 个,其中 72 个在原严桥境内。昔日的农村和农田变成了城市和繁华街区,昔日的村舍变成了楼宇住宅,昔日的农民变成了新产业工人和城市的新住民,严桥农民登上了浦东开发的历史舞台,走进了一片新的天地,农民真正出头了!

"由由"的意思,既是田字出头之意,又是不忍离去之意。不忍离去的是那方曾经养育了山佳明他们的水土,那一片稻青棉白、蔬菜满畦、瓜果花卉满棚的田野,永远深藏在他们的心中,成为山佳明他们这一代人永远的家乡情结和乡愁。

令山佳明最为遗憾的是:其父母临终时,他都不在身边。母亲脑梗那天,他在世博会上,待晚上回来揭开被子一看,母亲一只手一只脚不会动了,在仁济医院住了一年多故世了。那时父亲也已经 90 多岁,天天上午走去医院坐在母亲床头,子女怎么劝也不听,这样一年多,坐得人也瘦了。父亲临终那天,山佳明正在崇明忙酒店开张之事,故父子未能见上最后一面。这一遗憾是永远无法弥补了,但是可以相信:一个曾经四次评为上海市劳动模范的父亲,一定会理解四次评为上海市劳动模范、一次评为全国劳动模范的儿子。

原严桥部分地区(现陆家嘴部分地区)城市风貌图。

比出嫁还漂亮

1998 年春节过后,由由二村居委书记徐龙宝为上报节目之事颇费思量:报扇子舞、筷子舞,太一般;报舞龙舞狮,居委没有购买道具服饰的费用。他平时在二村里见过不少身材颀长、体格健壮的农村妇女,觉得如果搞一个时装表演队,让这些刚刚从农民变为居民的妇女,感受一下城市的时尚和生活的缤纷,也许会有意想不到的效果。当他把这个想法告诉后来的时装表演队队长张碌梅时,张碌梅吓得跳了起来。张碌梅心想搞个大合唱,每个人都可在里面混混,时装表演可是要一个一个在台上走过去的,以前养鸡鸭养猪种蔬菜的人,平时穿啥时髦衣裳都不晓得,怎么可以去时装表演呢?!不把别人吓死,也会先把自己吓死了。

由由二村的居民,大多是陆家嘴开发征地动迁而来的当地严桥乡的农民,最后确定的时装表演队的 12 人,除徐银娣等 3 人是从浦西动迁而来的居民外,其余 9 人均是原严桥乡塘东村的农民。比如徐龙娣,14 岁小学毕业,人还没有铁镏柄高就下田了,种蔬菜种了 24 年。她说天下世界只要菜市场上有的蔬菜,她都种过了。比如彭凤芝,不仅种蔬菜,还参加男工组挑大粪、挖水沟,拿与男人一样的工分。又如张杏仙,先是种了十几年蔬菜,后来养了七八年鸡,种蔬菜卖蔬菜、养鸡卖鸡卖蛋就是平常流水般的日子。总之这12 人,活了大半辈子,从未穿过旗袍、抹过唇膏、画过眼影眼线,也从未参加过任何文艺活动。上台演出，更是想都从未想过。但是她们都毫不犹豫地答应参加时装表演队，因为她们感到，时装表演这件事让她们心跳加快，就像初恋一样是一件美妙无比的事。内心深处那块原本荒芜之地，仿佛突然被一阵春风吹醒吹绿，不可阻挡地要生长成漫山遍野的丰收。

徐龙宝请来了由由小学的舞蹈老师。第一次排练，老师要求脱掉长裤穿短裤走台步，说这样更能看清楚腿脚的协调性。徐龙宝就向物业借了一间临时空置房，让时装表演队关起门来排练。

每次排练都要穿高跟鞋，穿了高跟鞋走台步才能挺胸收腹，走得出样子。这些平时下地穿惯了套鞋、跑鞋和布鞋的人，第一次穿起了高跟鞋。高跟鞋跟高5公分或7公分，尚菊妹个头稍微矮些，故穿的高跟鞋跟高9公分。每周排练2次，每次2个多小时，最长的一次排练了5个小时。其余时间在家对着镜子练，去菜场买菜，在家做家务，都不忘穿着高跟鞋。每逢排练，她们一次都不敢缺席，张美琴给丈夫煎好中药准时来了；张小妹的丈夫洗澡时滑了一跤，手臂上缝了几十针，但她放下做了一半的家务活准时来了；张杏仙抱着三个月大的外甥来了，时装表演队队长张碌梅替她抱着领着。等到每个人脚上的血泡都变成了老茧，她们硬是把弯腰曲背走成了挺胸收腹，把工厂里的机器味和田野上的庄稼味走成了气质。

时装表演的基本功是走台步，台步要一小步一小步走，走成一条直线。平时走路肯定不是走成一条直线，身体反而是平稳的，走台步走成一条直线，身体反而是摇摆扭曲的，台步就是要在这扭来扭去中天马行空、行云流水。台步又称为猫步，一开始，她们走出来的台步很滞重，她们对猫步的理解也只局限于走成一条直线。走着走着，她们感觉越走越轻，人仿佛要向着空中飞升起来，她们才恍悟原来猫步就是轻灵，要是穿上旗袍，披上风衣，人就化作了一片彩云。

徐龙宝提出搞时装表演队时，其实心里没有底，所以镇社区管理中心几次催报节目，他迟迟未报。后来报出节目，镇社区管理中心不予批准，认为由由二村的新居民不可能表演这样的节目，等到看了彩排才大为赞叹，并特将此节目推荐出来。由由二村时装表演队一炮走红，浦东电视台、上海电视台、东方电视台均来采访拍摄,不少外省市电视台也做了转播。2000 年 8 月 16 日晚,由由社区举行"奉献蓝天至爱"广场纳凉晚会,由由二村时装表演队与沪上著名演员王汝刚、李九松等同台演出,时装表演队如夏夜星月,满台生辉,惊艳全场。第二天,演出照片登上了《解放日报》头版,该报记者张春海、楼定和在解说词里写道:"一群昔日的农民穿上了高跟鞋,到 T 型舞台上展示自己丰富的生活,60 岁的徐银娣对街道干部悄悄说:'今天比出嫁还漂亮。'"

张碌梅说,时装表演结束后,她回家问老头(丈夫)去看了没有,因为她老头之前总是说你们一帮老太婆弄得出什么好节目?! 但这次,老头满面笑容,坦白相告,说几个老头都去看了,只是悄悄站在人群背后,等到时装表演队出场,几个老头都惊呆了,都说自己的老婆草鸡变成金凤凰,漂亮得认都认不出来了。

徐龙宝和后来接替他的居委书记沈文珍,还把时装表演队作为创建文明小区的骨干力量,平时小区里扫垃圾、清理楼道、助残帮困、重阳节敬老爱老、大年初一清扫烟花爆竹灰等,都让时装表演队参加。有一年,二村一位妇女柏慧芳因病住院半月多,张碌梅与时装表演队的姐妹们 24 小时轮番值班护理,为病人洗衣揩身、清理粪便等一切活计都包揽下来。病妇需尿液化验,但她一看见递过来的塑料器皿就吓得哭叫,张碌梅就伸出双手捧接她的尿液。病人出院后,姐妹们还到她家中陪伴护理,为她买菜,送被头被套,捐钱捐物,帮助该户居民渡过难关,此事被镇列为十佳文明范例之一。所以二村的居民说,时装表演队在台上是美的,在台下也是美的。

十几年间,时装表演队进行了无数次巡回演出。在每个街道每个社区,各种各样的文体队伍蓬勃兴起和发展,成千上万昔日的农民像由由二村时装表演队员一样,要在扑面而来的新生活里,走出浦东开发这个时代的摇曳风姿。

附:由由二村时装表演队名单(排名不分先后)

组织者:徐龙宝、沈文珍

队　　长：张碌梅

队　　员：徐银娣、彭凤芝、张杏仙、张美琴
　　　　　马润芳、张小妹、徐龙娣、徐佩芳
　　　　　盖月兰、尚菊妹、陆莉莉、慎兴华

"罗头"

罗根红来到由由新村时，虽然由由新村从外表上看已有城市社区的雏型，但小区里那些还未完工的道路等基础设施、堆放零乱的杂物、长得比人还高的杂草，使罗根红感觉上还是到了乡下。尤其是那些刚搬入小区的当地人，说话举手投足间，完全是地地道道的乡野农民，就是考试时用的课桌也是典型的乡下桌子，桌面坑坑洼洼、凹凸不平，连字都不好写。其实参加由由新村招聘居委干部的考试，罗根红心里是有点纠结的，她不像有些来自国营企业的应聘者，因为下岗而来另谋生路。她是上海市交通局运输代理公司的工会主席，所在单位是全民所有制企业。她想来这里，主要是因为家住浦东，到浦西上班交通不便，工作单位离家近一些，可以照顾孩子和家庭。但到土里土气的乡下来当居委干部，与她原来的工作岗位和工作环境落差确实有点大，所以她即便通过了考试，内心其实也不大愿意来。严桥镇组织科给了她一个"商调"的安慰性说法，她觉得也只是自欺欺人而已。但就这样，在浦东新区最早进入城市化的地区之一——严桥镇由由新村，她和其他应聘的25位同仁，成了这里的第一批居委干部，被分到了由由新村的7个居委会，罗根红是由由五村居委会的书记和主任。

罗根红是1996年9月26日上任的，一周后就是重阳节，罗根红想要让由由五村的居民知道：居委会已经成立了。于是她去找了新民村书记陈德兴,向他村里要了500元钱,买了许多方便面,通知小区里60岁以上的老人,每人可来居委会领取一盒。罗根红做的这第一件事,其他6个居委会都没想到。接着,她设计了一张居民情况登记表,挨家挨户上门登记。这样,小区里有多少幢楼、入住了多少户、还未入住多少户、有多少女性和男性居民、多少党团员、多少残疾人、多少计划生育对象等,基本上了解清楚了。后来,其他6个居委会也都采用了五村的这张居民情况登记表。

入住由由五村的居民,大多是原严桥镇以种植蔬菜为生的农民,她们在绿化地里种植上了蔬菜,罗根红和居委干部一起去劝阻,但她们说这是我家门口的地,并说蔬菜也是绿化呀!如果任其所为,小区一定会变成一个菜园。夜深人静时,罗根红让人把蔬菜全拔掉了。罗根红说,如果在一个动迁农民入住的小区里,保留一块地让居民志愿者种植蔬菜瓜果,把每年收获的蔬菜瓜果首先分给独寡老人和困难户,让每家每户的成年人和孩子都来体验和分享农业种植的乐趣,这样做也许更加人性化,但在当时即便是在现在也是难以想象的,也许在未来,动迁农民小区里可以有这样的浪漫设计,这就有点接近桃花源了。

博文酒家周围都是居民楼,居民总是随手把垃圾扔出窗门外,有许多垃圾扔到了博文酒家的楼顶上,每个月,罗根红等人要去楼顶清理一次,每次也总是有居委干部手拿大喇叭进行一番宣传。罗根红说不用说动手清理,就是看见那些死狗死猫等垃圾,就腻心得受不了,但每次只得硬着头皮上去,这样连续清理和宣传了五六年,就没人再向室外和博文酒家楼顶上抛扔垃圾了。

小区居民倒垃圾,原来是不装袋的,垃圾也只分干湿,不像现在还分有机无机。许多居民拎着一只桶出来,汤汤水水都往垃圾箱里倒。后来,居委会出钱买了马夹袋送到每家每户,要求垃圾装袋。居委干部在早晚轮流值班,站在垃圾箱边看着居民出来倒垃圾,值班了2个月后,居民养成了倒垃圾先装袋的习惯。

大年初一,五村居委向二村居委学习,发动党员到各家居民门前清扫烟花爆竹屑,破除大年初一不扫地的农村习俗。

刚从农村动迁而来的居民,一时舍不得扔掉锄头铁镐等农具、更换下来的旧橱柜旧桌椅、装修余下来的水斗等物,都堆放在楼道里。罗根红组织居委干部,每月都要清理一次楼道。那时她只有 34 岁,清理楼道时,把毛巾往头上一扎,蓝大褂身上一穿,冲在最前面,搬水斗搬橱柜,从六楼到底楼,搬了一次又一次,每月总是有搬不尽的水斗橱柜等杂物。1998 年,她视网膜脱落,医生说是用力过度了。

罗根红觉得身体劳累还不算什么,心里委屈的是居民不理解。有一次,她们帮一户居民清理堆放在楼道里的东西时,那户居民的儿子与罗根红吵起来,把罗根红的双手反拧到背后,罗根红哭了,但边揩眼泪边继续搬,她知道停下来了就会前功尽弃。

还有一次,一户居民在二楼公共平台的沟斗里堆放了许多玻璃,当罗根红把玻璃从沟斗里拿出来时,那居民说这玻璃她还是要的,罗根红就把玻璃递给她,她接到手里就把玻璃摔在罗根红脚下,罗根红当场就委屈得哭了,但哭归哭,罗根红仍对她说,你做人不可以这样的,今天如果我是你的家人呢! 你既然不要(这些玻璃)了,你这样做有必要吗?! 你要尊重人呀! 后来,罗根红说,这个居民看见我就会很难为情。

罗根红长得高大健硕,干起活风风火火像个男人,来由由五村前,在工作中从未哭过,做居委干部没多长时间,却哭过了好多次,她想不到当居委干部会有这么多委屈。但每当她看见那些居民站在被搬走的农具等旧物面前黯然的样子,她就明白了要告别过去总有一个过程,她就理解了那些昔日的农民,自己心里的委屈也就烟消云散了。

由由五村成立了说唱队、沪剧团、书画社、广场舞队、拳操队等,开展了各类文体活动。那些从昔日农村家园来的新居民,在新的家园里,重新找到了童年和青年时代遗失在田野上的个人兴趣和爱好,发现了另一种他们以前向往过但一直未能实现的新生活,参加文体活动的居民越来越多。当然,不是所有的文体活动一开始都是受欢迎的,比如第一场纳凉晚会,就有人把鸡蛋扔下来。可是到后来,扔下来的就不是鸡蛋,而是鲜花和掌声了。参加的人数也从一开始的上百人,上升至上千人。

1997 年重阳节,由由五村居委为小区老人举办金婚仪式,邀请近十对老人参加,居委会给每对金婚夫妇送上鸳鸯枕套,大红的颜色在由由广场午后的秋阳里格外鲜艳醒目。

有一年冬天,388弄有几户居民家里被连续撬窃,罗根红带领居委干部和党员志愿者轮流通宵值班。每晚拿了手电筒在小区内巡逻,连续值班巡逻2个月,再也没有发生撬窃之事。那些冬夜里划掠过小区每家每户窗户的手电筒光,也许照亮的不仅仅是夜空。

由由五村居委,从成立起就建立了十必访制度:新入住户必访、孤寡老人必访、困难户必访、残疾户必访、患病户必访、劳改回来者必访……罗根红他们走遍了小区里的每家每户。

罗根红与社区姐妹们一起庆祝:由由社区被评为全国首家符合ISO14001环境质量体系标准社区。

刚来由由五村时,罗根红听不懂当地居民说的土话,罗根红和她们一起扫地时,叮嘱她们扫得清爽点,她们说会扫"干沥"(干净)的,这个"干沥"听得罗根红云里雾里,但是后来,小区里的居民把罗根红当成了自家人,都亲切地叫她"罗头"。"罗头"虽然仍是土话,但罗根红听得懂。

新家园

由由一村居委书记普光宏说,1997 年创建文明小区,我们在车棚里画上直线,让非机动车一律停放在线上,受到了表扬。但是第二次表扬的是五村,五村不仅让非机动车停放在线上,而且自行车与摩托车分开停,自行车 26 寸与 28 寸的分开停,龙头都朝着一个方向。实际上,非机动车停放整齐,楼道无堆物,小区环境整洁,这些都是对创建文明小区的外观要求。创建文明小区的内在目标,应该是创建一个充满着爱的新家园,这才是创建文明小区的核心和本质。

那时,动迁农民新入住的小区,新建的居委会往往代管着部分物业,小区居民家里水龙头漏水、抽水马桶堵塞、停电等,找的是居委;邻里之间和居民家里有矛盾纠纷,找的是居委;就业,找的是居委;就是生病需送医院,也会找居委。普光宏说,165 弄有两位老人,子女都不在身边,有一晚男老人突然腹痛,邻居跑到我家里来叫我去,我就和邻居把老人送进了医院。居委干部不是万能的,但必须帮助居民去做万能的事。

花木镇牡丹小区五居委书记倪林祥说,从城隍庙动迁搬来的老人陈凤英,不同意小区建围墙,因为她的房子靠近外面马路,她想破墙开店。围墙打了基础被她推倒,经反复做工作,围墙是打上了,但老人心里总是打了一个结。几年后,老人卧病在床,她打电话要我去,我本来想与民政干部一起去,但她要我一个人去。老人生有三个儿子,大儿子患精神病一直住院,无房。二儿子有 14 平方米住房,是丈母娘给的。三儿子住在高桥地区,有一套三室一厅的动迁房。老人住的是一套约 50 平方米的安置房,产权为老人和二儿子、三儿子共有。老人要求倪林祥将这房产判给二儿子,因为二儿子只有 14 平方米住房,妻子尚无正式工作,生养的女儿个子比较矮小,怕将来嫁不出去要养在家里。由二儿子适当经济补偿给三儿子。大儿子如身体好,将来出院可住在二儿子一起,死后要将骨灰和灵台在这屋里放一放,也算是回了家。倪林祥知道这是老人在立遗嘱,自己不是法官,可能判不了这个案,但老人对自己的信任,让他感动和欣慰,他不能再让老人在心里打个结,他要让老人离开人世时,走得安稳和踏实。于是,倪林祥去动迁公司查底账、找资料、了解有关政策;去医院了解大儿子病情,找律师咨询精神病患者的权利保护等问题;去高桥了解三儿子为了动迁房分配、曾将母亲户口迁进迁出的情况,以及家庭和生活情况。将一个个疑问弄清楚,一项项政策梳理清楚,一件件资料取证坐实,一次次协调二儿子与三儿子两家之间的关系。用了整整一年时间,将这件事情处理完毕。一周后,二儿子送来了锦旗。再一周后,三儿子送来了锦旗。

倪林祥和普光宏都说,从那时起,居民给我们送锦旗开始多起来了,虽然都是些鸡毛蒜皮的事,但被居民绣写在锦旗上,就仿佛变得不一般了。

说起送锦旗,当时地处浦东新区最南部的思凡花苑一居委书记徐国飞说,有一次,一位居民来给居委送锦旗,这位居民的女儿患有精神疾病,是居委干部邱耀娟两次开车把她女儿送进精神病院。她女儿出院,又是邱耀娟去接回来,还替她女儿申请和办理了低保。"三八"妇女节这天,这位母亲就给邱耀娟送来了锦旗。徐国飞让邱耀娟猜这面锦旗是谁送来的?邱耀娟猜不出来,因为她为小区居民做的事实在太多了,遇到这种送锦旗的事,她还真的猜不出来。

小区居民小韩,父亲经常患病住院,妻子尚未找到工作,3 岁女儿嗷嗷待哺,他自己由于文化程度低,也一直未找到合适的工作。邱耀娟虽然按政策规定为小韩户办理了低保,但尽快让小韩就业这件事一直在她心上。1998

年夏天,邱耀娟一连十几天骑着自行车到处联系用工单位。终于,她打听到了浦东国际机场里的大航国际货运有限公司要招收仓库装卸工,就叫了一辆出租车与小韩一起赶去面试,该公司总经理每问小韩一个问题,在旁边的邱耀娟就急不可耐地抢着替小韩回答,总经理十分纳闷,问邱耀娟是在面试你还是在面试他?你是他的什么人?当总经理得知邱耀娟是小区的居委干部、小韩是小区的居民时,他深受感动,说小区的居委干部这样关心未就业的居民,这个人我一定收下了。当得知邱耀娟和小韩是坐出租车来的、车费也是邱耀娟出的时,就用自己的车将这两位特别的客人送回去了。

居民徐卫忠,妻子因病离世,自己体弱多病,一双儿女未成年。有一次家访,邱耀娟看到姐弟俩吃饭时只有一碗毛笋咸菜汤,仅几片毛笋姐弟之间还相让,身为人母的邱耀娟不禁心头酸楚。她从此与这户人家结对帮困,经常自己出钱买鱼买肉买衣买物送到他家去。

孤老蔡明生,手头缺了酒钱,就会寻邱耀娟讨要。邱耀娟在居委,他会寻到居委,邱耀娟在家里,他会寻到家里。蔡明生后来住进了敬老院,还会经常来寻邱耀娟讨酒钱。只要蔡明生来讨,邱耀娟不论多少,每次都会给,不会让老人空手而归。蔡明生故世后,敬老院与居委一起为其操办了后事,蔡明生的亲戚都说,一点都不比有子女的人家操办得差。

患青光眼的乔心宝老人,儿子病故,媳妇再嫁,两个女儿都不在身边。一开始生活尚能自理,后来眼睛一点都看不见了,所以经常闭门不出,卧床而居。从 2000 年起,邱耀娟经常去看望她,缺水果买水果,缺糕点买糕点,缺衣物买衣物,与老人聊天拉家常,十几年如一日从未间断。到后来,邱耀娟每次去,人还没走进房间,老人已先听出了邱耀娟的脚步声。每当听到这熟悉的脚步声,这双目失明的老人脸上就满是笑容。原来这普普通通的一步又一步,是可以走进一个心灵的光明天地中去的。

孤老张文根,脚被芦根戳伤,邱耀娟为他揩洗伤脚,旁边的居民说,这么脏臭的活,你怎么也拿得上手?邱耀娟说,这样的脏臭不揩洗干净,老人怎么忍受得了?!张文根的伤脚经医治一直不见好转,邱耀娟与同事送他去浦东新区人民医院做了手术,为他安排好护工,并经常去探望。后来,老人发现邱耀娟有一个星期不来看他了，就询问前去探望他的徐国飞，当老人得知邱耀娟也因病住在这医院手术治疗时，就一定要去探望，护工和徐国飞只得把他抱上轮椅，推着他去探望。

徐国飞说，我相信，每一个小区，都会有像邱耀娟这样的居委干部，也都会有众多拥护和爱戴居委干部的居民。在一个动迁户入住的小区里，一开始是居委干部关爱居民，后来是居委干部和居民之间、居民与居民之间互相关爱。徐国飞忘不了这样一件事：居民小马患有精神疾病，徐国飞经常去看望他，与他聊天谈心，几次为他买药治病，两人成了好朋友。小马发病会与人争吵，甚至会打父亲，但徐国飞一到场，小马就会平静下来，听徐国飞的话。以至于小马一发病，其母就会跑来找徐国飞，让徐国飞先去稳定一下小马的情绪，再送医院。徐国飞后来调到社区去工作，不忘经常去看小马，小马也会经常来看他。徐国飞觉得，一个精神病患，在意识失控的时候，竟然会认得出自己，还会听自己的话，这其实是不可思议的事。也许唯一能作出的解释，就是即使是意识失控的精神病患，他的人性深处仍然有着良知，对平时对他好的人有着下意识的好感。

普光宏说，1997年初，居民周玉英退休后，给居委会捐款1 000元，同年服兵役的徐荣，也把政府给他的1 000元优抚金全部捐赠给了居委。居委用这2 000元钱成立了小区里的首个帮困基金。后来，小区里居民捐款蔚然成风，居民张建平每年捐款600到800元，一连捐了十几年。当时，装修活动室没有经费，小区居民自发捐钱进行装修，把墙壁粉白，地坪铺上地砖。居委对凡捐款100元以上的，专门制作了一个荣誉证书，并且花五元钱买一盆红杜鹃，隆重地送到居民家里。证书上面写着"感谢献出爱心的人"。普光宏说，在动迁中一度中止、失落和失散的人际关系在小区里得到了修复和凝聚。

徐国飞说，在一个村庄里，有着农民世世代代共同居住和生活的历史，有着由氏族关系和邻里关系为主构成的稳定的人际关系，有着各种各样促进农民交往交流、增进情感情谊的风俗习惯，有着农民生于斯长于斯归于斯的血地情结，使生爱生恩的人爱之愈深，生恨生怨的人弃之不舍，这些都像一根根纽带把人们连接在一起,所以村庄既是物质的家园,又是精神的家园。可是动迁在一夜之间就把这个家园端走了。

浦东国际机场动迁,有 2 900 户 9 000 多动迁农民搬迁到了施湾地区的思凡花苑。徐国飞所在的一居委,1998 年 1 月,就有 936 户 3 000 多人入住。徐国飞从那时起就任一居委书记,与罗根红、普光宏等由由新村的书记们一样,他经历了从引导农民改变陋习转变为居民的过程,也像罗根红和普光宏一样,只用了两三年时间,将一居委创建成市级文明小区。

徐国飞说,创建一个区级和市级文明小区,也许只需两三年时间,而重新建设一个新的家园,也许需要十几年甚至几十年、一代人甚至几代人的努力。徐国飞和邱耀娟原本就是被动迁的农民,对此他们最能感同身受,经过将近 20 年的努力,动迁农民居住的小区,在徐国飞和邱耀娟的眼里,已渐渐有了家园的样子。

原来居住在村庄里的农民,有一个风俗习惯,如果一户人家有老人故世,村里的人不用邀请,会不约而同地赶到这户人家吊唁、帮忙和吃豆腐饭。一居委的居民来自原施湾镇 16 个村 71 个生产队,一开始,一个门洞里如有老人故世,住在一个门洞里原来同一个生产队的人,会像以往一样赶来吊唁、帮忙和吃豆腐饭。至今,如有老人故世,前后两幢楼 6—8 个门洞里的大多数居民,会前来吊唁、帮忙和吃豆腐饭。一个老人故世了,以前是村里的人,现在是小区里的人来为之纪念和送行。一个老人的故世,也等于是为小区里的居民提供了一次相聚的机会,这是小区里的居民为这位老人做的最后一件事,这也是这位老人为大家做的最后一件事。

每逢除夕和元宵节,有许多居民会自发聚在一起做汤圆,还端去给小区里最年长的人吃。居民还会自发为百岁老人祝寿,做寿面,蒸福糕,一块块方方圆圆的糕上印着红艳的福寿之字,一双双筷子夹起来的都是长长的人世间的情意。

晾晒在小区场地上的衣服被褥,如遇雨,在家的居民会替不在家的居民代收,是底楼人家的,就送去挂在人家的廊檐下,是楼上人家的,就先放在自己家中,等人回家后来取或送上去。

　　徐国飞说,当原来村庄里的各种好风俗好习惯重新回归,当新时代的各种新风尚不断涌现,当一个小区充满润物细无声的爱,一个动迁农民向往中的新家园就真正诞生了。

开能原能

瞿建国创业,可分四个阶段:

第一阶段,从 1973 年开始,他先是创办桥弄木器厂,1980 年担任桥弄大队工业大队长后,选择地处偏僻、村民种田不便之地,建起一个 300 亩的工业开发区,区内聚集 10 家队办企业。1984 年,桥弄大队实现产值千万元,利润百万元,为全县第一。孙桥乡给桥弄大队颁发锦旗:"首创百万利润,再夺全县冠军。"1985 年起,他任孙桥乡人民公社副主任(后称副乡长),分管全乡工业经济,先后发展了大拉丝厂等一大批乡办企业。全乡总产值首破亿元,居全县第一。当时亿元乡全国只有 10 家,上海市仅嘉定县马陆乡和川沙县孙桥乡两家。

第二阶段,从 1986 年开始,他创办上海申华电工联合公司,这个由三省一市 26 家与电工器材行业相关企业组成的松散型经济联合体,不久因经营困难面临解体,还负债 40 多万元。他辞去公职,接手该公司推行股份制改革,并于 1987 年 3 月发行 100 万元上海申华电工联合公司股票。1990 年 12 月 18 日,该股票在上海证券交易所上市,成为上海市最早上市的八个股票(俗称"老八股")之一,申华公司也成为中国最早的上市公司之一,而作为乡镇企业改制后上市的,申华公司是全国第一家。

在此期间,他创办了申华客运服务队,申华客运从 1988 年成立至 1998

年,客运线路从 4 条增至 45 条,车辆由 4 辆增至 765 辆。上海申华电工联合公司(后更名为上海申华实业股份有限公司)也发展成为拥有 5.4 亿股本,净资产 9.06 亿元的现代企业。

先后创立开能公司和原能公司的瞿建国。

　　第三阶段,从 2001 年起,他创立上海开能环保设备股份有限公司。公司生产的全屋净水机产品获国家四部委颁发的国家重点新产品证书,公司被认定为上海市高新技术企业、上海市科技小巨人培育企业和上海市专利培育企业。公司先后通过 ISO9001 质量体系和 ISO1400 环境管理体系认证,自主研发的复合材料压力容器等水处理核心部件和技术,相继通过美国 NSF 和德国 TUV 认证。"开能"品牌被评为上海市著名商标,又被国家工商总局认定为驰名商标。开能成为国内同行业最好的水处理企业。2011 年 11 月 2 日,开能在创业板挂牌上市,成为国内首家居家水处理行业上市企业。

　　第四阶段,从 2014 年起,他创立上海原能细胞科技有限公司,投资建设大规模人体免疫细胞存储库,同时与科研院校和机构以及三甲医院等临床机构合作,全方位开展细胞技术与产品的研究与应用。公司在设备装备自动化研究制造、活体细胞规模化产业化存储、科学前沿业务研发、上下游配套产业投资等方面取得明显进展,将在上海首先创建一个全世界最具规模、最先进的1 000万支存储量细胞库,称之为"细胞银行"和"生命银行"。

每一次创业,瞿建国都看得比较远,想得比较深。

他出生于孙桥乡桥弄村一个农民家庭,14岁就开始做木匠,迫于当时形势,只能白天当农民,晚上做木工。村办企业和乡镇企业的兴起,使他和他的同伴们看见除了种田之外的另一条生路。在他创业的第一阶段,他创办了第一家村办企业(当时称队办企业),与村里人一起创立了全上海第一个工业开发小区,后来又与乡里人一起创办了第一批乡镇企业(当时称社办企业)。他拿到的第一张工商登记执照,是工商所的同志亲自送上门来的,这是乡镇企业的第一张出生证和身份证。给乡镇企业发营业执照(后来又改为企业法人执照),这是中国改革开放史上一个重要细节,是一个史无前例的开端,对广大落后的农村地区而言,预示着一个创业的时代、一个改变贫困命运时代的开始。瞿建国是最早感觉到这个时代来临的人之一。

当年乡镇企业中名噪一时的"霞飞",最初也是瞿建国创办的,他向洋泾医院的医生请教有关配方,在桥弄工业小区开办了霞飞化妆品厂,后来因他调往乡里,故将此厂转让给了别人。霞飞的那片云彩是他最先看见的。

在瞿建国创业的第二阶段,他的一个惊人之举就是辞去公职,辞去在仕途上的前程,这在当时需要何等的勇气,更需要何等的眼光!他选择去申华,其中一个重要原因,就是看到了乡镇企业发展中的弊端和改革方向,当时他结识了温元凯、吴敬琏、厉以宁等经济学家和一批企业家,自学了《资本论》,认识到股份制是乡镇企业走向社会主义现代化企业的一条新路,决心要推行股份制改革。面对乡党委、同事和众乡亲的多次挽留,他动情不动心。川沙县委书记孟建柱请他到宿舍彻夜长谈,他从孟书记的眼睛里,看到了对自己的赏识和爱惜,从孟书记的话语里,听出了对自己的理解和支持。孟书记的宿舍狭小简陋,一人坐在凳上,一人只能坐在床沿,他心里却只有宽敞。窗外秋凉如水,他心里却温暖如春。

　　1988 年 10 月 16 日,上海市委书记江泽民,专门听取了瞿建国等人关于股份制试点的汇报,江泽民书记明确表示了对股份制试点的鼓励和支持,从康平路出来,走在黄浦江边,瞿建国听见了时代的潮声。1553 年起源于英国的股份制经济,在改革开放的中国已然拉开了新的历史序幕,瞿建国是新中国成立以来最早推行股份制试点的企业家之一。

　　申华电工股票上市后,瞿建国认识到只有具有强大主业的上市公司,才能稳定发展。他一方面培育申华自己的主业,一方面不断努力引进战略大股东。他的远见使原来的申华电工联合公司脱胎换骨,他也从一个乡镇企业家蜕变成了现代企业家。

　　2000 年,瞿建国在加拿大读到了美国著名水专家马丁·福克斯的《长寿需要健康的水》一书,他对水与人类健康的关系有了一个科学认识。他还发现即便是在水质良好的加拿大,每个家庭仍会安装全屋净水机,这样家庭的饮食、洗澡、洗衣服等所有用水都是干净的,每个水龙头里流出来的每滴水都可达到直接饮用的标准,这就是全屋净水的概念。于是他创办开能,开始了第三次创业。当他把全屋净水的理念引进国内时,国内当时的水处理产品仅是一些净水器,仅用于一些家庭的饮水和饮食,大量的家庭还在饮用自来水。许多人觉得他的理念太超前了,担心开能生产的全屋净水机不能打开市场。时至今日,全屋净水已经形成潮流,安吉儿、美的、海尔等国内许多企业争相进入全屋净水市场。许多同行业的人不得不承认瞿建国比他们看早了许多年。

　　瞿建国的第四次创业,是一次偶然事件激发他作出的又一次必然选择。他的胞妹患重病无药可治,最后他求助于清华大学细胞治疗研究所,通过细胞治疗得以奇迹般起死回生。据此,他觉得追求青春、健康和长寿,是每个人的心之所向,也是社会的潮流,与之相适应的大健康产业将会有辉煌的未来。于是,在开能如日中天之际,他又一次从零开始创办原能。免疫细胞的存储与治疗技术,在生命科技门类中,可能是最成熟的,也最具产业化的条件,但目前在世界上也处于起步阶段,产业化规模都不大,在国内也尚无先例可援,国家至今尚无细胞存储方面的明确法规和政策,也未建立相关行业标准。瞿建国一方面率领团队抓紧核心技术研究和成果转换,一方面通过国家有关部门,抓紧组建中国细胞学会,希望依托学会平台,在制定行业规则、行业政策、行业自律等方面,取得突破和进展。这一次创业,他又站到了时代的风口浪尖上。

从小与瞿建国一起长大的顾培华说,处于川沙城厢镇边缘的孙桥乡,历来是一块贫困之地,那时我们村里的一帮年轻人,立志要改变家乡的面貌,瞿建国是我们中间的佼佼者,也是带头人。当时在农村,手艺人很吃香,但他做木匠不是为了自己发财,而是首创了木器加工场(当时创办的企业均叫"场",后改为"厂"),把本乡本土的木工、泥工、油漆工聚在一起共同创业。后来又创办了服装、塑料、抛光、冷作等10家队办厂,桥弄村的农民生活逐步富裕起来。1983年,家家户户用上液化气,家家户户通上电话,成为上海市的第一个电话村。几年后,成为全县12个富裕村之一。他在乡里分管工业时,乡镇企业发展到了300多家,有7 000多农民成为了乡镇企业职工,农民家庭收入明显增长。

与瞿建国一起创业近40年的顾天禄说,20世纪80年代末,川沙县城通往上海市区只有三条线路的公交车,每天早班车为5时50分,末班车为7时20分。居民出行极为不便,企业去市区办事时间成本极高,对区域经济的发展也极为不利。瞿建国创办申华客运服务队,既是出于扩大申华公司主业的考虑,但更多的是考虑了百姓和社会的需求。我是申华客运服务队的第一任经理,第一辆申华中巴车是瞿建国开出的,紧随其后的第二辆中巴车上就有我,我见证了申华客运的一切,它告诉我一个朴素的道理:一个企业家,只有把百姓和社会的需求放在首位,才会有自己商业上的成功。

跟随瞿建国创业18年的孙忠鸣说,瞿建国创办开能前,我和许多人建议他开发房地产,我还接触了一家知名的房地产公司,该公司愿将一块处于浦东黄金地段的土地转让给申华公司开发。当时房地产业方兴未艾,瞿建国手里也有足够资金,他在房地产领域也有很多朋友,力邀他去开发的也大有其人。但瞿建国对我们说,自己从创业伊始,心里一直想的是做实业。做房地产虽然能赚钱,但带有投机成分,不如做对社会、百姓有益的产业心里踏实。做水处理比做房地产虽然少赚钱,但也许更有意义,因为虽然社会发展了,家家饮用上了自来水,但自来水有两次污染,一次是从自来水厂经管网输送时的管网污染,一次是自来水经房顶水箱进入住户的水箱污染。全屋净水机就是彻底解决这两次污染的最好产品。

跟随瞿建国创业26年,先后担任开能和原能总裁的杨焕凤说,为了百姓和社会的需求,瞿建国总是努力去创造最有价值的企业和产品。创办申华13年,瞿建国把一个股本仅100万股,亏损40多万元,濒临倒闭的小企业,发展为名列百强上市公司第五名的大型集团。创办开能13年,开能成为全国水处理行业最好的企业。1944年成立的美国NSF组织,是国际上公共卫生领域的权威机构,致力于公共卫生安全环境保护领域的标准制定、产品测试和认证服务工作。2009年,开能通过NSF认证,并从2011年起,连续5年通过该认证。

开能的饮水设备被2008年奥运会和2010年世博会采用,50%产品销往国内市场,50%出口欧美国家。受到国内外市场和越来越多客户的青睐。开能生产的第一批全屋净水机,安装在浦东金桥碧云别墅,租住在此的新加坡学校的校长夫人,在与两个孩子洗澡后,连声夸赞,说是她来中国后,洗澡第一次用上这样清洁无异味的水。

上海浦东迪士尼的饮水设备,全国有六七家公司参与招投标,在全面考察了开能的产品品质、企业发展历程、文化背景、服务保障等情况后,迪士尼项目的美方代表说,第一是开能,第二是开能,第三还是开能。在迪士尼发出的官方指导性文件(技术规格书)上特意写明:"此供应商不可替换。"开能成为迪士尼唯一的饮水设备供应商,并在迪士尼园内建立了全昼夜实时监控的水质远程在线监测监控系统。

开能总裁王铁来开能前,是世界500强企业"艺康"公司的总裁。他之所以来开能,是因为他10年前在哈佛毕业时有一个理想:带领一个本土企业达到千亿市值。他认为,开能的基因好,是一个处于朝阳行业、高品质、高成长性、高持续性的企业。开能在2012年,销售产值7亿元,市值30亿元。计划在 2030 年,实现销售产值 300 亿元,这是王铁心中的梦想,也是瞿建国创立开能时的梦想。

跟随瞿建国创业 30 年的瞿佩君说,一个企业的价值还体现在文化上,在开能,有各种各样的文化体育娱乐活动,而最有特色的是瞿建国发起的"赶集"活动。他在国内外出差之地,只要发现有地方特色的健康食材,就动员供应商来开能摆摊销售,而且要求销售价格比原价格要稍低。一般在每月第三周的周六,就是开能员工和被邀请的客户来开能厂区"赶集"的日子。有美国、加拿大、法国的葡萄酒,泰国的虾,乌拉圭的牛肉,挪威的三文鱼,新疆的羊肉,浙江的猪鸡鸭,其他省份的菌菇类、谷类等有机产品,开能工厂屋顶菜园里种植的蔬菜。"赶集"是开能员工自己的节日。

开能年轻的管理人员龚华说,开能文化的另一个特色是壁炉。在每间工作室里,都装有一台壁炉。到了冬天,看看壁炉里的火,会令人想起银装素裹的雪国风光,古典优雅的贵族情调,想起"火苗在壁炉里睡着了"这样安宁恬静的诗句,有一种居家的温馨感觉。

走进开能,树木成荫,绿影婆娑,花草繁生,清香宜人,河水清澈,静影沉璧。池塘里莲红荷绿,岸边菖蒲黄凤眼蓝,苍苔白石流水潺潺,湿地上梭鱼草淡紫、香菇草黛青。一树树柳条缱绻万千、依依向人,一湾湾浮萍不再漂泊、静静相聚。轻轻吹过这里的风,想要停落在一朵朵睡莲上;缓缓飘过这里的云,想要留映在一片片水波中。开能的员工说,走进开能,就是走进了自己的家园。

在开能工作 16 年的王海强说,我学历不高,能力一般,刚来时只是一个普通员工,后来一步步走上来,先后在五个部门当过经理。在开能,像我这样的人不在少数,但每个人都有机会实现自己的价值,因为开能是让每一个人都有成长空间的地方,只要你心中有目标,工作中有好的设想,瞿建国就会支持你,给你经费和平台,让你施展身手实现目标。

开能的工程师陈小功说,一个好的企业,能改变人的一生。自己从大学毕业后,从安徽来到上海创业,在开能主要从事产品开发,14 年来开发了许多被市场接受的产品,自己获得了"五一"劳动奖章,被评为"浦东工匠",在浦东买了房子,成家立业成了新上海人。这人生中最宝贵的青春岁月,是瞿建国和他的开能点燃的。

对此,王卫民也有同感。1992 年他在申华大酒店做水电工,经常加班加点,瞿建国经常到现场来,加班至深夜,就在一起吃碗面条。有一次安装一台从加拿大进口的制作鲜啤的设备,按常规需半个月。几乎每个白天黑夜,瞿建国都在现场与他们一起研究如何安装,结果只用一个星期就安装好了。对此,辅导安装的加拿大工程师也赞叹不已。王卫民对瞿建国的创业精神深为敬佩,决心要跟随瞿建国这样的人创业。他的妻子本来对他经常加班加点不理解,他就趁申华酒店招聘员工之际,将妻子引进申华。妻子了解了他的工作,就积极支持他,他就索性住在申华职工宿舍里,每周只回家一次。所以只要酒店设备一出故障,几分钟内他就会赶到现场。2000 年瞿建国离开申华,他也从申华出来到一家酒店负责水电工程,做了一年,觉得那酒店不适合他,故组织了一帮人外出做装潢散工。2002 年 3 月,瞿建国要他去开能,他解散了装潢队即刻去报到,他在开能的安装售后服务部一干就是 16年,其他人都调动过了,唯有他坚守在原来的岗位上。他心里一直记着瞿建国把这个部门交给他时说的话:"开能要成为世界一流的工厂,安装售后服务部就是开能对外的窗口和形象。"安装售后服务部从开始时的一辆车、3 个人,发展到了今天的 26 辆车、75 人。他和妻子都在开能工作到了退休。他说,跟随瞿建国创业 24 年,改变了我的命运。

顾培华说,瞿建国创办桥弄木器厂时,有一次,用船将川北公路上的木材驳运进来,由于风大,船翻在王恒昌桥头的三灶浜里。那时正是寒冬腊月,瞿建国带头跳入河中捞木头。他 18 岁时因患血吸虫病切除脾脏,身体一直比较虚弱,但这些木材在他眼里好像比他的命都重要。

瞿建国的妻子奚秀芳说,有一天夜里,瞿建国忙累了一天回家,走到家门口时,倚在门框上吸了一支烟,想不到吸完烟后就睡过去了。她早上起来开门时,瞿建国就倒进门里来了,差一点把她惊吓哭了。

申华公司的员工都记得,1988 年 8 月 16 日,瞿建国驾着一辆旧轿车过苏州河上的外白渡桥,上坡时,车突然熄火,迅即后面排起了车辆长队,瞿建国心急火燎,下来推车,正是烈日当空的午后,加上平日的累乏,他一下子虚脱,晕了过去,被急送市一医院抢救。闻讯赶来的顾天禄得知轿车熄火是因蓄电池老化,连声叮嘱一起来的人给车换电瓶,且要换上最好的电瓶。又对瞿建国说,我们也是家发行股票的公司,哪能让董事长在桥上推车! 你不怕人笑话,我还难为情呢。

顾天禄说,后来,瞿建国被诊断患有胸部中隔肿瘤,肿瘤性质诊断未明,一直住在市一医院。但瞿建国没有闲着,有一天,他把我和另外几位董事叫去,商量进一步发展壮大申华实业事宜,决定成立申华客运服务队。那天,他穿着白底蓝条的病号服,在一棵梧桐树下,谈了他的所思所想。他置患病于身外,一心谋求公司发展的精神,让我们很感动。后来,申华客运就轰轰烈烈地搞起来了。

王卫民说,开能每研发出一款新产品,就先到瞿建国家里试安装,大约每一两个月就拆旧装新一次,他的家变成了开能新产品安装试验基地。当时安装销售部的人,因为白天要去客户家服务,去瞿建国家试安装一直放在晚上,瞿建国只要在家,就与我们一起安装一起商讨。

2007 年,由于开能工厂的污水排口比较低,厂区外面的污水倒灌进来,环保部门检测认为开能污水排放不合格。瞿建国认为,虽然污水排放不合格的原因来自于外部,但作为一个水处理企业,不应该有污水排放。于是,开能用三年时间,研发建立全水回用负排放系统,将所有的工业废水和生活污水全部回收,通过物理过滤技术和植物生态净化进行三级递进式处理,让每一级处理后的水,能够依次达到花草浇灌、养鱼、河道游泳、供人饮用的国家一类水质标准。从此,开能不仅没有一滴污水排放,工厂园内的树木花草、蔬果、池塘、河道,都成了美丽的景观,成为上海市工业优秀旅游单位,上海市科普基地。开能也被誉为"最具社会责任上市公司"。

很多人都说,瞿建国除了工作没有其他爱好,工作就是他的爱好。创办开能时,他一家人住在厂里,一住就是五年,每天清早和夜晚,与研发团队商讨开能核心技术研发等问题。创办原能,他又每晚住到了研究深低温设备开发团队的所在地——惠南镇曲幽路上的公司里。原来开能的副总工程师、现在负责原能细胞生物低温设备研发的王建信说,瞿建国如果不出差,就会天天来住在公司里,每天早上6点钟,与团队沟通和交流研发中的问题。我们研发团队的人,用不着预先通知,都会自发会合到瞿建国的宿舍里。吃过晚饭后,也会主动去找他,一直谈论到深夜。在开能是这样,在原能也是这样。他一次次来,我们担心他太累,可是他不来,我们又惦记他。杨焕凤说,有一次与瞿建国一起出差,在飞机上有十几个小时,他一直在构思一个产品的设计方案,由于没有带纸,就画在餐巾纸上。这张餐巾纸杨焕凤至今还保存着。

杨焕凤还说,瞿建国创办申华之前,是个乡镇企业家,但我发现他对《公司法》《证券法》,对资本市场的法则和财务方面的知识很熟悉,这令我很吃惊。他创办开能,与原来的创业领域跨界很大,但我发现他对水处理行业很快就熟悉了,这又令我很吃惊。他创办原能,又与原来的行业风马牛不相及,综合性更强,专业性更高,更有科学前沿性,但我发现他又一头钻了进去,对活性细胞存储、设备装备自动化研发、国内外市场需求和同行业发展水平、制度政策设计等,有着自己的见解和判断,这更令我吃惊。每一次吃惊之余,都让我知道了自己的不足,所以我至今还在抓紧学习,不敢有半点松懈。

开能研发团队的人说,开能初创时,面临的技术难点,是国内外水处理行业尚未形成工业体系,水处理产品所需的主件和配件均依赖进口,如压力容器、智能全自动多路控制阀、合金滤料罐,都要从欧美国家进口,最为核心的滤料活性炭,在国内大量应用在工业上,不适合用在家居净水处理上。瞿建国投资几百万元组建研发中心,开展对核心技术和主要设备及配件的研发。他虽然不是水处理专业出身,但他能从各种技术原理、甚至是哲学角度,提出许多方向性、创造性的思路和想法。每一项重大的研发技术最终都由他亲自把关。用了5年时间,开能自主研发形成了自己的核心技术,现在不少企业可以模仿开能的全屋净水机等产品,但比起开能的产品总是差了一口气,因为核心技术是无法模仿的。

在水处理行业，以前主要用金属材料，现在大多用塑料，塑料件替代金属材料是制造业的一个发展趋势。在这日新月异的年代，发明和创新是一个企业的生命，瞿建国是这方面的带头人，很多专利的最初想法大多是由他提出来的，在开能的 200 多个专利（包括发明专利、实用新型专利、外观专利）中，有三分之二的专利上有瞿建国的名字。所以，开能的人都说，瞿建国虽然不是开能的总工，却是真正的总工。

瞿建国说，我把每一次创业都看成革命，革自己的命。我喜欢创造，热爱创业，创业是我的一种信仰和使命，创业是艰难的，又是神圣的，我心甘情愿为之付出。

1999 年，瞿建国移居加拿大，身心疲惫的他打算从此退休养老。但是加拿大枫叶红遍的秋天，落满日色月光和鸟声的草坪，环绕着河流、树木和蓝莓花香的屋舍庭院，并不能安顿一颗忙惯了的心。他整天茶不思、饭不想，仅仅 4 个月，他就举家回归。2011 年，当开能挂牌上市时，人们意外地发现，这个隐退消失了十几年、当年证券市场上的风云人物，又归来了。

大概瞿建国这类人，就如叔本华说的那样："生来就注定要成就一番伟大事业的人，从青年时代起就在内心秘密地感受到了这一事实。他就会像建筑蜂巢的工蜂那样，去努力完成自己的使命。"

无论当时创办乡镇企业，还是后来创办申华、开能和原能，瞿建国出差乘飞机，即便有的年份乘坐飞机五六十次，也只坐经济舱，不坐头等舱。北上北京，南下深圳，经常早出晚归，当天来回，累了就在候机室或飞机座位上打个瞌睡。

瞿建国创办乡镇企业时，有一次去武汉大学与一教授洽谈合作事宜，去时因与人有约赶乘飞机，回来瞿建国觉得飞机票价高，故改乘火车。当时他是孙桥乡人民公社副主任兼工业公司经理，差旅费是可以全额报销的。后来，在武汉谈项目，为了省钱，几个人合住一个房间，在出差的人中他职务最高，是带队的，但他把床让给别人，自己睡地铺。

曾与瞿建国一起在乡镇企业工作，后来跟随瞿建国创业多年的奚品彪说,2004年春节期间,瞿建国约他在东方路展厅见面,他走进展厅没看见瞿建国,原来瞿建国正匍匐在地安装一台壁炉,他感到虽然瞿建国创业有成,已跻身富豪之列,但仍然是当年那个在田野上摸爬滚打的瞿建国。

瞿建国创办开能后的第一笔生意,是从加拿大运来一只小集装箱,里面是全屋净水机的零部件,他在浦西古北路万特园租借了一间小仓库,与几个人一起动手组装。第一台全屋净水机还是从这里由他推销出去的。

开能的人说,瞿建国没有自己的办公室,要么在生产车间,要么去了客户现场,要么在会议室与人商谈工作。厂里的管理人员,也不会一直坐在办公室里,而是像瞿建国一样去了生产和销售第一线。

瞿建国经常说,开能是做环保产品的,首先应该自己环保,他要求开能管理人员买车要买低排量的,他自己开的就是一辆小奥拓。他儿子瞿亚明当时是开能的总裁,为工作之便,本想买一辆A6奥迪车,见此也就改买了一辆低排量的普通车。开能在2004年就在全厂实行了禁烟,这比上海市的禁烟令出台早了10年。

开能建食堂时,瞿建国要求食堂烧菜不放味精,油盐酱醋等调味品均从麦德龙进货,以保护员工健康。瞿建国觉得吃饭用瓷碗比用金属盘子好,这样员工就会轻拿轻放,更有利于培养员工的习惯。瞿建国在食堂用餐时,会注意员工的用餐习惯,发现一手拿筷子吃饭,另一只手不是端在饭碗上,而是放在桌下的人,他会上前纠正,说自己小时候吃饭,大人就是这样纠正自己的。员工上食堂用餐,用过的餐巾纸全部回收,经处理再利用。

瞿建国和开能管理人员,有一个共同的习惯:在工程建设、产品销售、业务往来、对外接待等工作中,凡客户送的礼物,均交给厂行政办公室统一处理。有的礼品,用于本厂的接待,如茶叶等。有的礼品,放在厂小卖部里销售,如月饼和水果等,卖的钱划入慈善基金会,卖不掉就拿到食堂给员工吃。有的礼品,用于春节全厂员工吃年夜饭时的抽奖,如葡萄酒等。

为了开能的发展,瞿建国让儿子"让贤",把曾在两个世界500强企业工作过的王铁请来任总裁。他的胞弟跟随他创业几十年,在开能也只是销售部的一般管理人员,其弟认为大哥深知自己的长处,跟随大哥一路创业,很安心也很开心。

跟随瞿建国创业 16 年的刘晓童说,瞿建国是一个有着分享情怀的人。2007 年开能改成股份制企业,他拿出很大一块份额,让班组长以上的管理人员购买。股票上市后,又以市场价一半的价格让员工购买,另一半由公司补贴。这在当时的股份制企业和上市公司中是很少见的。刘晓童说自己以前也许比较自我,但现在朋友们都说自己有了许多改变,大概是受到了瞿建国的感染和影响。

王海强说,在瞿建国手下工作,一定有不少人出过不少差错,但我从未见他训斥过人。开能创办初,在东方路上新建了一个展厅,瞿建国和我们把展品装运过去,其中有一台荷兰进口的高级壁炉,顶部有一块形状奇特、工艺精致的玻璃,瞿建国特意关照我装运时要小心,说这块玻璃价格昂贵,相当于购买一辆桑塔纳轿车的钱,但万万没想到,运到展厅时,由于垫放不当,这块玻璃碎掉了,瞿建国见我惶恐不安、失魂落魄的样子,反而笑着说,我叫你小心点的,但碎了就碎了,关照我再去安排进口一块。这件事让我终身难忘。他的宽容就像大海,可以让人与之默然相对,反思人生。

开能公司的人事干部唐佩英说,有一年,开大巴班车的司机,在高速路上撞死一老人,老人穿马路,交通规则上司机无责,公司因而也只赔了几万元钱。瞿建国让我去找司机谈心,要让这位司机有一个认识态度,但这位司机认为警察都没说我错,怎么公司倒要我检讨和反省?他的看法和态度让我们不能接受和容忍,撞死了人,虽然没有交通规则上的责任,但自己心里难道就没有一点愧疚吗?毕竟是一条人命啊!经公司管理层讨论,大家一致认为,这样的员工不适宜留在开能。

事隔不久,开售后服务车的司机撞伤一老人,老人在医院住了四五个月,医药费有五六十万元,司机十分内疚,表示要加倍努力工作来弥补自己的过失。瞿建国认为,这名司机对自己的行为有认识和态度,虽然按交通规则,他本人要承担大部分的医药费用,但考虑到他的悔改表现和家庭实际情况,所有医药费用均由公司承担。

瞿建国的女儿瞿亚倩说:有一款西班牙的"卡枚诺"葡萄酒,父亲很喜欢。一次去西班牙时,他找到了生产这款酒的酒庄,当得知这家酒庄由于经济困难濒临关闭时,主动提出捐资给这酒庄。后来这酒庄得到政府补贴,故不让父亲捐资援助,但酒庄主对父亲十分感激,说与我父亲是患难之交。

申华股票上市后,股市的风风雨雨,商海的波谲云诡,使瞿建国看到了金钱、权势对人的巨大诱惑和侵蚀,看到了人性的贪婪、背叛和无耻,他为之惊愕和愤怒、失望和痛心。同时,他也看到了真诚、仁爱、情义和忠诚,他深感欣慰,也深为感激。他的人生经历了磨炼,他的灵魂受到了洗礼。他感到,创业就是励志,就是修行,修成最高的善就是人生最好的业绩。于是他每天早起晚睡,严格自律,几十年如一日。要求别人做到的,自己首先做到,要求自己做到的,不强求别人做到。他给企业、家庭和孩子的最好礼物,就是他自己做出的榜样。

1992 年,上海市人民银行发行认购证,凭认购证摇号中签认购股票,瞿建国当时买了 300 多张,有关部门让他帮助推销 1 000 张,他拿回去让员工购买,结果只销出 300 多张。无奈之下,他只得四处凑钱自己将这 1 000 张认购证买下。后来,想不到认购证以原 30 元一张,炒涨到一万多元一张,他就赚到了 1 000 万元钱。当年离开孙桥乡时,面对劝阻和挽留的父老乡亲,瞿建国曾表态:我离开孙桥乡去办企业,绝不是为了自己的荣华富贵,今后有了能力我一定报答家乡。这是瞿建国人生创业中的第一桶金,他决定兑现诺言,将它用来做慈善事业。

1993 年,经中国人民银行批准,上海市民政局注册,上海市建国社会公益基金会成立,这是中国首家非政府背景的公益基金会。时任浦东新区管委会副主任的黄奇帆,被邀担任该基金会的名誉会长。黄奇帆说,一个民营企业家,赚了钱不去花天酒地,而是首先想到做公益事业,这个名誉会长我当!

1995 年,瞿建国率队考察浙江、江苏、安徽等地,准备以基金会名义资助贫困地区的教育事业。在浙江衢州开化县黄谷乡中心小学,看到这里的孩子读书上学要走好几个小时,有的甚至要走一天,只能住在学校里,睡在地板上，连草席也没有。目睹简陋不堪的校舍和老师办公室，面对刻苦学习的孩童与热爱教育事业的老师，瞿建国心情十分沉重，他当即决定，首先在浙江开化县捐建希望学校。以后每每回忆当年在现场捐资的情景，他总带有一些遗憾，因为当时身上现金带得不够，虽然把原准备给自己孩子的压岁钱也都拿了出来了，但捐给那些孩子的钱还是少了点。一年后，由基金会捐资建造的学校落成，当年已是90多岁高龄的文学巨匠巴金先生闻知此事后，欣然命笔，为该校题写了校匾。

上海市建国社会公益基金会自成立以来，积极从事各种社会公益事业，包括补助贫困老人，捐助失学儿童和家庭贫困大学生，捐资和筹建养老院，成立残疾儿童重症病患儿童专项基金，改善特殊教育学校生活设施，承担连体儿童分离手术费用，资助中外文化交流和有关文艺团体活动，捐资支持汶川、雅安等地震灾区的重建工作。到2017年对外捐赠共计7 600多万元。2004年，瞿建国又成立上海市自然与健康基金会，支持有关自然与人类健康的科学实验、课题研究和相关项目，奖励在自然与人类健康方面有贡献的单位和个人。

2009年，瞿建国获"上海市慈善奖"。他是首届上海慈善奖获得者，参加了有关单位组织的公益活动，深入甘肃贫瘠之地做义工，他与当地贫困居民一起上街买菜，砌灶做饭，下田劳动，过了十天没有厨房、没有洗浴、没有床睡的生活。他深切感到，这世上还有许多过着贫困生活的人，一个企业家做10天义工太少，应该努力做一辈子义工。

瞿建国做慈善回报社会，源自于他心底的感恩。他小时候，有一次把手划伤了，去医院治疗和包扎，按规定要收取一元钱，他手里只有五角钱，他担心医生不给他治疗和包扎，但医生知道情况后，却连五角钱也不收。他上小学时的一位老师，总是买他拿去的家里的蔬菜，还夸他家种的蔬菜好。他开始还认为自己家里的蔬菜确实种得好，自己能卖菜为家里挣钱还有点自得，后来他才知道，其实老师想帮助他，又爱护他的自尊。

1987年3月，中国人民银行上海市分行批准申华向社会公开发行股票时，恰逢国家有关部门发文，规定在当年国库券未发行结束前，任何债券筹资都应停止，任何股票都暂缓发行。而按市分行的规定，自批准之日三个月内，不发行股票，批文无效。当时，公司正处于艰难的起步阶段，如果申华股票不能发行，公司发展的计划就成了泡影。他当即上门找到市分行金融管理处王庭富处长，王处长正要去开会，瞿建国急得向他拍了桌子，处里的人说你得罪人了，这股票还能发行吗？想不到王处长开会回来，就找瞿建国，说自己刚才急于去开会，没时间接待，但你的心情我十分理解，你可以找我们行长想想办法。一句话指点了瞿建国，他就去找了市分行行长龚浩成，龚行长说此事金融管理处已告诉我，我们已商量过，发行 100 万元股票不会对上海市发行国库券造成影响。第二天，龚行长就召集工商银行、农业银行等单位，安排申华股票发行事宜。申华股票的发行，开启了申华公司走向证券市场之门，在现代金融的海洋里，申华终于扬起了远征万里的风帆。

1987 年 9 月，瞿建国因患胸部中膈肿瘤，住在市区一家医院等待手术治疗，当时申华股票刚发行，申华客运服务队正筹建，申华公司发展正处于关键时刻，瞿建国觉得自己无论如何不能倒下，他一次次问医生，我能再活两年吗？护士长吴姗了解他的情况后坦言相告，你这病是胸腔大手术，吉凶难卜。瞿建国本能地感到，如果留下来做手术，也许就永远出不去了，就是能出去，今后也可能是一个半死不活的人。吴姗的话帮助他下了不动手术的决心。在手术的前夜，瞿建国悄悄"逃离"了医院，后来吴姗帮他补办了出院手续。

瞿建国说，让自己感激不尽的事说不尽。父母生养了自己，家乡养育了自己，党和政府的各级领导关心和爱护自己，许许多多的人支持和帮助了自己，改革开放的时代哺育了自己，大爱如天，自己的回报是微不足道的。

九段沙

2011 年 7 月 8 日，我随姜樑区长去九段沙调研。

从三甲港码头乘船去九段沙需一小时。在船上，九段沙管理署的同志抓住时间向姜区长汇报工作，整整五大部分，把人听得头脑满满的，原始生动的九段沙用公文来叙述有点味同嚼蜡，最后的结束语略有文采，姜区长风趣地说，听下来还是最后几句写得好。管理署的同志还想汇报展示馆等事情，船已到九段沙了。

九段沙上新建了两幢房屋，分别为值班室和疫病观察室，这是人类在九段沙上最初的建筑。姜区长说即便是简易建筑，也要与九段沙的自然风貌相协调。九段沙上有两位人员常年值班，他们是九段沙上仅有的居民。我发现离建筑不远处一个较高滩涂上，开垦出了一小片园地，种植着茄子、黄瓜等蔬菜，黄瓜还搭了棚。这一小片蔬菜地给九段沙增添了人间的烟火气。

换乘小船去九段沙的河曲区域。去的人分乘两条小船，一条稍大些，看上去油漆也新一些。另一条又小又旧，没有舱顶和驾驶室。姜区长选择坐小的船，因为管理署的同志说，船虽小却速度快。小船围绕着九段沙一直北上，贴着海平面看九段沙，九段沙像一大片绿色漂浮在海面上，说是海上的翡翠、海上的森林都不为过。如果海是天，九段沙就是天上飘着的绿色的云。九段沙是原始的，在它无边无际的海三棱镳草、芦苇和互花米草之中，蕴藏着九段沙自身演变和各类生物生长的历史以及大自然无穷无尽的秘密。

据管理署的同志介绍，九段沙是长江口最靠外海的一块冲积型沙洲湿地，总面积约 420 平方公里。在秋冬季枯水期，露出水面有 170 多平方公里。在大潮汛期，露出水面有 50—60 平方公里。在这湿地及周边水域中，有藻类植物和高等植物 160 多种，昆虫 330 多种，大型底栖动物 100 多种，鱼类 130 多种，鸟类 198 种。

九段沙湿地自然保护区。该照片由上海市九段沙湿地自然保护区管理署提供。

鸟类以鸻鹬类、雁鸭类和鸥类等水鸟为主。上海地区的新鸟类如遗鸥、黑枕燕鸥等都在九段沙首次发现。珍稀鸟类黑嘴鸥每年有百余只的种群稳定地过境九段沙，长江口附近的银鸥迁徙前也会在九段沙集结。此外，每年有 5 万只野鸭在九段沙越冬，16 万只的鸟群在迁徙途中来此停歇，在这里还发现了大群的小天鹅。

船进入九段沙的河曲。所谓河曲，是潮水在侧向力的作用下，发育成像河一样的潮沟，这是幼鱼发育的重要场所。另因河曲截弯取直而形成死亡的潮沟，类似沼泽，是许多鸟类良好的栖息地。只见一只苍鹭从草丛中拍翅飞起。管理署的同志说，如果是秋天来，成群的雁鸭飞起飞落，叫声响彻海上。

河曲滩涂上长满海三棱藨草,这是一种有着细长绿色的茎的草,像稻秧,只是远比稻秧细长柔软,沿海的居民也称它为秧草。海三棱藨草是我国特有的植物,仅分布于长江口及杭州沿江或沿海滩涂。九段沙湿地已成为这一植物的最大分布区域,它是九段沙湿地植被演替过程中的先锋植物,起着促淤成陆的作用,也是湿地鸟类的重要栖息地和食物来源。

在较高的潮滩,有着高密度的芦苇群落。它们现在以广袤的绿亭亭玉立在沙洲上。到了秋冬,它们将以炫目的芦花的雪白与蓝天和绿波相辉映。

在其他潮滩还分布着一些比较特殊的植物,一种叫碱蓬的,如红珊瑚覆盖在滩涂上,根据这一植物的分布,能知道滩涂含盐量的情况。

草丛中能随处看到跳跳鱼,一会儿跳到滩涂上,一会儿跳到水里,这真是一种奇怪的鱼,既能在水里游,又能在陆地上跳。滩涂上到处是螃蟹的洞,洞口泥沙濡湿,蟹爪印斑驳。螃蟹四处出没,爬动迅速,一下子消失在洞中,一会儿又从洞中探出身子,仿佛在打量来到这里的不速之客。

船靠上滩涂,管理署的同志拿出套鞋让大家换,姜区长却脱下鞋袜,挽起裤管,赤脚走到了滩涂上,他说这样更能接近和体会九段沙,还对我们说,不赤脚的人回去肯定会后悔的。

姜区长一边在滩涂上走,一边不断询问九段沙的有关情况。管理署的同志说,九段沙目前仍处于河口沙洲发育初级阶段,保持着高度的自然性与原生性,它对长江河口水质净化、减少东海海域赤潮发生频率,防止盐水入侵,改善上海陆地空气质量有明显作用,其功能相当于投资 200 亿元建造的污水处理厂,是上海市及长江三角洲地区重要的生态屏障。姜区长说,九段沙湿地是上海市面积最大的自然保护区,是国家级的自然保护区,也是世界上最重要的生态敏感区之一,守护好上海这一大都市旁边的湿地,是我们浦东新区的责任和使命,我们一起努力,把九段沙的原始和美丽进行到底。

在从九段沙回三甲港码头的途中,姜区长看了九段沙的纪录片。他说九段沙的纪录片,里面的每一个镜头都应摄取于九段沙,体现九段沙的真实风貌,因为九段沙无论从哪个角度拍摄,都是美不胜收的。看完纪录片,姜区长又与大家研究九段沙浦东基地建设、展示馆设计方案等问题,这些关系到九段沙现在和未来的工作,一一得到了推进和落实。

在回来的车上,我回想着这一次的九段沙之行,回想着姜区长说过的那些话和他赤脚走在滩涂上的样子,我不禁想起我小时候赤着脚走过的乡村场院、沟渠和河岸,太阳晒得泥路发烫,田间小路上的野草刺得脚底心痒痒。春天的花,秋天的叶,都落在这泥土里,无论是赤脚还是穿布鞋,踩出来的都是四季的芬芳……这就是我们曾经拥有的自然,可以与现在的九段沙相提并论的自然。只是我们曾经拥有的自然已经和正在失去,当我们看见九段沙时才蓦然惊醒:原来已经失去的,在九段沙还全部保留着;原来已经破损残缺的,在九段沙还完好如初。由此我相信,沿着九段沙,我们可以追寻曾经拥有的田野、河流和村庄,追寻我们生命中关于自然的理想和梦。

火凤凰

——人类处理垃圾的历史，就是一部绿色文明史

1848 年，英国人开始把垃圾集中起来运送到离居住地较远之处堆肥或填埋，这是人类历史上最早出现的城市生活垃圾处理。堆肥和填埋，自此逐渐成为世界上许多国家和地区城市生活垃圾处理的主要方式。

但是堆肥和填埋都会产生污染，堆肥过程中产生的臭味会污染环境，填埋释放气体（CH_4 和 CO_2）易引起爆炸。堆肥和填埋都会污染土地，堆肥之处的土质会被垃圾腐蚀同化，填埋场只能种植绿化，而且只能种植不生长人类和其他动物可食用果实的树木花草。更为严重的是，堆肥和填埋的垃圾会产生渗沥液，导致地下水污染，就像一处河道污染就会影响和蔓延至整条河流，一处地下水污染就会造成整个区域地下水系统的污染。而且，堆肥和填埋会占用大量土地，城市生活垃圾是每天产生的，可以说是无限的，而土地资源是有限的。毫无疑问，堆肥和填埋都不是城市生活垃圾处理的长久之计。

1896—1898 年，德国汉堡和法国巴黎先后建起了世界上最早的垃圾焚烧厂，从此，人类开始了对城市生活垃圾进行科学处理、

资源化利用的新里程。至 20 世纪 70 年代,经过百年的发展,垃圾焚烧达到了垃圾处理三个最基本也是最高的标准:无害化,垃圾焚烧起到了防治大气污染、土地污染和地下水污染的功能;减量化,垃圾焚烧的减量率为 80%—85%,在所有垃圾处理方式中位列最高;资源化,垃圾焚烧产生大量潜在的能源,利用垃圾焚烧发电是其资源化的主要途径。焚烧是实现垃圾无害化、减量化、资源化最彻底的处理方式,垃圾焚烧厂逐步上升为一种环境保护设施,正在成为世界范围内城市生活垃圾处理的主流,特别是垃圾焚烧的资源化开辟了一个新兴而广阔的市场,这个市场的灿烂曙光预示着一个朝阳产业的诞生和崛起,从而让许多国家把垃圾定位为"新能源"。

1997 年,国务院总理朱镕基决定向法国政府贷款 3 000 万美元,引进法国主要技术和设备,在上海浦东建造一座千吨级现代化垃圾焚烧厂。这是中国大陆的第一座现代化垃圾焚烧厂,投资 6.7 亿元人民币,由国家计划委员会下达立项批复,中国环境科学研究院环评审批,主要工艺技术和设备由法国阿尔斯通公司设计和提供,根据其主要工艺、发电系统和烟气处理系统,分别由中国医学工业设计院、上海电力设计院和上海环境设计院做转换设计,土建和安装调试均由上海电力建设局下属公司承担,担承土建的三公司和担承安装调试的二公司,都是上海电力建设行业中的王牌公司,阿尔斯通先后派出了二十多位专家在现场指导。该项目 1998 年 11 月开工,被上海市政府列为全市十大重点工程之一。土建打桩时,国务院副总理邹家华到现场视察,并挥毫写下"上海浦东新区生活垃圾焚烧厂"的厂名,那墨迹淋漓的汉字,那一下下震天的桩声,宣告着中国大陆一个朝气蓬勃新产业的奠基,一个垃圾处理新时代的开始。

"上海浦东新区生活垃圾焚烧厂"的另一个名称是"上海浦城热电能源有限公司"(以下简称浦城热电),这是浦发集团为了这个项目于 1998 年 6 月专门成立的公司。当时分管项目土建的副总经理、现在的浦城热电董事长陆建浩说,他 1998 年 1 月进浦发集团,5 月就被派至该公司搞筹建工作,当时一起搞筹建工作的也就 15 个人。从未接触过的垃圾焚烧新项目,刚刚注册成立的新公司和组建起来的新人马,每天开出门来面临的新问题……一切都是新的,一切也都是难的。

土建一开始遇到的是设备问题,因为土建基础技术性数据、土建结构和施工方案是根据设备负载量确定的,尤其是大型设备未确定,就无法进行土建设计和施工。垃圾焚烧厂项目设计日焚烧垃圾一千吨,同时通过垃圾焚烧并网发电,其主要设备是锅炉和烟气处理系统,共有三条生产流水线(即三台锅炉和三套烟气处理系统)。出于对投资的控制,其中一条生产流水线的全套设备(包括一台锅炉和一套烟气处理系统),从法国阿尔斯通公司引进。另外两条生产流水线的全套设备(包括两台锅炉和两套烟气处理系统),由法方提供设计图纸和技术标准,在国内生产和采购。当时在中国大陆,还没有一家企业生产制造过专门焚烧垃圾的锅炉和处理垃圾焚烧烟气的设备。

为了抢工期,同时不违反国家的招标法和采购法,浦东新区城建局①一方面与法国阿尔斯通商谈引进一条生产流水线事宜;一方面在国内寻找另外两条生产流水线的制造商,两条生产流水线的主要设备和配套设备总共发出了 120 多只标,其中有最高标价 2 000 多万人民币的,也有最低标价 100 多万人民币的。同时组织三个小组,分头对有意向参与生产制造的企业进行考察,考察企业的生产制造能力、管理水平和财务状况,在此基础上,选择符合要求的企业进入公开招投标。这样先考察筛选再进行招投标,就大大节省了招投标时间。最后确定由上海四方锅炉厂制造锅炉和出渣机。由于当时尚未有制造成套烟气处理设备的企业,就确定由几家企业分头制造烟气处理设备。

土建还遇到了村民上访问题。垃圾焚烧厂项目选址于浦东新区北蔡镇御桥村与原南汇区康桥镇花蕾村交界处。平心而论,没有一个村民会对每

---

① 当时垃圾焚烧厂项目由浦东新区城建局负责,浦发集团成立后,该项目由浦发集团负责。

天经过家门口的一千吨垃圾无动于衷,每天轰然来往的运送垃圾车辆,垃圾散发出的臭味,扰乱了本来宁静的村庄。为了并网发电而架设的电线,要通过花蕾村的上空,有的电线杆子甚至还要树立在村民的院子里。因此,也就发生了村民上访和阻扰施工等情况。

土建之后是安装,安装相对容易些。老牌的上海电力建设二公司,一直做的是 30 万机组、90 万机组的安装大项目,安装垃圾焚烧厂 8500 机组项目简直是小菜一碟,但是该公司之前安装的机组项目,都是火电项目,即是烧油烧煤发电的,垃圾焚烧厂的机组项目,是焚烧垃圾发电的,这在该公司的安装史上从未有过。而且,这个小项目,背后隐藏着的是未来的一个巨大市场,谁能做好这第一个,谁就向抢占未来这个市场跨出了第一步。该公司丝毫不敢怠慢,派出了由公司常务副总经理骆嘉聪带队、包括公司总工程师在内的强大安装队伍,吃住在垃圾焚烧厂现场,日夜安装。

安装完毕进入设备调试阶段。调试前,许多人心里都悬着一个疑问:中国的生活垃圾能不能烧起来?因为中国的生活垃圾与西方国家的生活垃圾不同。由于生活习惯不同,中国的生活垃圾比西方国家的生活垃圾含水量高很多,从居民家里出来的生活垃圾都是汤汤水水的,堆放在露天垃圾桶里,又淋上了雨水,所以号称一千吨生活垃圾,其中 200 吨其实是水分。最主要的是,中国的生活垃圾从未经过分类,从居民家里出来经集中运送就到达了垃圾焚烧厂,而西方国家有法律保证下完整的生活垃圾分类系统,对生活垃圾实行严格分类,经分类后进入焚烧厂的生活垃圾干燥无水分、无异味,为防垃圾太过干燥成尘,焚烧前甚至要喷水。由于中国的生活垃圾含水率高,垃圾中产生的热值就很低,入场时的热值大约在 800 大卡甚至更低,而按法方的设计标准,入炉垃圾的热值高为 900—1 800 大卡。

第一桶垃圾试烧,不仅没有烧起来,而且让所有设备都沾染上了臭气,整个车间里也弥漫着这种臭气,发出臭气的是垃圾中渗出来的水分——渗沥液。又黑又稠的渗沥液,在堆放垃圾的坑里漫涨上来,随垃圾进入焚烧垃圾的流程而污染了整个设备系统。这是在场的十几位法国专家万万没有想到的事,因为在他们国家,经过分类的入炉垃圾从来不会产生渗沥液,因此在法方的设计中,他们也从未考虑过渗沥液问题。中国人大概是想到过的,因此预先准备下了柴油:万一烧不起来,就用柴油助燃。

主持这次设备调试的法方专家对渗沥液问题束手无策。这时,已是2001年10月中旬,离计划预定的项目竣工时间,只剩下2个多月了。当时的浦发集团总裁刘正义说,渗沥液问题如果不及时解决,不仅意味着作为上海市十大重点工程之一的垃圾焚烧厂项目不能如期完成,而且意味着垃圾焚烧项目在中国大陆的失败。浦城热电的每一位员工,所有参与这个项目建设的人们,都被逼到了背水一战的绝境。令刘正义感动的是,浦城热电的常务副总经理张正和博士生简瑞民挺身而出,经过分析研究实验,用管道引流的办法,把渗沥液收集起来运送到污水处理池里,一举解决了垃圾中的渗沥液问题。而所有的分析研究和实验,都是他们两个人蹲在又黑又臭又深的垃圾坑里完成的。两个书生,平日里文质彬彬的人,在几乎被渗沥液的臭气熏昏晕的情况下,找出了解决办法。刘正义感慨而自豪地说:"我们浦发,也有着世界上最好的员工!"

张正说,当时大量的渗沥液从垃圾里渗出来,从调试的设备里滴下来,满地流淌,散发出来的臭味无法形容,而且无孔不入,人的衣服上、头发里都是这个臭味,洗澡也洗不掉,员工下班后不敢去乘公交车,他自己开的车也没人愿坐,因为车里也全是这个味道。人在车间里时常被熏得头昏目眩,有时走路甚至要扶一下旁边的栏杆或墙壁。法国人的设备系统设计中,没有处理渗沥液这一工艺流程,这个工艺流程及处理系统,也只能由我们自己来设计和制造,因为中国的垃圾也可能只有我们中国人才懂。我们想到的办法也很简单:先用闸门板堵,再开导流孔引。渗沥液腐蚀性极强,堵引设施选用的材料都是从德国进口的。引流出来的渗沥液,一开始是用车辆运送到污水处理厂去处理,后来在厂里建造了专门的污水处理系统。这样,渗沥液问题就彻底解决了。

调试发现的另一个问题,是法方设计的6 000立方米的垃圾坑太小。中国的生活垃圾湿性大含水量高,入场后先要堆放在垃圾坑里发酵,待热值升高再入炉焚烧,故坑容量大,堆放发酵时间就长,热值就高,焚烧时产生的蒸汽量就大,发电量也就越大。西方国家的生活垃圾已经过分类,入场垃圾不需堆放发酵,即可入炉焚烧,所以法方是按照已分类垃圾焚烧标准来设计垃圾坑容量的。

刘正义说,一个渗沥液问题,一个垃圾坑小问题,是我们的教训,但对于后来者来说是宝贵的经验。更应该值得重视的是,产生这两个问题的源头都在生活垃圾分类,无论是从处理生活垃圾的角度,还是从提升文明程度的角度,生活垃圾分类这一课迟早要补上。

调试中还有一个至为关键的问题:垃圾焚烧时的烟气处理。垃圾焚烧会产生重金属、飞灰和烟气,飞灰和烟气中会有许多有害物质,如一氧化碳、二氧化硫、氯化氢、氮氧化物、二噁英等。垃圾焚烧厂烟气处理系统,是根据欧盟 92 标准,也是当时国际上最先进的标准设计的,尤其对二噁英,确定由比利时 SGS 这家国际最权威机构检测。调试时,烟气排放的所有指标都达标。几年后,烟气排放的欧盟 92 标准提升为欧盟 2000 标准。2014 年,中国环保部出台新环保标准,与欧盟 2000 标准接轨,仅二噁英这个指标,从原来1 纳克/立方米提升为 0.1 纳克/立方米,标准提高了 10 倍。现在的浦城热电总经理王伟炜说,公司投资了 5000 万元,对烟气处理系统进行了技术改造,从原来的半干式反应塔＋活性碳喷射＋布袋除尘器,改造为 SNCR 炉内脱销＋半干式反应塔＋活性碳喷射和消石灰喷射＋布袋除尘器＋活性碳吸附塔。改造后的工艺在原工艺上增加了三个环节,保证烟气排放指标达到国家 2014 年最新标准。

垃圾焚烧厂项目,从立项、土建、安装、调试,一直到试生产,牵动了上上下下、四面八方许多人的心。政治局委员、上海市委书记黄菊,国家环保部部长解振华等领导来视察过,周禹鹏、胡炜、李佳能、臧新民等领导也经常来。张正说,有一次他早上七点半开车到厂时,发现周禹鹏副市长正站在厂门口等着他。这个项目,历时三年多时间,人们日夜奋战,刘正义总裁每周到厂里开一次协调会,陆建浩他们吃住在村民动迁后未拆除的房屋里,张正排出的最后一个月的工作量,被法方专家认为如能完成就是创造了吉尼斯纪录。

　　2001 年 12 月底,垃圾焚烧厂项目如期竣工,并通过国家环保部验收。当三个高高的烟囱里飘出白烟升向蓝天,当锅炉内的蒸汽转化成了绿色电力,这个城市的一部分生活垃圾浴火重生,变成了火中的凤凰,一路鸣叫着飞向未来。

　　一凤飞来,众凤随舞,从 2001 年这第一座生活垃圾焚烧厂诞生至今,中国大陆投入运行的生活垃圾焚烧厂至今已有 400 多座,一个新兴的巨大市场已经形成并不断扩容,一个建立生活垃圾分类系统、养成新的文明习惯的新阶段已经来临。

孙成英的"殊荣"

　　1993 年 10 月 8 日,孙成英到浦东大道 141 号上班。她是一名保洁工,专门为新区党工委管委会领导的房间做保洁工作。

　　为领导房间做保洁工作,第一个要求是保密,做到视而不见、听而不闻、处在密中不涉密、知密而守密。孙成英是安徽巢湖农村人,1979 年丈夫顶替其母到上海工作,她随丈夫来到上海,先是在丈夫厂里做临时工,后来在一家物业公司做保洁。她在父母家是长女,下有三个弟弟,为了帮助父母,并让三个弟弟读书,她 13 岁就下田干活,从未上过学,所以目不识丁。管委会办公室行政处安排她做领导房间的保洁工作,主要是看重她的老实本分,也许也有她不识字的原因。

　　孙成英负责做六、七两个楼面的保洁工作,六楼是赵启正、王洪泉、胡炜、黄奇帆、华国万的房间,七楼是会议室。她住在浦西淮海路,每天乘公交车过延安路隧道来上班,规定上班时间是七点钟,她总是六点钟就到了。因为她知道领导上班也早,怕自己还没做完保洁领导就来了。几个领导房间的保洁工作,主要是擦桌子和沙发,泡开水,洗茶杯,擦玻璃窗,拖地板,大约一个小时就可以干完。然后是清扫六、七楼的卫生间和七楼会议室,捎带把五楼的垃圾倒掉。前面一个小时的活必须抓紧干,干好后去吃早餐,早餐后再定心干后面的活。

领导的办公桌上,摊放着文件和材料,孙成英擦拭办公桌时,这些文件和材料就在她手边,有时她还会小心翼翼地挪移它们以便把桌面擦净。她不认识这些文件和材料上的字,这些文件和材料上的字也不认识她,似乎彼此生活在两个星球上。她虽然不识字,但她也知道这些文件和材料里讲着浦东的大事,人当着大事就要有分寸,对她而言,做好保洁就是自己的分寸。每天打扫领导的房间,看见那么多的文件和材料,她还总是会想,这么多的字,怎么能看得过来! 黄奇帆的房间,一清早打开房门还满是香烟味,她把门窗全打开,香烟味就飘散了。每次打扫干净,一个个房间就仿佛焕然一新,可以以新的一天迎接它们的主人。

领导房间的钥匙孙成英手里有一大串,单位没处放,放在更衣室不放心,她就天天带回家去。周日如果领导加班,行政处的杨明军就会打电话让孙成英来做保洁,所以每个周日,孙成英从不外出,怕杨明军打电话来时找不到她。

领导房间里出来的保密纸(指涉密或不涉密的所有纸质材料),孙成英专门收集在一起,装进蛇皮袋里,用针缝上袋口,堆放在专门的地方。每周都会有保密局的车来装去,每次孙成英都押车同去,看着这些保密纸倒进工厂的大池里打成纸浆。在浦东大道 141 号时这样连续了 7 年,搬到新区办公中心后,有了系统的处理办法,孙成英就不用再跟着车去了。有一次,领导身边的工作人员不小心把一份文件扔进了房间的垃圾箱,并已经孙成英分类处理过了。正好是周日,杨明军打电话让孙成英赶过去,在专门堆放保密纸的小房间里,孙成英打开一只只蛇皮袋,找到了丢失的文件。

孙成英说,虽然自己只是一名保洁工,但领导对自己都很客气。有一年二月份,赵启正副市长种树回来,把鞋子脱下来放在房间里,她见了就拿去洗掉鞋上的泥,赵启正看见了连声说谢谢。

新区建政后,孙成英也随之来到新区办公中心,继续为领导房间做保洁工作,这样一做又是 18 年,加上之前在浦东大道 141 号的 7 年,就是 25 年。她到浦东来做保洁工时 34 岁,至今已是 60 岁了。做保洁工作期间也评过好几次先进,但她得到的一项殊荣是:物业公司告诉她,不管她是否已到退休年龄,只要她自己愿意做下去,就可以一直做下去,公司聘用保洁工,唯一对她没有退休年龄的限制。

开荒

2000年7月25日,陆莉芳通过招聘考试,成为申浦物业的一名保洁工。申浦物业是申浦公司为了浦东新区办公中心(以下简称办公中心)保洁工作而专门成立的,招聘的这一批保洁工共有60人,均是新区经贸局下属企业的下岗职工。办公中心将在10月8日正式启用,这60名保洁工将要在两个月内,完成办公中心8万平方米(包括几十个会议室、几百个办公室等)的保洁工作。一幢大楼装修完成后的第一次清洁工作,称为"开荒"。陆莉芳与许多保洁工一样,以前从未做过保洁工作,所以这也可算是她和她的同事们,人生中的一次"开荒"。

保洁工们要清洗每幢楼的外墙立面和玻璃幕墙,清洁每个房间内的顶面、墙面、地面、门窗和卫生间,清洁每一条走廊、每一层楼梯、每一座电梯,清洁围墙内每一条路面、每一块地面。还要准备和摆放每个房间的办公桌椅、文件箱柜、热水瓶(包括每个楼层茶水间的热水瓶架子)、扫帚、簸箕、垃圾筒袋等。陆莉芳说,仅摆放每个房间的物件,就用了两个通宵。

那时办公中心部分房间装修还未完工,灰尘飞扬、噪声不断。已装修完工的房间,也是灰尘满窗满墙满地。那时没有休息之处,也没有吃饭之处,保洁工只能坐在大楼门前的台阶上吃午饭和休息。上下班时,只能到卫生间里去更衣。没有开水,只能喝水龙头里的自来水。没有洗澡之处,只能带着一身汗臭回家。陆莉芳说,一天干下来,不知出了多少身汗,也不知衣服湿了几次干了几次,保洁工们在一起,互相闻惯了汗味,也就久闻不知其臭,也可能是太忙了不觉其臭。但是每次下班乘公交车,车上的人都避之唯恐不及,且用异样的眼光看着自己时,自己也就觉得很难为情,才知道一个33岁的女子,不管处在什么环境里,都应该有让人闻香生悦的自尊。于是她每天下班时,换了一身干净衣服再去乘公交车,虽然汗渍在身,但挤在人群里心中舒坦了许多。

卫生间是保洁的重点部位,办公中心的许多卫生间,建筑工人使用过,装修工人使用过,报纸当作便纸堵塞着马桶,粪便脏水溢满地,需反复疏通和清洗。做卫生间的保洁工,脚一直踏在粪水里,鞋子也浸坏了好几双。她们说这么累的活,以前在农村和企业里干过,这么脏的活却还是第一次干。但是当她们一次次直起腰,看着在她们手底下变得整洁的抽水马桶,变得明亮的瓷砖地平时,就觉得这一间间卫生间,原来也是可以与窗外的天空和树木一样干净可爱的。

申浦物业请上海东湖物业做保洁指导,在对办公中心全方位全覆盖保洁后,对保洁情况进行全面检查。戴着白手套的检查人员摸墙面、门沿、窗框、柜子背面,摸遍了每个角角落落,每一个房间、每一个部位、每一寸地方都一尘不染。每个房间的窗上都有一个拉手,开窗时拉手处在直角的位置,关窗时拉手处在平角的位置,处于这两个角度时,拉手与拉手底座是重合的。但当东湖物业的检查人员把拉手拉至45度角位置时,拉手底座暴露出来的四个小三角上尚有污垢。由于拉手与拉手底座一直处于重合位置,故这些小三角及其上面的污垢也从未被人发现过。虽然一个小三角只有2颗米粒大,四个小三角加起来也只有8颗米粒大,但这8颗米粒的污垢,说明一个房间的保洁度还未达到百分之百。从此,将窗拉手拉至45度角,清除这8颗米粒大小的污垢,就成为这支物业新队伍的一个保洁杆标,也意味着这支队伍在这幢楼"开荒"中开始形成的一种精神。

陆莉芳说,保洁工作琐碎平凡,无特别可说之处,在"开荒"后的日常保洁工作中,只是有些事做得特别吃力,所以留下的印象也就比较深些。记得有几次,办公中心里有重要接待,要铺红地毯,从门楼二楼通道一直铺到四楼。羊毛红地毯很长很重,搬运和拖拉时,要用十几个保洁工。最大的一卷地毯,用了两辆平板车并连在一起搬运和拖拉。四楼贵宾厅通道原本就铺着地毯,再铺上红地毯时,由于地毯与地毯之间相互黏沾和牵扯特别难铺。区里开"两会",30多个会议室,每个会议室要放十几张桌子和几十只椅子,全是由保洁工搬运摆放和布置。二楼平台要搭建外送盒饭的就餐区,因为食堂安排与会人员用餐,平时在办公中心上班的机关和事业单位人员都要在此用中餐。人大代表书面意见集中办理的现场,虽然只用中午一个多小时,但要用150多块屏风搭建和分隔几十间临时用房,里面摆放桌椅,准备茶水供应等,而且即日搭建布置即日拆除复原。最怕的是下雪天,在别人眼里,下雪也许是风景,但在保洁工眼里,下雪就是老天爷给保洁工增加工作量。2008年一场大雪,保洁工一早就来扫雪,先用铲雪板将雪铲推成堆,再用铁锹将雪撒发到绿化带和地沟里,然后用水将路面和地平冲洗干净,内衣衫已被汗水湿透,脸颊和手指却冻得通红。有一年冬天,综合楼一楼大厅消防管爆裂,已更衣准备下班的保洁工连衣服也来不及更换,与留下来值班的保洁工一起,配合水电工应急抢修,扫除积水,清理污渍地面。台风暴雨日,保洁工要对主楼裙楼的所有玻璃门做好防护措施,用塑料油布密封门间缝隙,不让雨水渗入,用链条锁和沙袋固定玻璃门。每放一次沙袋,之后就要清洗一次玻璃门和地平。视台风等级,还要安排保洁工值班。陆莉芳自己通宵值班就有好几次。

陆莉芳说,保洁是做在人前的工作,别人还未上班,我们已来上班了。保洁又是做在人后的工作,别人下班了,我们还不能下班。与陆莉芳同时进入申浦物业的姚桂祥,他的主要工作是刮玻璃,办公中心综合楼门楼玻璃门、裙楼门楼玻璃门、包括门楼的不锈钢门顶和横梁、门楼两侧的长条玻璃等,都是他负责保洁的区域。这些玻璃门,每天只能在机关人员还未上班之前刮,所以他总是每天清早就来刮玻璃门,刮到上午八点钟就停下来,再去做别的保洁工作。这样一做就是20年,问他有什么感想,他说没什么感想,只要保持这些玻璃门的清洁就可以了,因为这是办公中心的门面。

办公中心的综合楼是主楼,其底楼大厅,每天进进出出的人特别多,负责该区域的保洁工每天六点多钟就上岗了,做完该区域(还包括连接大厅的过道、两侧走廊、花坛、卫生间等)的保洁工作后,还要一刻不停地巡视检查,发现垃圾及时清理。有一次,有两位喝奶茶的小姐,把奶茶杯打翻在地后一走了之,立岗的保安即刻通知保洁人员,当班的张彩芳用毛巾擦,用热水拖洗,把奶茶渍清洗干净。

保洁工作虽然微不足道,但在申浦物业每个保洁工的心目中,任何一件小事都是大事,都不可等闲视之,每一件小事做得好不好,都可能影响到办公中心系统的正常运转和机关大院的整体形象。所以,申浦物业的保洁工只要一接到任务,就会一路小跑赶至现场,别人说他们是走路像风、随叫随到、总是会在第一时间到达现场的绿衣①工匠。申浦物业的保洁工在与相关物业合作时,总是会跨前一步,与相关物业共同做好每一件事。如会议室摆放桌椅后,如果还需铺摊台布和摆放花草,保洁工就会主动通知相关物业前来铺摊和摆放。申浦物业内部还有一条不成文的规定:凡与其他物业界面不清之事,凡其他物业不做之事,均由申浦物业来兜底。如安放设备的机房,本来不在申浦物业的保洁范围,但申浦物业二话不说就做了。如发现墙壁裂缝、涂料剥落、照明灯不亮、开关损坏、地砖脱落、门窗无法开启、下水道堵塞、抽水马桶漏水等情况,保洁工会迅即向相关物业报修。无论接到什么报修电话,不管报修的是什么,申浦物业的保洁工从来没有说过一个"不"字。有人开玩笑说,如果老天爷让申浦物业的保洁工把吹过这里的风也擦一擦,他们也一定会把所有的风擦拭成烂漫春色。

从2000年"开荒"以来,虽然申浦物业的保洁工调了一批又一批,但随叫随到、跨前一步、主动兜底、一丝不苟等习惯和风气,一直保持至今。物业也是一个竞争激烈的行业,保洁是技术含量最低的。面对其他高资质的物业,申浦物业能生存至今,也许凭靠的就是这十几年来养成的习惯和精神。也是从2000年起,申浦物业每年被评为先进集体,每年满意度测评总

---

① 绿衣:保洁工有时穿统一的绿衣服。

是名列第一。

　　陆莉芳说,买来的拖把,拖擦地平时,用不出力,没用几次拖把头就掉下来,所以保洁工经常自己扎拖把,以前都是男保洁工扎的,因为扎拖把手劲要大。后来,女保洁工张彩芳也自己学会扎拖把,张彩芳手劲大,许多男保洁工与她掰手腕还掰不过她。她扎的拖把像男人扎的一样紧,15 根棉纱绳分布均匀,中间的绳子稍短,边上的绳子稍长,这样的拖把拖擦起地平来用得出力,将拖把拧干水时也绞得紧拧得干,而且结实耐用。

　　《物业新语》上说,那一根根拖把,擦干净了万千地平上的万千污渍,但它自己是洁净的。白棉纱绳扎成的拖把,在清水里洗过后,晾晒在阳光下,远远看去,如同一丛丛蓬勃开放的白芙蓉。

"草根宪法"

2006 年 9 月,杨琴华任合庆镇党委书记。来合庆镇之前,浦东新区区委书记杜家毫对她说,让你从一个最富的镇到最穷的镇去工作,交给你两个任务:一是遏制两违(违法用地和违法建筑),二是把经济搞上去。杨琴华回答家毫书记也只是两句话:新账不欠,老账逐年还(指对违法用地和违法建筑);穷不生根(指对经济相对薄弱的状况)。

来合庆镇后,随即遇到的几件事让杨琴华寝食难安。

一件是国土资源部土地例行督查,合庆镇是"重灾区",存在大量违法用地和违法建筑。根据法律规定,违法用地 10 亩以上者当受刑事处分。当时已有 5 名村支书被浦东公安分局立案做了笔录,并将被实施行政拘留。另有21 个村支书来找杨琴华,表示当年"两违"是为了"筑巢引凤",发展村级集体经济,如今将被关押为之心寒,故集体提出辞职。

第一件是元旦和春节之前,镇各部门报上来需要召开的各种各样团拜会、恳谈会、茶话会、联谊会、座谈会等有 29 个。这些会均由镇有关部门召开,名称不一样,条线不一样,但参加对象大致相同。开会时桌上都要放水果、瓜子,会后都要发礼品甚至红包。会议费用多则几万元,少则几千元,总共需要上百万元。

第二件是 2007 年春节之前,正好下大雪,200 多个民工到镇政府门口,不拉横幅，不喊口号，秩序井然地静坐在雪天雪地里，要求镇里发放拖欠的工程款，好让他们回家过年。杨琴华在镇里 8 楼办公室窗口看着这些民工，心里难受，不禁泪出。

第三件是三天两日，都有人到杨琴华的办公室里来上访，杨琴华的办公室像个超市，人来人往，吵闹声不绝，让杨琴华无法正常工作。

杨琴华说，两违之事，必须遏制，但有一个过程。为了安抚和安定村干部之心，杨琴华一方面向区委报告，请求撤案，一方面逐个走访村支书，进行沟通和做工作。29 个会议，镇里将其合并起来开了一个春节晚会。民工要求发放拖欠的工程款为 1 亿多元，当时镇财政账上只有 200 万元，镇社保队发不出工资也已有四个月，这些钱就是慰问困难户和离退休老干部还不够。民工回家过个年大约需 500 万元，杨琴华与镇里的同志赶去区里和财政局"讨救兵"，向财政借了 500 万元，解了燃眉之急。村民不断来杨琴华办公室上访，杨琴华知道有的人是听说来了一位新女书记，是来"格格苗头"的，但大多数人确有困难和问题要反映。对此，镇里专门成立了化解历史问题办公室，开门接待上访群众。

合庆镇党委书记杨琴华。

杨琴华是从金桥镇调至合庆镇的，她感到，同样是农村乡镇，镇与镇之间发展差异比较大。金桥镇是快速城市化地区的镇，36. 89 平方公里总面积中,已有 24.89 平方公里城市化,原来 20 个村民委员会 132 个村民小组,已有 11 个村民委员会 108 个村民小组撤制村队。由于快速城市化、贴近金桥开发区和处于浦东城市的中心位置,金桥镇经济发展迅猛,土地单位面积产出率全市第一,人均创利税全市第一。产业结构以房地产、餐饮业、物流等第三产业为主,产生的税收大多是营业税等,根据分税制,营业税形成的财力,镇可得 29%,产生的小三税(虽然数额不多),100% 可留为镇财力。金桥镇一年的税收入库数约 13 多亿元,镇所得财力约 4 亿元,被称为浦东新区农村乡镇中最富的镇。

合庆镇是农村化地区比较典型的农业镇,全镇总面积 36.70 平方公里,与金桥镇相差无几,但是城市化进程缓慢,唯一能体现城市化的合庆集镇,至多也就 1 平方公里,且配套极其不全,仅能从东川路一条街及其两侧,以及老蔡路集镇的塘东街上,依稀看出一些城市化的样子。全镇原有 30 个村民委员会 183 个村民小组,仅有 1 个村民委员会和 18 个村民小组被撤制村队。在全区 80 平方公里耕地面积中,合庆镇就占有 20 平方公里。大量农业的存在,形成的是低产出和政府财政高补贴的弱发展循环。合庆镇位于浦东新区东部沿海,较为偏远的地理位置,使其处于城市化边缘,难以聚集起商贸服务等第三产业,大量发展起来的乡镇企业,形成的是以工业为主的产业结构,这样就是增值税多,产生的税收镇可得财力约为 14%,合庆镇一年的税收入库数约为 4 亿元,镇所得财力仅 5 600 多万元,加上转移支付,一年可用财力也就 9 600 多万元。因此,合庆镇被称为浦东新区农村乡镇中最穷的镇。

合庆镇经济相对薄弱还有历史上的原因:20 世纪 90 年代,龙东大道、A30 道路前期工程、A30 道路跨线桥、张家浜河道开挖等市政包干项目建设,合庆镇是亏损的。合庆人称这是一件"湿衣服"。2004 年,区里建现代产业园区,规划面积 34.56 平方公里,大部分在合庆镇域内,合庆镇在市政基础设施建设、动拆迁、征地安置等方面投入了一大笔资金,后来由于规划和占补平衡难以落实等原因,该园区建设中止,这笔投资也就看不到回报。合庆人称这又是一件"湿衣服"。这两件"湿衣服"穿在合庆镇身上一直脱不掉。

杨琴华说，镇里财力捉襟见肘，每年为百姓办实事安排的资金量少，很多事老百姓能熬就熬着。粗步估算了一下，欠老百姓的民情债约有 20 亿元。

比如用水。合庆地区饮用的是川沙水厂的自来水，由于合庆镇处于水厂供水末梢，水压低，供水本来就不足，又加上人口增长（常住人口加外来人员约为 14 万，而当时自来水管网是按照 5 万人口设计的），用水量急剧上升，用水就显得十分紧张。每家每户水龙头里出来的水，老百姓形容为早上像眼泪水，下午像根鞋底线。不少人家凌晨 3 点钟就起来盛水，盛在浴缸、脸盆、水瓶、水壶里，以便白天饮用，晚上烧后洗澡，洗过澡的水用来洗衣服，洗过衣服的水用来冲马桶。买的热水器派不上用场，老百姓四年多来没有洗过一次冲淋澡。水井里的水也天天用到见底，每到傍晚，外来人员打工回来，井口就排起打水的长龙。这自来水管网拓铺、低水压水泵改造的钱大概需要 1 亿元。

比如用电。合庆集镇几条街道上只有三四十只路灯，且有一只有一样，有的是白炽灯，有的是黄光灯，有的暗淡无光，有的亮有的不亮，安装得也高高低低参差不齐。唯有一只霓虹灯，夜夜闪烁着温暖的彩色。老百姓跳广场舞，用的是几只太阳灯，是以前生产队里开夜工轧麦轧稻时用的。镇政府大楼，是 20 世纪 90 年代建造的，大概是建造时先天不足，也大概是常年失修，成了危楼，墙面倾斜，电线老化，到了夜里只能全部关灯，杨琴华下班时往往漆黑一片，要用手机照明。动迁的老百姓过渡在外，用的都是临电，接下来搬到合庆镇上来住，就要改造电网、建造变电站——合庆镇历史上还从未建造过变电站，仅建一个变电站就需 7 000 多万元。这用电方面总共需要 1 亿多元钱。

合庆镇水面积占总面积的 11％，河道多水网密布，大量的市政道路等建设，截断了河道，造成了河道淤积，形成了不少堰塞河，失去了蓄水、流动和灌溉功能，都变黑臭了。疏通整治河道和污水纳管，需要上亿元钱。

又如勤奋村周围有白龙港污水处理厂、万头养猪场、黎明垃圾填埋场，村民在此环境中度日如年。离万头养猪场和黎明垃圾填埋场距离最近的徐家宅 48 户村民，一年四季关门闭户，夏天里再热，烧饭时汗出得再多，也不敢开门窗。只有走出去,走得远远的,才能见见风日透透气。杨琴华第一次去徐家宅,是 2008 年 5 月,天气还比较凉爽,恶臭熏人且不说,村民屋里的苍蝇已黑糊糊一片,一根电灯开关线往下一撸,苍蝇大概足有半汤盅。杨琴华一进屋,背上就停满了苍蝇,赶也赶不走,屋里的人都是一背脊骨的苍蝇。村民说,我们徐家宅,每家都是一屋子的臭味,一屋子的苍蝇蚊子,冬天还好一点,夏天的日子根本就没法过。围着杨琴华的村民情绪都很激动,有村民干脆对杨琴华说:"你是来做事的,欢迎! 你只是来看看的,滚蛋!"面对此情景,杨琴华一句话也说不出来,憋在她心里的话是:"我不滚蛋,我要让你们滚蛋(动迁)!"但是动迁徐家宅谈何容易,且不说动迁资金需要 4 000 多万,更主要的是该地块根据规划是农业用地,该区域为基本农田区域,不可能有项目开发使其动迁。

又如农民建房。合庆镇 16 年未批农民建房报告,有建房需求的约有 4 000 多户。前哨村 4 队薛美娟家,十几年前,由于 A30 道路与龙东路之间跨线桥建设,原有两上两下的房屋被动迁,生产队部分土地被征用,按土劳比例,薛的丈夫被安排农转非(为居民身份并安排就业,称征地工),薛和儿子仍为农民身份。动迁房安置按人头计算,每人为 24 平方米,全家三口分得两房一厅一卫 72 平方米,一开始,居住条件还过得去,后来儿子长大娶媳,并生有一女,两代人居住一室顿觉拥挤不便。儿子房间里只能放一张床,为此儿子在单位选择了上夜班,这一张床,夜里媳妇和孙女睡,白天儿子睡。每天清晨全家排队轮流用卫生间,总是先让媳妇和孙女用,因为媳妇要上班,孙女要上学,儿子早晨下班回家,总是等媳妇和女儿出门后再洗浴,洗去一夜的汗和累,再去睡那张空出来的床。杨琴华到这家人家时,薛美娟说着说着就流下泪来,并跪在杨琴华面前,要求镇里答应让她家建房。这种动迁而未全部征地,不居不农(一户中有人是居民身份,有人是农民身份)的人家,在合庆镇有 400 多户,住房都很困难,都有申请建房的强烈愿望。

合庆镇还有在 20 世纪 70 年代撤销生产队时搞的农民新村试点房,在这些老旧的农民新村里,有三代住在一起的,有四世同堂的,居住矛盾十分突出,有的人家甚至发生父亲离家出走之事,因为几代人挤在一起,儿子娶不进媳妇。

　　杨琴华说,早在 2006 年初,合庆镇党委政府就提出申请,要求将合庆镇列为上海市新农村建设试点镇之一。2006 年 7 月获得了批准。2007 年,作为浦东新区新农村建设的第一个试点镇,合庆镇开始了大规模的新农村建设工作:断头路打通、道路和桥梁维修、村村通公交(合庆镇历史上没有一个村通公交)、低压水网改造、生活污水纳管、黑臭河道整治、墙面白化、绿化补种、变电站建设等工程全面铺开。区里对合庆镇的新农村建设前后计投入 12 亿元。在区里的支持下,2009 年 10 月,徐家宅也动迁了,所属村民全部转为居民,徐家宅 48 户村民做了锦旗送到区里和镇里。

　　合庆镇 29 个村,经济相对薄弱村①较多,有的村年可用财力仅 15 万元,有 7 个村资不抵债。当时村队企业已改制,大多数村集体经济收入主要来源于土地和厂房出租,不少村的土地和厂房资源比较可观,租金收入也理应不会少,按理说不至于会这样穷。穷的根源在哪里呢? 杨琴华注意到,在村民的上访中,有不少是反映村里土地和厂房出租问题的。大星村村民就要求村里公开出租合同、具体的出租面积和价格、租金收支等情况,村民甚至要求村里重新丈量出租的土地和厂房面积。

　　2007 年,在镇党委的关心下,镇人大主席凌瑞成带领有关人员,历时 5 个月,对全镇 29 个村的土地和厂房租赁情况进行了调研,查看了 29 个村全部 1 000 多份租赁合同,并对其中 713 份合同进行细致核查分析,最终形成了一份数据确凿、资料翔实的调研报告。

　　杨琴华说,这次调研,让我们明白了:这些穷的村,不穷不可能,穷是必然的。这些穷的村,签订的租赁合同随意性极大,而在这些随意性中却有着共同的规律性的东西:

　　一是土地和厂房租赁价格偏低。农业用地(一般为无设施农田),最低的仅为一年 300 元/亩,这些农田原是村民的承包地流转出来给村里出租的,村里每年要支付村民每亩地的粮贴,按上述价格收取的租金,就是支付村民

---

① 经济相对薄弱村:根据浦东新区 2008 年的有关标准,年可用财力低于 30 万元的村。

的粮贴都不够。租这些土地的人又往往不按时交租金甚至拖欠租金，村里一方面拿不到租金，一方面要支付村民的粮贴，真是"柴堆两头拔，越拔越是空"。而按实际的市场租赁价格，这样的农业用地，一年应该不低于1 000元/亩。

另一类租出去的农业用地大多为设施农田，有的即使没有明渠暗沟等设施投入，但由于其所处位置土壤、灌溉等自然条件较好，承租人可以种植蔬菜瓜果等收益较高的经济作物，因而这类农业用地，按市场租赁价格一年应在2 000—3 000元/亩之间，但合同签订的价格最高的也就一年1 000元/亩。

工业用地一年的租赁价格大多为5 000元/亩左右，最低的仅为3 000元/亩，最高的有10 000元/亩的，但所占比例极少。厂房一天的租赁价格大多为0.30元/平方米，最低的仅0.09元/平方米，最高的虽有0.53元/平方米的，却是个例。杨琴华在金桥镇工作时，厂房一天的租赁价格最低的为0.70元/平方米，最高的为1.10元/平方米。工业用地按最低的市场价格也不会低于10 000元/亩。合庆镇虽然不能和城市化地区的金桥镇相比，但与同类农村地区的镇相比，工业用地和厂房租赁价格显然是低的。

二是不写、少写和漏写面积。比如2 000平方米的厂房，合同协议上却只写1 500平方米。比如厂房的场地、辅助用地等都没有写。有的合同协议甚至没有写出租土地的亩数和出租厂房的面积。几乎所有的合同协议没有附图(出租土地和厂房的平面图)。

三是责任不清。比如发生火灾、厂房坍塌等安全事故，由出租方还是承租方承担责任都未明确。

四是未设置必要的限制条件。比如不允许搭建违章建筑、不允许层层转租做二房东、不允许引进三高(高投入、高能耗、高污染)—低(低效益)企业、不允许买卖所承租的土地厂房等，都未在合同协议中作出规定。又如在遇到镇区域规划调整或大市政动迁时，合同协议的租赁内容也应随之作出相应调整等，也未予明确。

五是租期过长。有的一租就是10年20年，有的租期遥遥无期。这就为随成本和市场价格变化而进行的租金调整带来了困难。

六是未规定支付日期和支付方式。

七是合同文本格式不一,许多合同协议只是一张白纸,上面仅有寥寥数行字。

这些五花八门的合同,从一个侧面反映了这些穷村的世相。

2008年1月11日,合庆镇召开人民代表大会,关于规整村土地和厂房租赁合同协议的调研报告作为议案被提交大会讨论,这是合庆镇人代会历史上的第一个议案,也是合庆镇历史上第一次为了一个议案而专门举行的人民代表会议。这次会议表决通过了规整村土地和厂房租赁合同协议的决议,这就从法律层面保证了规整合同协议的合法性,可以说是一个镇在制度上的一次顶层设计。

自此,镇政府进一步加强了对所有村土地和厂房租赁的统一管理,所有的租赁合同全部格式化、标准化、精确化和规范化。比如对土地和厂房的租赁价格,明确规定:农业用地(无设施农田),一年的租赁价格不低于1 000元/亩。区镇两级投资的设施农田(包括种植经济作物或果林的),视地块和种植效益情况,一年的租赁价格有的不低于2 000元/亩,有的不低于3 000元/亩。工业用地,一年的租赁价格不低于1万元/亩,现状为商业的不低于1.4万元/亩。税收不在镇里的,租金提高一倍收取。2000年之前建造的厂房,一天的租赁价格不低于0.40元/平方米;2000年之后建造的厂房,一天的租赁价格不低于0.50元/平方米。税收不在镇里的,租金提高一倍收取,用电量大的另外追加收费。土地和厂房租赁价格,每五年递增5%。又如对支付方式,从原来的以开出发票为准,改为以资金到账为准。

规整合同不亚于一场革命,原来一年只交3万元或5万元的,现在一年要交8万元或10万元,而且每五年还要递增。原来少写漏写不写的土地和厂房面积,现在都要一一核实。原来可以私自搭建的违章建筑,现在写进了合同的限制条款。原来有些带有兄弟阿哥之间感情色彩的租赁关系,现在变成了铁面无私的契约关系。

在合同规整过程中,镇党委一方面进行了各村支书的调任和交流工作,一方面将合同规整工作纳入对各村的年度考核,确保了这项工作顺利推进。

合同规整后的第一年,全镇 29 个村在土地和厂房出租上,增收了 1 300 万元,相当于增收入库税收 1 亿元。

合同规整平息了村里的一个吵点,但是村里还有许多吵点。

2005 年,勤奋村征地,按土劳比例给村里 72 个征地养吸劳指标,村干部将名单一公布,涉及征地的大多数村民认为不公,来到村委会上访,有的踹门摔椅,有的开走了村里的公车,有的甚至带上铺盖和干粮睡到了村委会。

每年春节之前,许多村委会办公室里门庭若市,大多是来要求春节补助的困难户。奚家村支书说,前来提交春节困难补助申请的不少于 100 家。友谊村支书说,村里 650 余户人家,申请补助的至少在 10% 以上。村干部经常接待得口干舌燥,村民却摔了村干部的茶杯。还有村民建房审批、就业安排、福利待遇等诸事,村里都为之争吵不休。

杨琴华说,征地养吸劳的指标分配,是各村争吵最多的一件事,有的主张按每户劳动力多少分配,有的主张按每户土地面积多少分配,有的主张复员军人和困难户优先安排,有的主张干脆抓阄,反正七人八主张,莫衷一是。

还有困难户补助,困难户的认定标准是什么? 由谁来认定? 如何按困难程度的不同作出相应合理的补助? 盲目补助的结果是越补助困难户越多,越补助村民的心越不足。

还有土地流转费发放,是按每户承包土地面积多少计算? 或者按每户劳动力多少计算? 或者按每户农业人口多少计算? 还有对村里老人的生日慰问,蛋糕是送 8 寸的还是 16 寸的? 米送 3 斤还是 5 斤? 长寿面送一卷还是两卷? 还有村民办红白之事,借村里的会所,是收 500 元还是收 1 000 元? 总之,这些大大小小、林林总总的事情应该如何办理? 没有人说得清楚。

有了这么多的说不清楚,所以就有了这么多的争吵。村民也就认为,能否得到征地安置指标、能否得到建房的平方面积、能否得到就业安置、能否得到困难补助、能否得到村里的各种福利待遇、能否在办红白之事时少交会所费等,关键要看是否与村干部搭得够(关系好)和搭不够(关系不好)。而村干部也很委屈,觉得满足了这部分村民,这部分村民认为是理所当然的,未必就领村干部的情。不满足那部分村民,那部分村民就上访,认为村干部有偏私。所以,做好人未必做得成,做恶人倒是百有份。

杨琴华说,村里遇到的事,有法的可以依法,有规的可以依规,但这些事却无法可依、无章可循,国家对此没有明确的法律法规,市里区里镇里没有统一的规定和操作标准,村干部仅凭以往的工作经验,或者"毛估估"和"拍脑袋",村民难以完全认可和接受。这一次又一次的上访,这许许多多的吵点,折射出的是村干部与村民之间治理与被治理关系的不协调,反映了村民对于知情权、参与权和保障自身基本权利的要求。同时,也要求我们回答这样一个问题:对待这些无法可依、无章可循的村里事,用什么样的治理方式,才是最适合村情民意的?

镇党委和政府因此剖析了两个村:庆丰村和朝阳村。

庆丰村在 2002 年建立村民代表会议制度,2004 年 8 月,上海喔喔集团征用村里土地,给村里 127 个征地劳动力安置名额。对这 127 个征地劳动力安置名额的分配,村党总支和村委会首先提出了一个原则性意见,然后召开村民代表会议讨论,最后,村民代表会议形成了"残疾人和复员军人优先、其余村民(农业户口)按年龄排队"的决定,得到了全体村民的一致赞同,这是庆丰村历史上的第一次村事民定。自此,村里的一些重大事情,如经济开支在 5 万元以上、修筑道路、种植绿化、改造某区域等,先由村党总支和村委会提出指导性意见,最终由村民代表会议表决。

庆丰村还建立了每月一次的党员议事制度,这是设置在召开村民代表会议之前的一项制度。2006 年,上海建丰重型机械有限公司向村里提出征地,考虑到经济发展和村民就业,有些村干部有点动心,就召开党员会议听取意见,与会的三十多位党员一致认为,土地是村民的命根子,上次已经卖过一块,今后一块都不能卖了。这次党员会议否定了有些村干部的意见,村民得知后也都纷纷表示同意,此事就不用再开村民代表会议表决了。买卖土地之事在庆丰村也就此刹车。后来,庆丰村一年的土地和厂房租赁费增至 1 400 万元,村干部和村民都说,当年不卖土地是对的。

朝阳村事无巨细均由支书一人说了算,村里收支、用工、修桥筑路等情况,一年大大小小六七十件事情都在支书的肚皮里,从未向村民公开过,村民称之为"肚皮账"。朝阳村和庆丰村在历史上集体资产家底、集体经济发展状况都差不多,有一段时间,朝阳村的发展甚至还超过了庆丰村。但是几年下来,两种不同的治理方式,产生的是两种截然不同的结果:庆丰村集体资产已近上亿,朝阳村集体资产却跌落至 3 000 万元。庆丰村党总支和村委会引导村事民定,村支书和两委班子深得民心。朝阳村村事一人说了算,干群关系紧张,村民上访不断,要求村干部办事公开公正的呼声强烈。

杨琴华说,从两个村的情况可以看出,对村里这些法理之外,却在道德情理之中、涉及村民切身利益的事,民主自治是大多数村干部和全体村民的共同意愿和最终选择。在朝阳村,我们看见了不实行民主自治的暗浊,在庆丰村,我们看见了民主自治的清明。民主自治已是曙色初动,预示着的是满天霞光。我们因势利导,提出了一个口号:"有法依法,有规依规,无法无规,民主自治。"并决定在友谊村和青四村进行民主自治的试点。

2010 年初,合庆镇成立村民自治试点工作小组,党委书记杨琴华任组长,党委副书记赵桂初任副组长,镇党委组织委员、宣传委员,以及镇党政办公室、规建所、司法所等部门的有关人员都参加。试点工作小组在试点村召开了村干部座谈会、党员座谈会、老干部座谈会、村民代表座谈会、企业家座谈会、普通村民座谈会,广泛听取意见,梳理出需要列入村民主自治的事项,根据《中华人民共和国村民委员会组织法》的精神,起草了村民主自治章程,然后将村民主自治章程发送至每家每户征求意见,在条件成熟的基础上,2010 年 11 月 25 日,试点村之一的友谊村召开户代表会议(也即村民会议),表决通过了《友谊村民主自治章程》。

村民主自治章程是一个自治大纲,在村民主自治章程通过后,由村民代表制定具体的实施细则。村民代表在本世纪初由 10 户联名推荐产生,2009年改由选举产生,即在 10—15 户中选举产生 1 名村民代表。

随即,青四村的试点也一举成功。

友谊村和青四村的试点成功,可以说是在浦东开发史上,揭开了农村基层民主自治新的一页。

2011 年下半年,村民主自治在合庆镇其余 27 个村全面推开。合庆镇 29

个村(包括每户村民)都有了一本民主自治章程和实施细则。

2012年2月1日的《人民日报》报道称,浦东新区合庆镇29个村,"一村一个小宪法"。2012年6月28日,上海市委书记俞正声视察合庆镇工作时,将"有法依法,有规依规,无法无规,民主自治"这句口号中的"民主自治"改为"村民自治"。

杨琴华在金桥镇当镇长并主持党委工作时,有一次接待西宁市市长,了解到该市的财力与金桥镇差不多。杨琴华心想自己手里掌握着相当于一个市的财力,这支审批的笔分量重千金。于是就与财政所长商量,决定进一步规范审批,实行会签制,并请金算盘公司设计了一款软件,进行网上审批,特别是工程类项目,必须有严格的审批程序并在网上公开。后来,上海市纪委推广了金桥镇的这一做法。杨琴华说,市纪委将此做法称为权力公开透明,我当时这样做的想法却很简单:审批多几支笔总比一支笔好,审批过程多一双眼睛看见总比少一双眼睛看见好。

合庆镇的村民自治是从晒家底开始的,这与当年杨琴华在金桥镇的做法似乎不谋而合,也许这个地球上的民主自治从诞生之日起,就遵循着一个共同和首要的原则:公开透明,因为公开透明是生长社会正义和道德的土壤、阳光和空气。镇里聘请独立的审计机构对29个村的集体财产和村级两委班子进行了一次全面审计,审计结果向村民大会公开:村里到底有多少集体财产?有多少土地和厂房租金,有多少存款、债权和债务?每年有多少收入和支出?这些钱有多少用于公共建设和公益事业?有多少用在村民身上?村干部有没有乱吃乱用、多吃多占?全部一目了然。镇里聘请的第三方会计师事务所还对村集体资产经营存在的问题和风险作出分析和评估,对监管提出措施和建议。村民第一次参加这样的晒家底大会,第一次对村里的情况有了这样清楚的了解,也进一步意识到了自己担负着的权利义务和责任。村民都说,村里晒了家底,我们心里也就有了底。

合庆镇在村民自治之前,村干部一年的消费类支出,即请客吃饭、购物、外出考察、各种会议和工作补贴等,平均每个村不少于15万元,有的村仅餐饮一年就超过20万元,有的经济相对薄弱村一年的消费类支出也有20万元,所以村民怀疑村里的钱大多让村干部吃光用光了。有的村支书人在时,集体经济看上去是只铁桶,但人一走就是一个窟窿。实行村民自治后,根据自治章程成立了村民理财小组,村里的每张发票,都要经村民理财小组审核签字后方能入账,村里一年的资金收支情况,都由村民理财小组向村民代表会议报告。以前买只杯子,发票上开的是杂货,现在要写清楚买的是什么,为什么要买,一直追问到这只杯子姓公为止。以前村干部随随便便就可拉人出去吃顿饭,现在谁也不敢请吃饭,因为无名目吃饭的发票无处报账,且会落下个不好的名声。以前29个村一年吃请费用400多万元,现在29个村一年的吃饭费用统统加起来不满3万元。这3万元是各村组织的门球比赛、歌咏比赛、老年人吃饭的费用,没有一张村干部吃饭的发票。杨琴华问村里的干部为何吃饭发票这样少? 村干部笑着说,让你和村民管得这样,我们哪里还敢吃饭?!

2011年,勤奋村又有15个征地养吸劳指标,村民对照村民自治章程和实施细则就知道了自己是否符合标准,根据农业户籍的村民农龄大小按序排队,仅几天时间,指标就安排妥当了。

朝阳村五组胡取南老人,因患病每年有几千元医药费,以往每到年终岁末,她都会到村委会要求困难补助,总觉得与别人相比,自己的补助拿得少了。有了村民自治章程,村干部上门为老人解读和算账:村里三星家庭年度评选,老人得到了一星,个人医药费自负额为1 500元,根据章程制定的有关标准,老人应得补助600元。同时还介绍了五组其他村民按标准补助情况。老人听了心服口服,从此再也不认为自己的补助比别人少了。

青四村对本村村民子女考上大学的奖励补助已有多年,但每次奖励补助总会引来不少争议,有的村民认为村干部看人头,有的给有的不给,有的给得多有的给得少,有的村民还去村委会上访,甚至提出了一些无理要求。因此,青四村的村民自治章程和实施细则中,专门列入了对村民子女考上大学奖励补助的办法:"对考取全日制大学的,凭当年入学通知书给予一次性奖励(硕士生、博士生不在奖励之列),大学一本奖励2 000元,大学二本奖励1 000元。"一件好事就有了制度保证。

村民自治章程和实施细则中,还对许多涉及村民利益的小事作了详细规定,比如营房村对送生日蛋糕就有具体规定如下:"从 2012 年 1 月 1 日起,村委会为老人送生日蛋糕年龄放宽至 70 周岁,生日蛋糕由 10 寸改为 8 寸,总价不变,以提升蛋糕品质和口味。逢生日赠送贺卡、长寿面两卷和生日留影照一张保持不变。"这是 2011 年 12 月经营房村党支部和村委会商议、党员会议审议,最终提交村民代表会议表决通过的。

2013 年,合庆镇通过村民自治方式推进拆违,先在蔡路村试点。蔡路村是老集镇,人多地少,商业繁荣,土地有一块搭一块,搭一块就能出租一块,加上人员复杂,拆迁难度较高。蔡路村召开的村民代表会议一致认为:搭建这些违章建筑,违反了当年签订的合同,也违反了村民自治章程中的有关条款,必须予以拆除。村委会将村民代表会议的决议以告知书形式送达当事人,告知书上写着:×月×日,村民代表会议举手表决,要求当事人拆除违章建筑。并告知当事人:拆违方式有三种,一是自拆,二是请求村委会助拆,三是强拆(由村委会报镇,镇报请区政府出示强拆令)。自拆和助拆,政府部门都有奖励,奖励标准一样。强拆无一分钱奖励,强拆之前断水断电,无任何条件可谈。告知书上还写清楚:拆违中如发生一起无理上访事件,扣除相应的钱款;如发生一起安全事故,扣除相应的钱款。

当事人如限于拆违能力请求助拆,须向村委会提出申请(填写村里统一设计的申请表),并作出两个承诺:一是承诺安全稳定、自行分流职工和处置债权债务,二是承诺如发生事故自行负责。当事人如自拆,也须申请,须有承诺,且有明确的拆违日期。

村民代表会议还规定,申请人必须是法人本人,其他人一律不得替代。

村委会收到助拆申请后有一个回执给当事人,回执上写明:经村委会讨论同意开拆,请在×月×日前将违建房屋内物件搬光清空。

这一套程序全部被记录存档,每一个程序都是体现了公理和民意的证据,经村民自治方式的拆违没有"翻烧饼"①的余地。

---

① 翻烧饼:即翻案。

通过村民自治方式拆违,拆违就成了全体村民的意愿和决定,变成了一种公理和民意,抵制拆违的人,无形中成了人人喊打的过街老鼠。政府却退到了后面,政府不是不管拆违,而是成为村委会和全体村民的坚强后盾。这样,拆违中原来的政府行政行为,转变成了村民的自治行为,最后转变成了当事人的个人行为。村里的这些违章建筑本来就是当事人自己搭的,由自己来拆除本来就是天经地义的事,拆违从政府行为变为自治行为又变为个人行为,可以说是一次有效的回归。

试点在蔡路村平稳进行并取得成功,拆除了违章建筑,清理出了 195 亩土地。

2014 年,勤益村通过村民自治方式,全部拆除了违章搭建的 14 家废品回收站。

2015 年,在上海市委书记韩正的亲自倡导和推动下,合庆镇环境综合整治全面推进。至 2017 年,合庆镇经拆违腾出了 3 000 多亩土地,被评为上海市拆违先进单位。

杨琴华说,村民自治的第一部章程是在镇党委领导下起草的。各村土地征用、农民建房、建造会所、规整合同等涉及土地、规划的重要事项,是由镇党委政府统筹、协调和指导的。各村资金收支、会计财务是由镇聘请的第三方会计师事务所统一记账和监督管理的。各村支书的基本报酬由各村承担,并列入村务公开,奖励报酬由镇承担,并由镇党委考核决定的。各村执行村民自治章程的情况,是由镇党委政府统一考核的。镇里还将每年的重点工作分解纳入各村的村民自治章程和实施细则,并作为考核的重点内容,因此村民自治章程和实施细则是动态的,需要及时作出微调,大的调整是每三年一次。总而言之,党的领导是村民自治的一条根本原则,保证了村民自治有序健康的推进和发展。

至 2017 年,合庆镇经济发展上升至全区中游水平。特别是 29 个村,没有一个村有债务,村村有存款,最多的 5 000 多万元,共计存款 3 亿多元。村级净资产达到 7.8 亿元,总量为全区第二,净资产收益率全区第一。合庆镇党委班子被评为"好班子",杨琴华被评为"好班长"。这"双好",在浦东新区街镇党委班子中是唯一的。当年,杜家毫书记交给杨琴华的两个任务,杨琴华算是基本完成了。只是,令家毫书记可能意想不到的是:杨琴华与村民一起,写出了一部"草根宪法"。这也许是中国农村改革开放中前所未有的一次制度创新的尝试。

暗访

2015 年 8 月 20 日下午四点四十五分,合庆镇勤奋村党支部书记黄慧萍在镇里开会后回到村委会,在二楼办公室里接到镇党委书记杨琴华的电话,问她是否韩正书记来了,黄慧萍说没有啊! 要么我到村里去看一看。说着就走下楼去,走在楼梯的最后几步时,就见村委会场上驰来三辆黑色商务别克车,车上下来的人问黄慧萍,村里的书记在吗? 黄慧萍说我就是。话还未说完,就见第二辆车门开了,出来的正是韩正书记。黄慧萍禁不住哎哟了一声,说原来是韩正书记。

一位头发有点花白的同志(市委常委、市委秘书长尹弘)问黄慧萍,歇歇脚的地方有吗? 黄慧萍就带着韩正书记一行上到二楼会议室。平时有领导来勤奋村村委会,一般都坐会议桌南面靠窗一排椅子,韩正书记进会议室顺手就坐在北面近门口的一排椅子上。黄慧萍想请韩正书记坐到南面去,韩正书记表示不用调,就这样坐吧。

韩正书记一坐下就问黄慧萍:"老百姓在想点啥?"

黄慧萍说:"想动迁。"

韩正书记问:"为啥想动迁?"

黄慧萍说:"因为环境不好,村四周围是垃圾填埋场、养猪场和污水处理厂。老百姓每天不用听天气预报,闻到什么味道,就知道今天是什么风向。

酸胖臭(即酸臭),就是东北风,因为东北角上是垃圾填埋场。氨水臭,就是东南风,因为东南角上是污水处理厂。猪谢臭,就是西北风,因为西北角上是万头养猪场。所以我们勤奋村一年四季都是四面楚歌。"众人听了皆笑。

韩正书记说:"帮你们把环境弄弄清爽怎么样?"

黄慧萍说:"弄弄清爽了,住在这里也蛮好的,城市里人多车多灰尘多,农村里人少车少空气好。只是这么多重大项目在这里,要搬迁也难的。"

后来黄慧萍才知道,这次韩正书记来暗访,是因为市两会召开前,市人大代表爱新觉罗·德甄来合庆镇听取村民代表意见,村民黄妈妈反映了勤奋村周边环境问题,并希望爱新觉罗·德甄把村民的呼声传递上去,中间不打折扣和"贪污"掉。爱新觉罗·德甄在市人代会上如实反映了黄妈妈的心声。

韩正书记这次来,不仅暗访了勤奋村,还暗访了人民塘两侧有关单位违建的危险品仓库和物流仓库,海升公司违建的千辆停车场和张家浜水闸口的危险品仓库,沿路还看了合庆镇的向东村、向阳村和朝阳村。

2015 年 9 月 15 日,韩正书记在合庆镇勤奋村召开上海市环境综合整治现场会,声势浩大的全市环境综合整治行动,在勤奋村吹响了号角。

2016 年 1 月 6 日和 2017 年 9 月 27 日,韩正书记又先后两次来合庆镇主持召开全市性会议,推进合庆镇和全市的环境综合整治工作。

至 2017 年 10 月底,合庆镇域内拆除违章建筑 400 万平方米;关闭违法经营点位 1 000 余处;大中修市政道路 24 条,整治河道 218 条段,种植岸坡绿化 22 万平方米。勤奋村周围的养猪场搬迁,1.4 万头生猪、奶牛全部退养;白龙港污水处理厂露天池加盖工程全部完成;黎明垃圾填埋场封场并启动焚烧。

也就是从那时起,在勤奋村,无论从哪个方向吹来的风里,都有了树木花草的清香。

五十六种服饰

1990年1月24日,津巴布韦《先驱报》第三版上有一篇题为《有关机构将对河堤耕作进行调查》的文章,严凯将其翻译如下:

自然资源部昨天发言说,他们将对沿小溪种植蔬菜的一家中国建筑公司采取行动,该公司位于哈拉雷市郊马萨萨工业区。

这家公司拥有五十名中国雇员,他们在一条穿过其大院的小溪边种植蔬菜。

该公司发言人说,既然公司已买下这块地,就是公司的私有财产,公司雇员应当可以在这块土地上耕种他们愿意耕种的作物。

政府长期以来督促津巴布韦人民,不要沿小溪堤岸、河流堤岸和在环保场地内耕种,因为土壤侵蚀和河流淤塞均源于该类耕种。哈拉雷市政会以前已对当地居民在河流和小溪边一定距离内耕种作物采取了措施。

然而,哈拉雷市政会发言人昨天说,市政会无权制止中国雇员沿溪耕种作物,或对此向该公司提出起诉,因这条小溪穿过其产地。

　　她还说，按照哈拉雷市政会的细则，我们不能起诉他们。唯一可对其采取行动的机构是自然资源部。我们已与自然资源部的发言人取得联系，该发言人评论说，该公司是不可以在小溪堤岸上耕种的，他们拥有土地，但他们不拥有该条小溪，小溪是公共的。他们这样做会导致环境的恶化，是违法的，因而他们可以被起诉。

　　文中所指的一家中国建筑公司，就是严凯所在的中国成套设备出口公司津巴布韦分公司。当时，严凯受兰州大学派遣，在这家公司担任总经理助理、外事秘书和首席翻译。该公司在津巴布韦首都哈拉雷，承担我国政府援建的津巴布韦国家体育场、奇诺依师范学院等工程。公司在小溪边种植蔬菜，主要是因为津巴布韦以肉食为主，中国专家和工作人员天天吃鸡腿，除了胡萝卜、土豆和西兰花外，没有其他蔬菜可食。包括一些调味品如花椒等也都是从国内带过去的，当地能买到的花椒产自印度，带一股香水味，吃不习惯。沿溪耕种之事，后来以公司主动将种植后退20米了结。但这篇文章，严凯一直保留至今，因为津巴布韦这种早于我们的环保理念给他留下了深刻印象，那个年代的大多数中国人，大概从来都没有想到过，如此耕种会给小溪和河流带来侵蚀和危害。

　　严凯是1988年去津巴布韦的，当时书面信件还是这个世界上最流行的通讯方式之一。在津巴布韦和严凯一起工作的中国人，与家里来往的信件，由于邮费太贵都不邮寄，而是通过大使馆信使传递的，一封信走一个单程要40天，所接之信的内容都是40天之前的，读信仿佛是在读历史。即便如此，收到信的人如同在过节，一封信要读上八九遍，有些信的内容还要读出来共享。有天晚上，一个苏北人读了他家里的来信，说的是他托人带回去的咖啡和巧克力，家里人觉得是"洋货"，就请近邻和亲戚都来分享，巧克力吃起来有点苦，但还算可吃。南非咖啡从未喝过，问受托的人也说未喝过，就在一口大锅里倒了几匙来煮，喝起来很苦，将一罐子都倒进去煮了，苦得不能喝，倒掉可惜，就倒进猪槽喂猪了，结果害得猪叫唤了一夜。

这些读信的人和不会喝咖啡的人可能压根也没有想到,仅仅数年和十几年后,信息网络就像春天的常青藤覆盖了世界,咖啡的香味飘进了中国千千万万的平常百姓人家。

1995 年,严凯被选派参加国家教委驻外干部学习班,随后成为驻美国芝加哥总领事馆教育组二秘领事。1997 年春天,严凯随总领事馆参赞去看望家住密歇根州的伍德科克。伍德科克是中美建交后美国首任驻中国大使馆大使。在伍德科克家里,伍德科克的夫人问参赞,浦东是个建筑工地,建了这么多的房子,这么多的房子都空着,你们怎么看? 伍德科克说,你们别听她的,她是个"右派分子"。参赞说,这是个过程,前景会更好的。伍德科克说看好上海,因为浦东开发会更有活力朝气和前途。伍德科克患有高血脂、高血糖,在一番交谈后,他像个孩子似的向夫人撒娇,说与客人谈话花费很大精神,能否多吃一块曲奇奶油条。严凯喝红茶时加入牛奶,伍德科克说严凯喝茶是英式风格,严凯说这是自己在津巴布韦工作时养成的习惯。津巴布韦以前是英国殖民地,文化深受英国影响。在伍德科克家里谈论浦东开发时,严凯 40 多岁,他完全没有想到,就在不久以后,他就来到了浦东工作,并一直至退休。

1997 年冬天,中国引人才代表团来到芝加哥,其中上海代表团中的陈建(时任浦东新区组织部副部长),邀请严凯到浦东来,从事引进海外留学人才的工作。这样,严凯就来到了浦东,先是在新区留学生服务中心工作,后被新区组织部派遣至展望计划办公室工作。

严凯说,从新区留学生服务中心调至展望计划办公室,对于个人而言是一次小小的工作调动,但对浦东来说,这里有着一个很大的背景。

1993 年 9 月,团中央下属的中国青少年发展基金会和国家外国专家局(以下简称外专局)下属的中国国际人才交流协会,共同发起了一个旨在吸引海外留学人才归国服务的公益性项目,名为展望计划。当时中国在海外的留学生约有 20 万人,第一批是 1980 年出去的,后来也大多是 80 年代出去的。在这十几年的时间里,很多人刚读完硕士博士,有的正在找工作,有的正在岗位上奋斗,大多数人没有自己的创业项目,即使有项目,也大多在实验室阶段。加上引进的方法也不完善,所以吸引海外留学生的工作收效甚微(至1996年已基本处于停顿状态)。新区留学生服务中心也是接待的多,引进的少(严凯印象中第一年接待300多人,只引进了一名原在法国留学的女高音歌唱家),带项目进来的一个也没有。海外留学生归来的高峰是在2010年以后,这已经是后话。

1999年,市发改委会同浦东新区党工委管委会政策研究室,给市和新区领导写报告,建议凭借国家展望计划项目平台引进人才,打造张江人才高地。经上海市和新区领导的努力,在团中央和国家外专局的支持下,2000年1月21日,全国展望计划办公室从北京迁至上海浦东,在当晚的宴会上,国家外专局副局长张宇杰说了个信息,中央提出西部大开发,要求中央、国家机关部委和东部省市培训西部地区干部,外专局分到的任务为100名。时任上海市副市长、浦东新区区委书记周禹鹏说,如果外专局把这100名干部培训放在上海,所有费用我们浦东出,并请展望计划办公室会同新区党校一起对接此事。展望计划办公室和新区党校就研究提出了一个千人培训计划,也称浦东计划。据此,外专局向中央组织部和国务院西部地区开发领导小组办公室(以下简称国务院西部办)上报了"展望计划西部人才工程项目"。这个"展望计划西部人才工程项目"被写进了中央组织部和国务院西部办下发的2001年52号文件,成为中央提出的支持西部地区干部培训工作的一个重要组成部分,而这个"展望计划西部人才工程项目"的核心内容就是浦东的千人培训计划。

严凯说,展望计划从一开始以吸引海外留学生为主,到以服务西部地区人才开发为主,实现了一次重要转变。以此为契机,浦东在服务西部大开发、服务全国的大局中,迈出了历史的新步伐。

2000年9月12日,国家外专局、展望计划办公室和新区党校共同举办的首期"党政综合经济管理专题研修班"开班,团中央书记赵勇专程从北京赶来参加开学典礼,并为展望计划培训基地揭牌,这标志着展望计划西部人才工程(包括浦东计划)正式启动和实施。

严凯说,展望计划西部人才工程从名称上看只是一个项目,为了便于工作,故成立了"上海市展望发展进修学院",作为法人和对外培训的机构。展望计划西部人才工程(包括浦东计划)培训的主要对象是西部地区的县团级干部,培训覆盖的区域范围为中央提出的西部12个省、自治区、直辖市,新疆建设兵团和延边、湘西、恩施三个自治州。一开始,每年对西部地区干部培训的文件,都是由中央组织部和国务院西部办或外专局下发的。后来,由于西部各省市各地区对展望计划西部人才工程(包括浦东计划)培训工作的认可,从2009年起,就改由展望计划办公室直接发文了。一个小小的展望计划办公室能对西部各省市各地区直接发培训的文件,这也许在培训工作的历史上是少有的。

从2000年开始的培训工作一直延续到了2017年,原定3年的浦东计划延长到了17年。展望计划办公室和新区党校牵头组织举办了各类专题培训班75期,培训干部2 818人,受中央和国家有关机构委托,以及承办国际资助培训项目等,培训干部1 000多人,与西部各省市各地区合作,扩展培训学员4万多人,培训对象也扩展到了最基层的干部和群众。以浦东计划为核心的西部人才工程项目培训形成了品牌效应和滚雪球效应。2010年7月6日,在中共中央、国务院召开的西部大开发十周年总结表彰会议上,国家人力资源和社会保障部、国家发改委共同授予上海市展望发展进修学院"国家西部大开发突出贡献集体奖"。同年8月12日,人民日报专文介绍了上海市展望发展进修学院。

严凯说,培训工作对西部地区而言,是一次思想解放的促进,一次市场经济和现代社会发展的启蒙,一次浦东艰苦创业创新精神的传播,也是一曲全国各民族团结奋斗的赞歌。

严凯讲了几个小故事:

2012年春,一批学员在参观浦东新区北蔡御桥农产品批发市场时,有位来自新疆阿克苏地区的学员提出了一个问题:你们这里市场上的苹果小、品质一般,价格却高。而在我们那里,新疆阿克苏的苹果大,品质好,价格却低。是不是你们产品的定价有问题?培训老师赵波向他解释说,产品的定价除了要考虑产地、品牌、运输成本等因素外,还取决于分类、包装、售后服务等一系列精细的营销手段。如果说一个产品本身是一段锦,好的营销就是通常说的锦上添花。这样的产品,才会得到市场的认可和青睐,市场最终也会给出一个好价格。新疆阿克苏苹果名闻天下,但如果缺乏有效的营销手段,也卖不出好的价钱,就像山东的大枣一麻袋一麻袋卖,也卖不过"来伊份"精心策划和包装的一颗颗大枣。后来,这位学员经培训班老师牵线,找上了浦东一号店,与之合作设计营销方案。又大又红的新疆阿克苏苹果,在市场上卖出了名副其实的价格。

卢如芬是扩展培训的4万多人中的一个,她是云南红河州石屏县宝秀镇的一个创业农民,在宝秀镇上开了一家做八面煎鱼的小饭店,做了几年无起色。2006年12月,她参加了"双新计划"①培训班,之前她从未参加过任何培训。她在写给展望计划办公室的信里说:"我以前只有'闯江湖'的激情,但怎么闯却一点方向也没有,走了不少弯路。但是参加了展望学院的培训之后,我的心里一下就亮堂起来了。"更为重要的是,她说自己不仅学到了方法,还获得了信心。东部地区不少人在开始创业时,条件还不如自己,清美公司起初只有6个人,运输工具只有一辆黄鱼车,开业第一天只泡了20斤黄豆做的产品还没卖完,但发展至今已是名满天下的全国豆制品领军企业。培训回去后,她给八面煎鱼注册了商标,重新设计招牌广告和包装盒,突出朴素自然环保的乡村特色,尤其注重食品品质,建立了食品安全化验数据库,获得了国家有关部门颁发的食品安全等证书。之后推出了30多个八面煎鱼品种,不仅热销国内市场,还远销东南亚、德国和法国。2008年,卢如芬托人给展望学院捎来了她的礼物——"八面煎鱼"。2010年,严凯回访卢如芬的店时,卢如芬请他吃了八面煎鱼。八面煎鱼是用宝秀镇的淡水鲤鱼煎制的,这种鲤鱼随稻谷一起长成,所以也称谷花鲤鱼,也有叫谷香鲤鱼和谷熟鲤鱼的。所谓八面,也只是个虚数,也许只是要显示这煎鱼的八面威风吧。

———————————

① 双新计划:展望计划办公室与西部有关省市共同策划的"千名西部新农村、新农民创业能力培训计划"。

刘乔来也是石屏县大桥乡的一名创业农民,他种植了 50 多亩从台湾引进的红心火龙果。他想承包 300 亩山地,扩大种植面积,但对所需投入资金和将会遇到的风险有顾虑。在他参加培训期间,展望学院的老师和讲课教授王震寰到他的种植地考察,王教授建议他成立专业合作社或公司,带领同村或同乡农民共同种植火龙果,这样既可以利用自己的能力带领乡亲致富,又能在扩大规模的同时分散风险。他听取了王教授的建议,由一名单打独干的自发创业农民,成为带领乡亲共同致富的带头人。2008 年,他们种植的火龙果,打进了云南等地的五星级宾馆。

"双新计划"首批试点培训地除卢如芬、刘乔来所在的石屏县外,还在弥勒县、广西壮族自治区临桂县、四川省资中县和江油市展开,共培训了 1 020 名创业农民。

2002 年 5 月,国家民委、国家外专局会同展望计划办公室、浦东新区党校、香港行政及公务人员研修基金,在上海和香港两地,举办了为期 18 天的"全国民族干部综合经济管理研讨班",来自全国 17 个省、自治区和直辖市中华五十六个民族的 61 名公务人员参加了这次培训。像这样齐集中华五十六个民族公务人员的培训班,在新中国建立以来尚属首次。开学典礼在巨野路的浦东新区党校举行。一位西藏墨脱县的学员,一路上跋山涉水、骑毛驴、乘汽车和飞机,十来天后赶到浦东参加培训。

举办这样一个综合经济管理研讨班,旨在培训各少数民族干部,但其意义远远超过了培训本身。当来自五十六个民族的学员穿着自己的民族服装,走在五月春天的阳光里,走在香港的大街上时,像天外飘来一片五彩缤纷的云,立刻引起了轰动。市民纷纷驻足围观,许多媒体闻讯前来采访,香港凤凰电视台邀请专访,许多社会组织机构诚邀参观访问,有的甚至要求参与培训班的活动,就是学员吃早餐时间也会有人来交流,甚至还有香港富豪要邀请全团去其家中吃饭。接待方没有清真餐,接待方工作人员和志愿者就陪同学员去买锅子和食品,与学员一起做清真餐。在参观香港历史博物馆时,学员们把自己民族的工艺品和有关书籍赠送给博物馆。所送的工艺品没有产地、商标和说明,为此博物馆邀请学员们再去一次,但由于安排不出时间,只能留待博物馆自己去一一辨别考证了。

　　李嘉诚的儿子李泽楷来给学员授课。香港金利来集团创始人,被誉为"领带大王"的曾宪梓①在给学员授课时,感慨万分地说,共产党真伟大,把五十六个民族团结得像一家人。我在你们身上看到了国家强盛民族复兴的希望。说着说着,这位老人竟然热泪奔涌。

各民族干部在香港紫荆花雕塑前合影。

　　紫荆花是香港的市花。在古代,人们用紫荆花比拟亲情和兄弟和睦。传说东汉时期,京兆尹田真与兄弟田庆、田广三人分家,所有财产已分配完毕,余下一棵紫荆树欲分成三截。天明,当兄弟们前来砍树时,发现树已枯萎,落花满地,田真不禁对天长叹:"人不如木也!"从此兄弟三人不再分家。

――――――――――――――

① 曾宪梓:1934 年出生于广东,上世纪 60 年代在香港创办金利来集团,曾任全国工商联副主席,全国人大常委、香港特别行政区筹备委员会委员、香港中华总商会会长等职。

学员们在香港紫荆花雕塑像前集体合影留念,那香港的市花里也就有了这61个兄弟姐妹带来的亲情。

61名学员在1999年发行的《中华民族大团结》的邮册上签名,这一份邮册也许就成为了这一期培训班最珍贵的收藏品。

严凯在驻美国芝加哥总领事馆工作时,职级为副处级,曾被评为1997年度优秀公务员,是我国各驻外使(领)馆这一年度评选的26名优秀公务员之一。他在展望计划办公室担任常务副主任16年,至退休时职级仍为副处级,原来公务员身份还变成了"参公①",因为展望计划办公室是一个民非组织②。组织上也曾几次考虑将他调动提拔,但由于他在展望计划办公室一直脱不开身,也就一直搁下来了。对此,他从没有什么怨言,他觉得生逢这样一个时代,不论其他,亦已使人知恩感激了。

① 参公:参照公务员管理。
② 民非组织:即民办非企业单位(组织)。

英国人的眼光

　　"中央公园"首次出现于 1990 年编制的《上海市浦东新区总体规划纲要》。该《规划纲要》共三大章计一万二千多字,但"中央公园"四个字只出现过一次,见之于该《规划纲要》关于绿化系统规划的一段文字中:"**公共绿地、旷地型公共设施的绿地、庭院绿地、道路绿地、旅游绿地和隔离绿地共同组成城市化地区绿地的主体……主要绿地有:中央公园、凌桥森林游息公园、三林水乡园林……**"后面就是一批待建绿地的名称。中央公园虽然只出现一次,但却排列在诸多绿地之首,而且,在浦东开发之初就被摆上了议事日程。1993 年 11 月 10 日,负责中央公园建设的浦东土地发展(控股)公司(以下简称"土控公司"),向浦东新区综合规划土地局上报了关于《中央公园一期土地开发项目建议书》的请示。中央公园作为一项重大工程被列入了浦东新区 1994 年固定资产投资计划。1994 年 1 月 4 日召开的这一年的第一次浦东新区党工委书记暨管委会专职主任会议,第一个议题研究的就是浦东新区 1994 年固定资产投资计划,其中中央公园被列为新区 10 大重大工程之一,并在这一年开工建设。这样,中央公园就从规划中走了出来,走进了火热的浦东开发,走进了水清树绿花红的大自然,走进了老百姓的生活。

　　中央公园规划于浦东花木地区,大概是由于处于当时浦东新区的中心位置,也大概是想对标国外类似公园,故名中央公园。当时上海地区最大的公园是上海植物园,占地近 1000 亩,次之为上海动物园,占地 800 多亩,再次之为长风公园,占地 600 多亩。苏州最大的园林拙政园,仅占地 78 亩。中央公园占地 140.3 公顷,也即 2 104.5 亩,面积之大相当于 2 个上海植物园、3.5 个长风公园、26.9 个苏州拙政园,至今仍是上海中心城区(指内环线内)最大的公园。当时建设这么大的公园,在上海城市公园建设史上可以说是第一次。

世纪公园风景。该照片由世纪公园提供,项宇青摄。

　　同济大学和上海园林设计院设计的中央公园规划建设方案,总体思路体现的是中国传统园林的造园手法,与杭州西湖的风格相近。赵启正副市长认为,如果仿照西湖,或者仿照苏州园林,怎么做也做不过它们。浦东拿出来这么好的一块地方,不是要仅仅去复制古人做的园林,而是要有突破和创新。赵启正提出,未来的中央公园要体现"中西方文化结合、人与自然结合"两个原则。也就是说,要将中国式的造园特色与西方式的造园特色结合在一起,要将人的生活与自然环境结合在一起。

　　当时在中央公园筹备组工作的周国庆说,赵启正副市长提出的这两个结合,实际上就是对建设中央公园的定位,这就是领导讲的话而不是专家讲的话,专家讲的是专业的话,领导讲的是高屋建瓴的思想。赵启正等领导还提出可以搞方案国际征集,同时要求土控公司组团去国外考察学习。考察的对象主要是伦敦的海德公园和纽约的中央公园,这两个公园都在城市中心位置,海德公园的面积与浦东中央公园一样大,纽约中央公园要大得多,有 5 000 多亩。

当时邀请了美国、英国、法国、德国、日本的 5 家设计事务所进行中央公园的概念设计。法国夏邦杰设计事务所的方案,轴线性强,工整对仗,中部的矩形水体相当有特色。这种公园形式在上海乃至中国未出现过,是典型的欧式和法式公园,受到不少专家的青睐。但法国方案主要体现的是规则式造园理念,强调规则线条,人工味浓,自然味淡。英国 LUC(土地利用咨询公司)设计的方案,尽管也有规则式造园的手法,但是其基本理念是非常崇尚自然的,体现的是自然式园林的造园风格,与中国人造园贵自然,"虽由人作、宛自天开"的园林设计思想十分契合。方案强调在城市中造园林,要模仿自然和保留自然,形成人与自然共生共存的园林环境。因此,英国人和中国人的造园手法不一样,但是理念是一样的。英国人的空间设计感比中国人强,英国人也慨叹:这样大的公园在英国再造一个已是不可能了,他们的空间想象力可以也只能在中央公园得以驰骋和发挥了。大森林、大草坪、大水面,英国人的设计大开大合,具有强烈的空间展示感,疏处地旷云平烟淡,使人顿生海阔天空、虚怀若谷之意。但英国人又汲取了中国人造园螺丝壳里做道场、以小见大的特点,浓处林密径深花幽,使人可听松涛叶吟鸟鸣。英国人造园的着眼点,是站在当中向四面看,人在景中被景色所拥围。中国人造园的着眼点正好相反,就是由外向内看,通过四面来观一个景。英国人在保留自己造园特点的同时,吸取了中国人造园的特点,设计了岛和半岛。目的就是要让游船围绕着这些岛和半岛来观这些岛和半岛。其实,英国人在园林设计中是不太有岛的设计的。

周国庆说,杭州西湖中的三潭印月、柳浪闻莺几个景点,都是后来人工造出来的,就是体现了中国人由外向内观景的文化心理和造园特点。而在西湖中看四面景观,有点像英国人的造园手法,但这是自然形成的,并不是造园造出来的。所以不管是中国人的由外向内看,还是英国人的由内向外看,其核心理念都是崇尚和顺应自然,这也可以说是中西造园文化结合和交融的重要基础。同时,英国方案对地形起伏、不规则自然形态和规则线条等方面的处理也较为周到。这样,在对法英两个方案反复比较和讨论后,最终英国人的方案胜出。

英国人在深化方案设计时,骑自行车去了上海市区许多大大小小的公园,观察上海市民在公园里的行为活动,发现中国人对公园的需求与欧洲人是不一样的。在欧洲的公园里,老人们晒晒太阳,遛遛狗,市民或散步,或集会,或进行宗教活动,因为一块草坪旁边或许就是一座教堂。而在上海的公园里,有人下棋打牌,有人唱歌跳舞,有人演奏乐器,有人喝茶喂鸟,有人打太极拳,观景与休闲奇妙地结合在一起。所以他们希望设计和建造一座适合上海市民休闲的公园。

同时,英国人还对上海水文地理气候特征作了详细了解。1994年4月,中央公园破土动工,首先在规划乡土田园区内开挖了一个深3米、约3 500平方米的湖泊,以观察地下水位高低和水量渗出,以及开挖后的湖泊能否自己形成景观水体等情况。6月,英国人对湖泊考察后,认为水量充沛、水质清澈。英国人又查看和检测了浅深层土壤情况,他们还会用舌头去舔一下土壤,以感受土质的酸碱程度。

周国庆说,土壤的pH(酸碱度)7为中性,大于8属碱性,小于7为偏酸性,上海地区土壤的pH大多在8左右,土质好些的也只在7左右。通常植物喜欢偏酸土壤,樱花银杏等树种在酸性土壤条件下会长得更好,许多色叶植物,包括花灌木,特别是开花漂亮的花灌木,典型如杜鹃,不适合在碱性土壤中生长。上海四季分明,雨量充沛,日照充分。因此,英国人认为上海的气候和水质,具备能满足园林种植和形成园林景观的条件,只是土壤条件相对稍差,需要在林相结构上注意弥补,并对土壤进行改良。

英国人对中央公园的设计有很多独到之处。上海夏天的东南风,是公园所需要的,冬天的西北风,是公园不想要的。所以在地形设计上,中央公园被设计成一个盆地,中间低,东南面敞开,包括位于东南方向的公园 5 号门也是一种敞开式设计,西北面堆高起来,这样就可以将东南的暖湿气流引进来,将西北面的寒流挡住,营造出一个局部的小气候。

德国方案中曾提出堆山高至 100 米,英国人也希望把山堆得高一点,但由于上海是软土地基,山堆不高,如要堆高,就要花很多钱去加固地基,这就有点得不偿失。所以英国人提出只要堆到地基可以承受的高度,平岗缓坡也可以。

周国庆说,在乡下,房子虽然只有五六米高,但种在房子北面的树,西北风一吹,叶子就落掉了。种在房子南面的树,留叶的时间就长多了。后来堆出来的山虽然只有十多米高,最高的也就十二三米,但加上岗坡上树木的屏障高度,仍然形成了良好的小气候环境。我国著名园林艺术家陈从周曾说过,"今则往往重景观,而忽视局部小气候之保持,景成而气候变矣"。英国人对气候之变,其重视还在景成之前,故中央公园之景不惧冬夏气候之变。

同时,平岗缓坡,地形起伏,既能满足讲究曲线变化的景观需要,又能满足不同树种的适生需求:喜湿的树可种在低处,喜干的树可种在高处。

据周国庆介绍,英国人设计的镜天湖,水面积 12.5 万平方米,在当时上海的公园中不算最大,但水深设计为 4 米(依据上海海平面的标高),在当时上海的公园中是最深的。上海五六十年代前后建造的公园,对水体深度的规范是水深不超过 2 米,原因是怕水深不安全。英国人对此感到很奇怪,认为这样的规定不一定科学,中国俗语"脸盆里也会淹死人",说明水浅不一定就安全。英国人认为主景水体水要深,水深就能与地下水充分交换,水动力和自净能力强,水色也好看。但他们还是参考了上海以往建公园关于水体深度的规定,在镜天湖四周放出了一圈宽 3 米、深仅 1 米的浅水区,浅水区之外再是深水区。

镜天湖的水源除通过管道收集予以补充外,由于镜天湖处于公园盆地中央,表面泾流和雨水就能顺着坡度流入湖中,又由于镜天湖周围的设计,是树木和绿地多,建筑和硬化路面少,未能直接流入湖中之水,也大多渗透进了土壤,变成地下水回到湖中,补充了水源。而且,经过土壤过滤的水是比较生态的。

中国园林对水的设计,讲究的是水有源。镜天湖与公园外面的张家浜相通,这样,镜天湖就是一湖活水。而且,如果湖中水源不足(低于 2.6 米时),还可打开水闸,将张家浜之水引入,只是这种情况并不多见。

镜天湖开挖前,地铁 2 号线隧道盾构已穿越镜天湖地下,要在地铁隧道上方挖土成湖,是项非常危险的工程,因为隧道盾构掘进时,整条隧道顶部的压力是平衡的,如果把位于镜天湖地下隧道上方的土挖掉,这一段隧道可能就会上浮,这是由上海地区软土地基的条件所决定的。当时的土控公司副总经理、分管中央公园筹建工作的朱纯宏,一直把上海的软土地基形容为豆沙包,说地铁隧道如一根针穿悬在豆沙包里。按照英国人的设计,挖这么深的湖,处于湖底的隧道上方要挖掉这么多的土方量,而不使隧道上浮,在施工上是一个难题。筹备组请教了上海不少地质专家、园林专家、地铁专家以及有关施工单位的技术人员,也请教了英国设计师,英国设计师提出了一个方案:在地铁隧道穿越的湖区(约 200 米长、60 米宽的一条轴线),只挖1.5 米深。湖本来只有一个锅底(即湖最深处),由于地铁隧道从中穿越,形成了两个锅底,这两个锅底仍按原设计挖 4 米深。隧道上方湖区进行抽条式开挖,先挖出一条,灌满水后,再挖第二条,依次轮番推进。这样,隧道上方取土量减少,且采取局部逐步取土,取完土后即灌水增压,保证了隧道上方取土后压力始终处于恒定状态。三个月后,这一段湖区挖土顺利竣工。英国人对设计所作的修改和所提出的施工方案是十分有效的。

英国人在镜天湖中设计了一个鸟岛,包括鸟岛周围水域计有 27 000 平方米。鸟岛形状有点像一只张开翅膀的蝴蝶,有一个凹状水域如曲径通向鸟岛幽深之处。

周国庆说,鸟岛的设计,在上海所有的公园中是从来没有的。英国人的设计理念是:在一个大型公园里,除了人之外,还有各种各样的动物,鸟类虽然不是一个最大的种群,但种类丰富数量多,与人类的关系也最为密切,而且还是一个生态指示的重要指标,因为鸟类对环境的选择是很综合的,对植物、水、昆虫和其他小动物等环境条件都有相应的要求。设计鸟岛,就是为了在同一个空间里，有人类活动的场所，也有鸟类活动的场所，形成人类与鸟类共生共存、和谐相处的生态关系。这样，一个镜天湖，既有位于西侧的人类之湖，又有处于东侧的鸟类之岛。人可以游于湖上，鸟可以栖于岛上。鸟可以飞入人类之湖，人却不可以去鸟类之岛。

英国人设计的鸟岛，对游人是不开放的。英国人怕中国人难以接受，提出在鸟类繁殖季节不开放，在其他季节可向学生开放，但上岛的学生要分期分批，每批人数要少，尽量不干扰鸟类的生活。

周国庆说，开园近20年，鸟岛从未对游人开放过，一直是一块封闭的处女之地。公园与其说信守的是对英国设计师的诺言，不如说信守的是对鸟类的诺言。英国人提出鸟岛上要多植树，形成密林，以便鸟筑巢栖居；多植果树，以便鸟果腹。小时候读巴金先生的散文《鸟的天堂》，令人为之神往的鸟的天堂，想不到在今天的中央公园也出现了。鸟岛上和公园里已经有了许许多多的鸟，早晨和黄昏，是听鸟叫的最好时光，巴金先生《鸟的天堂》里的鸟鸣，现在不仅响彻在鸟岛上空，还响彻在整个公园的上空。鸟把早晨的霞霓叫成了三月的桃花，把黄昏的细雨叫成了梧桐的金黄，把日色月光湖声风影叫成了天籁和人世间的语言。

苏州拙政园、网师园、留园、上海豫园等许多中国园林中所堆的假山，用的都是太湖石、黄石和灵璧石。太湖石和灵璧石具有皱、漏、透、瘦的特点，堆出来的假山玲珑奇秀，黄石质朴粗放，可以堆较大体量的假山。陈从周曾说，湖石山要空灵中寓浑厚，黄石山要浑厚中见空灵。只是太湖石和黄石所堆之假山，大多在当时的私家园林之中，与私家园林小巧精致的格局相匹配。所以英国人提出，中央公园体量大，不适宜用太湖石和黄石堆假山，所堆假山要有古代地壳运动所形成山体的感觉，让这座年轻的公园有一种历史沧桑感，以意味着它是建筑在中国几千年文明的根基之上的。同时可以采用中国园林传统的筑山手法，追求如中国山水画一样的意境和气韵之美。

周国庆他们就和堆假山的师傅（上海地区称之为山师），去江浙一带的山里寻找叠山之石，在湖北宜兴山里，找到了一种石灰岩石头，外形与太湖石有点相似，只是要比太湖石光滑和饱满，颜色灰白，没有太湖石白；体型巨大,一块石头小的有两三吨,大的有十几吨,一块块裸露在山坡上山脚下,周国庆他们称之为露头石。堆假山只能有一个大概的设计概念,画不出具体的施工设计图纸,因为堆时因石而宜,只能凭山师的感觉、经验和技艺。

周国庆说,堆假山是在 1999 年 10 月份,那时他天天与山师堆假山,有时堆到凌晨两点钟,有时堆个通宵,只觉得夜里已很冷,有时还下着雨,用了不到一个月时间,把假山都堆起来了,一共堆掉了 8 000 吨石头。2 号门堆了一个最大的假山群,1 号门也有一个小假山群,露天广场、梅园等处均有假山,湖滨边的小假山,丰富了镜天湖的岸线。另外,十几处花径、林道、小品景点均有置石。这些置石,如显露出来的山之脉,令人产生悠悠古思。这些苍然古朴的假山,如同从地里生长出来,带着水土湿润的气息。2 号门假山石缝里生长出来的一棵黄连木,在山石和树木的背景上,黄红成一片深秋的艳。

周国庆说,用太湖石和黄石堆假山,石头是要一块块挑拣的,采材难且成本高,一块太湖石就要几万元甚至几十万元钱,豫园一块玲珑石价值上百万元。石灰岩石头数量多成本低,一吨也就 300 多元钱。后来,凯桥绿地、静安公园等不少公园都仿制了中央公园的做法:用石灰岩石头堆假山。

周国庆说,上海以前的公园,按照中国园林传统的设计规范,园中道路都比较狭窄,主园道一般也只有 6 米宽,因为这些道路都是用来给人行走的。英国人给中央公园设计的道路,主园道有 12 米宽,主景区的湖滨大道更是达到了 24 米宽。后来证明这样的设计带来了许多好处,这样大的公园,势必要用上游览观光车,游览观光车行驶时与行人之间都有足够的空间。如果是 6 米宽的道路,人车就要互相避让,逢双休日和节假日游客高峰时,道路就会拥堵不堪。这样宽的道路,也与路边的大草坪、坡上的大露台、岸边的大水面、远处的大树林相匹配,给人一种视觉和心理上的整体空阔感,犹如天下世界都来到了眼前和心里。而且,主园道的设计虽然笔直如箭,但路面是随着平岗缓坡蜿蜒起伏的,犹如汉文明里雅乐的曲折有致。路边成行的梧桐,或是成行的银杏,又给宽阔的道路呼唤来了春天的绿和秋天的斑斓。

英国人建议,中央公园的树木,从小的苗木开始种植。因为从苗圃里培育出来胸径只有五六公分的苗木,有一个生长发育期,也即青年期。在这一期间,树木生命力极其旺盛,生长也特别快。如果种大树,树木已过了生长旺盛期,实际上已是中老年苗,生长势头也已比较弱。大树移植,下面要切根,上面要修剪,对树木伤害甚大,难以保证成活,成活后至少需要五六年才能恢复生长,大树本来长势就已较弱,指望它再有好的长势,真的是强树所难。而且,胸径 30—40 公分的大树,基本主干已长成,通过养护和修剪,达到某种景观要求也需要很多年,有的甚至几十年也达不到。

周国庆说,小树长成大树,有几十年的过程,这个过程也是让人欣赏的过程,让人享受的过程,也是让人崇尚自然的过程。许多小学生,小时候来看过这棵小树,过了几年、十几年甚至几十年再来看,发现这棵树长大了,这片树林草木华滋,好鸟时鸣,春容秋貌,皆已成景,心里就会有不一样的感受,对树木、对时间、对自然就会产生珍惜之感和敬畏之心。再说,树木从小生长到大,才是真正的生态,这种生态观符合人的审美心理习惯,因为诚如叔本华所说,人也就是大自然本身。

周国庆说,中央公园种植树木所用的土方,是原来种植蔬菜的农田土,这样的农田土在当时已经是最好的了,但一方土的价格也仅 60 元。种一棵树至多需要 3 方土,花费在土方上的钱也就是 180 元。一棵胸径 20—30 公分的大香樟树,买价为 5 000 元。这样种植一棵大树的成本约在 5 180 元。成本虽高,但由于种植土差,许多树木长得不好。后来在浦东兴建的迪士尼乐园,对土壤进行改良投入,一方营养土价格为 460 元,种一棵树花费在土方上的钱为 1 380 元。用的是容器苗(用介质土①在容器里培育的苗木),一棵胸径 10—15 公分的香樟,价格为 300 元或 500 元。这样,种植一棵树的实际成本也就在 1 680—1 880 元。但在种植后的 3—5 年中,树木生长速度极快,且长得极好,抗病虫害能力也强。所以,与其把功夫花在移栽大树上,不如把功夫花在幼苗和土壤改造上。

英国人充分考虑了市民喜欢在公园里活动的特点,除了在公园里设计了供市民活动的广场外,还将公园门口退界,在公园门口外设计了内凹式广场。3 号门外广场最大,有 8 200 平方米,其次为 7 号门外广场为 4 500 平方

---

① 介质土:用蛭石、珍珠岩、泥炭、草木灰等混配的非天然土壤。

米,1 号门和 2 号门外广场分别为 3 000 平方米和 2 600 平方米,最小的 5 号门外广场也有 1 600 平方米。这样,即使在园门关闭时间,市民仍可在外广场上活动,而且,感觉仍像在公园里一样。这样的设计,在上海所有公园中是前所未有的。

周国庆说,在日本许多地方,长着世界上最美丽的樱花。澳大利亚许多公园,开着紫颜色花朵的蓝花楹树形成一条条世所罕见的夹景。这都是用了上百年的时间形成的。英国人认为,公园是根据未来几十年甚至上百年的景观造型而规划设计的,要有耐心去坚持规划设计的初衷,百年的耐心才会换来百年的景观。同时,英国人在设计中,也不把公园所有空间都填满,而是留出一定空间,以备将来需要时灵活使用,这种弹性设计,为公园今后发展留下了更多的想象和创造余地。

2000 年 4 月 18 日,中央公园正式开园,并改名为世纪公园,江泽民总书记为公园亲笔题名。世纪公园向新的世纪敞开了大门,满园春色流入了这个城市的千家万户。

世纪公园风景。该照片由世纪公园提供,项宇青摄。

市民的后花园

　　世纪公园镜天湖中的鸟岛于 1999 年建成，岛上种植了大量香樟、杨树、女贞、水杉等树木，还种植了许多柑橘、柿子、枇杷、苹果、葡萄、无花果、苦楝等果树和生长坚果的栎树。鸟岛虽然树密林深，花果飘香，幽静隐蔽，水隔云遮，仿佛是一座小小的原始森林，但是至 2000 年正式开园时，大概是鸟岛在鸟类中还缺乏知名度，或者是这方水土还带着太生猛的人烟世俗气，不要说鸟岛，就是整个公园，鸟仍然很少，可谓门可罗雀。

　　2001 年，公园从山东和南京两地引入了 120 只灰喜鹊，这些灰喜鹊是刚孵出来的幼鸟，因为成鸟一般养留不住。灰喜鹊经过驯养后通常不会离家出走，它们和人极亲近，且能较好地领会人的意图。第一次引鸟并不顺利，2002 年的严冬冻死了一半的灰喜鹊，但至今，灰喜鹊经过繁殖已达到 400 多只，成为一个稳定的种群。这批灰喜鹊成为鸟岛的第一批入住"居民"。随后乌鸦、珠颈斑鸠、灰椋鸟、鹭鸟等接踵而至，这些鸟类后来都形成了 200—300 只的种群，数量最多的当数麻雀。至 2005 年，在公园里能观察到的鸟类已有 40 多种。这片被镜天湖水四面环绕的绿色森林，才成为真正生态意义上的鸟岛。2010 年，在上海地区常见的 424 种鸟类(不包括不常见的迁徙鸟类)中，在世纪公园能观察到的就有 100 多种。世纪公园也被列为上海十大观鸟基地之一。许多冬候鸟和夏候鸟飞过这个城市上空时，都会在世纪公园歇歇脚。

2018年3月11日上午9时许，一只黑喉潜鸟来到了世纪公园的镜天湖上。黑喉潜鸟是全世界五种潜鸟之一，为罕见的具有重要经济和科学研究价值的鸟类。在上海地区，对黑喉潜鸟的观察记录较少和不详，黑喉潜鸟进入城区公园的景观湖中栖息这是第一次。这只黑喉潜鸟大概是随群去北极圈附近繁殖的，在由南向北的迁徙途中失了群，它选择了镜天湖作为临时停歇地，大概是长途飞行的缘故，它看上去有点疲惫和憔悴，体重也明显下降了许多，一位观鸟爱好者发现了它，当天下午，沪上许多观鸟爱好者在得知信息后，纷纷赶往世纪公园，争相一睹这难得一见之鸟的风采。

黑喉潜鸟。该照片由世纪公园提供，项宇青摄。

这只黑喉潜鸟在世纪公园一待就是68天，它调养和调整了自己，体重明显增加了一半，并完成了从冬羽到夏羽的转换。在此期间，它不仅吸引了当地的观鸟爱好者纷至沓来，还吸引了江浙两地、甚至北京等地的鸟友前来观赏。许多观鸟爱好者在它身边流连忘返，有些摄影爱好者风雨无阻，每天来和它相会。黑喉潜鸟每天的生活都被完整地记录下来，其换羽过程，也可能是中国观察到的最为完整的潜鸟换羽记录。

5月17日清晨，这只黑喉潜鸟踩水、助跑、奋力扇翅，飞腾而起。它绕湖而飞，仿佛在向这个湖、这个城市告别，它绕飞的圈子越来越大，飞行的高度也越来越高,随后向北而去,在那遥远的北方,有着它的同伴和它们的繁殖之地。这一路飞去,它的翅膀上将会承载着夏风秋云、冬霞春晖,也会承载着这个城市对它的一份牵挂和思念。

上海世纪公园管理有限公司绿化部副经理高志洁说,去年夏天,在世纪公园里还第一次观察到了红隼和夜鹰,这是鸟类中的两种猛禽。在公园里,游客最喜欢的鸟是戴胜鸟,这种鸟既漂亮又温顺,不惊扰它就能靠近它,看着它头戴凤冠,穿着花蒲扇一样的裙子在草坪上散步。其实,最漂亮的应该是翠鸟,只是它特别警觉,不像戴胜鸟那样平易近人,人一看见它就飞走了,只能用望远镜远距离寻找它。四声杜鹃能发出四种音调,声音类似"割麦割稻"的汉语发音,数只四声杜鹃在一起歌唱,就好像是一个乐队在演奏田野四重奏。

高志洁说,世纪公园是一个鸟的乐园,对于观鸟爱好者来说,人从充满欲望的世界里走出来,走进的是一个单纯的审美的世界。观鸟是一种奇妙的人与鸟之间的邂逅,看着那些鸟或飞翔,或栖息,或引颈高歌,或呢喃低语,或相依相偎,或嬉戏争食,一种伴随这曙色霞霓、湖光树影、花馨草香的宁静就会悄然降临,如同福至心灵,那曾在尘世里奔波的人,此刻,仿佛接近了最高的善的境界。

上海世纪公园管理有限公司总经理周国庆说,灰喜鹊是中国最著名的益鸟之一,当时引进灰喜鹊的另外一个考虑就是为了让它捕虫。灰喜鹊等一大批鸟类相继进入公园后,强化了生物防治的功能,公园里的农药就用得少了。当然,生物防治也不能全靠鸟类,因为生态是一个复杂的系统,不是仅靠某个方面就能达到生态平衡的,必须在每个生物物种之间和每个生态环节上达到平衡。

笔者最近去看了一次鸟岛,那天已近黄昏,下着细雨,初冬的树林仍有晚秋般的斑斓,树上停满了鸟儿,天空地面湖上林中四面八方皆是鸟鸣之声,鸟声和着微风细雨更加湿润氤氲。靠近鸟岛的水面上传来声声鸭子的叫声,周国庆说,听这叫声这么大,像是家鸭子,问了公园管理人员,说确是野鸭子。我说野鸭子在这里呆得久了,也就变成家鸭子了。

世纪公园建成之初，就是一个绿树成荫的公园，公园总面积 140 多万平方米中，绿化种植面积就有 86 万平方米，种植的各类苗木有 86 万多株，地被植物和草类不计其数。但在这片浓郁的绿色中，埋藏着一个隐患：土质问题。公园的绿化种植区域，当时大多由外面建筑工地上运来的渣土堆成，部分渣土含有有害物质，种植在这种土壤里的树木都生长不良。银杏大道的路基就是渣土所筑，这些渣土含有化工原料电解石，种在道路中间树穴里的银杏，是特意挑选过的较好的苗木。种在道路两边自然土壤里的银杏，是挑剩下来的较差的苗木。时至今日，道路两边的银杏长势良好，大的银杏胸径都已有 20—30 公分，而种在树穴里的银杏，大多僵掉了，一直没有发育长大，有的甚至枯萎而死。另外，当时堆土的施工方法也不当，挖土机来回碾压过度，土壤密实度达到 90% 以上，而种植树木的土壤密实度一般为 75%—80%，这样就把土壤结构都破坏了。正常的土壤结构是团粒状的，能渗水，碾压过度的土壤密实度过高，成了铁板一块，不能渗水。一下雨，树林里和草地上到处是一个个积水的坑洼，树木的根系长期浸水容易腐烂，怕水淹的树种多少就会死多少。所以土壤密实度过高，以及引起的积水，严重影响了树木的正常生长。

这个问题实际上一开始就暴露出来了，当时因为土壤积水，施工单位怕从别处搬移来的大树种下去会死掉（死掉就要赔偿），就把很多大树种植在地面上，在大树根系周围把土堆高起来，保证当年成活后，第二年就移交给了公园。这种抛高种法的大树，不可能长得好，而且经不起大风吹刮。

上海世纪公园管理有限公司绿化部经理曹利名说，土质问题是公园绿化养护中首先遇到的一个棘手问题，这个问题不解决，这片在浦东大地上刚刚形成的新绿很有可能逐年萎缩。因此，从 2001 年起，公园就实施土壤改良计划。一开始是人工翻挖，疏松土壤，但人力翻挖只能达到 30 公分，30 公分以下土壤仍然板结不渗水，这样做治标不治本。于是，从 2002 年起，先后对梅园、秋园、樱花岛、玉兰林地块进行彻底改造。先是将这些地块原来的树木都移掉（大部分树木已长僵，没有再移栽的价值）。再用机械将土壤深翻 1 米或 1.2 米，一直见着地下水为止。深翻都是在冬季，冬季气温低，深翻后土壤里的水结成冰,体积膨胀,就把土壤给膨胀开了,土壤就恢复了团粒状结构。所以温度越低,土壤冻得就越深,结冰就越多,膨胀就越充分,土壤就越疏松。这是利用了低温冻化的原理。冬季深翻等于把板结的土壤翻了个身,这样,地表水渗入土壤就可以流入地下水了,如同人的筋络血脉全部贯通了。玉兰树是肉质根的,特别怕水淹,上海地区地下水位又高,之前玉兰林地块种植的玉兰树已经死掉了两批,改造时做高了地形,并特意加做了排水暗沟。这些地块深翻后都进行了地形再造,施上有机肥,以提高土壤肥力,然后种植上新的苗木。从土壤深翻、地形再造,到施肥栽苗,是一个重新改造树林景观的过程,这些苗木长成新的景观虽然尚需时日,但都生长得生气勃勃,一年比一年旺盛,犹如种在福地长在天堂一样。

曹利名说,迪士尼乐园在种植树木之前,专门对原土进行化验和检测,然后像配制奶粉一样,配制和培育出营养土。在堆出基础地形后,为了避免碾压,用履带传送种植土,种植到哪里就传送到哪里。土质本来就好,加上这种堆土方法,种植了两三年的树木,比别的公园种植了五六年甚至七八年的树木还生得好。迪士尼乐园种植树木的做法,在国内一些公园中产生了影响,松江辰山植物园按照迪士尼乐园的标准,对树林景观也正在重新改造。世纪公园 86 万平方米绿化种植面积中,树林面积约 50 万平方米,树林景观面积占了半壁江山。从 2001 年起,至今改造了 14.5 万平方米(梅园 10 万平方米、秋园及周边绿化 2.1 万多平方米、樱花岛 1.7 万平方米、玉兰林 6 197 平方米),余下 30 多万平方米中,仍有不少需要改造的地块,但由于公园经费不足,改造工作难以为继。

笔者随曹利名去看了玉兰林,改造过的地块再也不会积水了,它像一床温暖的棉被覆盖在玉兰林的脚下,一棵棵玉兰树已长出嫩嫩的花苞,初冬的阳光和风里也就有了早春的消息。附近一片石楠林,大约有两百多棵石楠,生长在高高的坡地上。曹利名说,这片一千多平方米的石楠林,种植至今已有 20 年,但由于积水,长势萎靡,当时种下去是什么样子,现在几乎仍然是什么样子。如果这片石楠林有知,它们一定希望有一片适宜自己生长的土壤,长成自己生命中本就应该有的最美的样子。

　　曹利名说,在树林景观改造中,除了土壤问题外,还有一个树木种植过密问题。当初有部分地块种植苗木时,要求一次成型,即种植完毕就成林,产生景观效果,否则验收就通不过,施工单位就把林子都种密了。实际上,不同树种其成年冠幅差异很大,栽植时要考虑树种稳定时期的最大冠幅,还需考虑树种之间喜光、耐阴、耐寒、耐旱等生长习惯。如银杏为慢生树种,株距一般为3—4米,梧桐为速生树种,株距一般为5—8米。世纪公园的林相结构,是以香樟、悬铃木(即梧桐)、枫香、银杏、雪松、水杉等大乔木为主要骨骼的,这些树种之间都需要较大的株距。而当时种植的林子,株距大多在2米左右。这样种植密度过高的林子,树与树挤在一起争夺阳光、土壤和养料,树冠相互遮荫、穿插、纠缠,整片林子都长僵掉了。所以这些密林,刚种植时和头几年是好看的风景,时间长了就成了越来越差、如不重新改造就会废掉的林子。

　　高志洁说,在这样密的林子里,经常会发现一些树,树干树枝虽已枯萎,但树顶还是绿的,这是因为为了得到一点阳光,它们拼命向上冲所致。这是这些树木生命中的最后一点绿色,也是大自然给它们的最后一点爱。这些密林种植区域,大多是原来规划中的疏林草坪区,规划为疏林与草地相结合的园林景观,树木间距一般应不小于成年树冠直径,以形成开阔疏朗的审美空间和视觉效果,但当时的施工者不能够很好地领会和展示设计者的意图,在落实规划时严重走样了。

　　高志洁有点动情地说,作为一个公园人,尤其是作为公园的绿化养护者,心里最想要的和最想做的,是这些林子里的树能苗壮成长,长成百年大树。所谓百年园林,一半是园,一半是林,有百年大树,才会有百年公园和百年景观。一两百年后,人们看到这些令人肃然起敬的大树,就会在这些大树身上看到历史,看到时代变迁,看到已过去的那些年代的生态观念、环境意识、审美价值和文化底蕴,看到一个国家和民族的百年兴旺。这些常绿乔木的老枝老叶,落叶乔木的新枝新叶,这些常开不败的奇葩美卉,就都成了永恒的诗和远方。如同有了诗经楚辞汉赋、唐诗宋词元曲,中国文明才如此灿烂辉煌,日月山川里城市和乡村才会如此生活常新、岁月如歌。

　　周国庆说,梅园的前身是冬园,地块改造后,2005 年开始栽种梅花林,故改名为梅园。梅树是从浙江省湖州市长兴县引进的,那边的山农过去都种梅子,用来做蜜饯、话梅,或者出口日本做青梅酒。后因梅树大量繁殖招虫太多(一般蔷薇科植物易招虫害),农药使用过多,梅子含农药成分高,就卖不出去了。这些树砍掉太可惜,当地有人通过嫁接把果梅变成了观赏梅,第一站推销到了世纪公园,故在冬园里栽种了 3 000 多株,当时价格为每棵3 500 元。后来这些梅花树在市场上卖到上万元一棵,最贵时卖到 15 万元一棵。

　　为丰富梅花林景观,2007 年,公园又从四川大巴山引入独本蜡梅。独本蜡梅是当地山农把山里生长了七八十年的蜡梅引种至苗圃栽培的。一般蜡梅为丛生状,其生长习性是不断从根部长出新的一根根枝条,每根枝条都很细。而独本蜡梅为一根头粗枝条,类似一棵树,在主干上再分枝长出叶花,故谓之"独本"。许多人对一根头蜡梅感到新奇,因为他们之前看到的蜡梅都是丛生的。上海地区无独本蜡梅品种,这一品种在大巴山也已近枯竭,世纪公园当时引进 70 多棵(每棵 2 万元),已经成了宝贵的种质资源。

　　蜡梅和梅花是两个不同树种,梅花属蔷薇科,与桃李、樱花同属一个家族,而蜡梅单独成科。蜡的正确写法为虫字旁(不是月字旁),因为其花瓣有油脂蜡质。蜡梅 12 月底或 1 月初就开了,梅花一般 2 月份才开,两种花开花期相互衔接,就像三月的桃李花与四月的樱花约好了先后开放一样。梅花品种多,有白梅、粉梅、墨梅、美人梅、绿萼梅、垂枝梅等,花开八色,花团锦簇。蜡梅只此独本一个品种,花起先也只是黄蕊黄瓣一种,称为素心蜡梅(后来培育出来的红芯黄瓣,称为红心蜡梅)。然而由于造型奇特,颇得游人青睐,似乎它是红花,而梅花只能屈尊纤贵,成了它的绿叶了。梅花香味清幽淡雅,所以古人有"暗香浮动月黄昏"之句。蜡梅香味浓醇凛冽,所以观梅犹如饮酒,有"花不醉人人自醉,误把朱颜当酒红"之说。

　　每年梅花展期间一个半月,有 30—40 万人来看梅花。上世纪七八十年代,莘庄公园、青浦大观园的梅花最好,后来这两个地方的梅花都衰败了。世纪公园的梅花起来后,上海人观梅就都到世纪公园了。2010 年,中国梅花协会、上海市绿化局在世纪公园举办了全国性梅花展,这是上海解放以来,举办的第二次全国性梅花展。无锡、南京、上海奉贤等地都有面积不小的梅园,世纪公园的梅园面积虽不大,但专家评论:这是在园林中做的一个梅园景观,梅花在公园环境中展示,除了梅,还有松竹等相映生辉,其园林意境非常突出。所以,国家建设部在 2012 年授予世纪公园的梅园为特色景点奖。

周国庆说,后来建起来的樱花岛也是有着园林意境的。到顾村公园看樱花,通常是在马路边、农田边看,这些樱花好像种植在农田里,没有园林的意境。当然你也可以认为在郊外看樱花别有野趣。

种植梅花林也让周国庆他们得到了启发:在原来的园林植物设计配置中,一般是把很多资源树种分散种植在不同的林子中,对资源树种的观赏分散成点,追求的是"万绿丛中一点红"的景观效果,当然这也是一种观赏情调。但随着时代的发展,审美观念的变化,很多市民可能更喜欢欣赏大气浩荡的景观。如果将资源树种形成一个大面积的种植面或片,视觉冲击效果应该完全不一样。于是,公园将分散在公园各处的樱花集中起来,又从浙江引进 300 多棵早樱,建成了樱花半岛。公园原来种植的中国樱,叶绿,花粉红色,花叶同放。后来引进的早樱是日本樱,花色或纯白或纯粉,先花后叶。春三四月,1.7 万多平方米的樱花半岛,千树百媚、万木粉艳、红霞映日、白波流雪。想不到那种妖娆和磅礴,犹如一代人的韶华,可以亮烈成这样的江山胜景。

周国庆说,白玉兰虽然是上海市花,但在上海地区种植普及率不高,种植成片的几乎没有。白玉兰同系还有紫玉兰、二乔玉兰、黄玉兰、含笑等,花型类似,颜色不一。世纪公园的玉兰林,经过两年改造,种植了很多品种的玉兰树,景观慢慢起来了,希望将来能成为上海具有标志性景观特征的市花林。

笔者随周国庆等人去看秋园,秋园也是地块改造后新做的景观林。周国庆介绍说,乌桕春秋季红艳夺目,故有乌桕赤于枫之说,可惜留叶时间短,乌桕开小白花,所以又有乌桕如雪之景。叶子像小马褂的为马褂木,是长江中下游一带出生的树种,喜酸性土壤,因上海地区土壤偏碱性,它的叶子在秋天变黄后，体现不出红，而南京的马褂木，叶大，黄到绚烂会透出红。马褂木又名鹅掌楸，因为它的叶子又像鹅掌。当花叶满树时，小朋友来看马褂木，会把一棵棵鹅掌楸当成一只只鹅，摇摇摆摆在秋园里走。笔者发现枫香原来是很高大的树，但听周国庆说，同样是由于土壤的原因，秋园里的枫香比杭州地方的相对还差些，长得好的枫香可高达几十米，胸径最大者可达 1 米之多。

已是冬天，秋园里茅草已黄，芦花零落，银杏、枫香、红枫等各种色叶树叶已落尽，半月形的月亮坡有点萧条。曹利名说，原来树上还留着不少叶子的，昨天一场大风，就把所有的叶子都吹下来了。笔者想起科塔萨尔写的小说中 8 岁儿童波比说的话："人与树木为什么不一样？树木在夏天穿得厚实，在冬天就把衣服脱下来了。"也许，树木是把冬天当成夏天了吧。

周国庆说，前几年，上海市提出主要景观道不扫落叶，其实，世纪公园早在 2010 年就已经提倡不扫落叶了。高志洁说，听着叶落之声，踩着落叶漫步，会让人产生一种美妙的情绪。蒙特利尔园种植着杨树和枫树，园中铺的是碎砾石的小路，当杨树和枫树的叶子落下来，擦着碎砾石的路面时，当你的脚踩着这条石子路上的落叶时，你仿佛与大自然互通融合了。所以，一位英国诗人曾提笔这样写道：

> 你向我说起落叶，
>
> 擦着石子路面沙沙作响，
>
> 把一世界的声音都擦干净了。
>
> 秋天向你告别，
>
> 却没有离去，
>
> 它把一片最红的叶，
>
> 留在你的心底。

世纪公园有 70 万平方米(包括林下 40 万平方米)草坪,原来种植的都是从国外引进的高羊茅草,这是一种耐阴的冷季节草,适应天气凉爽地区,在高温高湿环境中容易发生严重的病虫害。上海夏季的高温和黄梅季节的多雨高湿对高羊茅草的生长极为不利,因而公园结合树林景观改造,同时将在草坪上搞大型展示活动时,举办单位给予修复草坪的钱,用来改造草坪。至今,70 万平方米已全部改造完毕,其中 50 万平方米换种了吉祥草。

曹利名说,吉祥草是一种地被植物,但也有草坪效果。有一次有单位在公园搞立体画展,把剩下的一批穴盘苗送给了公园,公园就把这批穴盘苗去调换了吉祥草,通过自己栽种繁殖,培育出了一批又一批吉祥草。所以这些吉祥草只花费了公园自己的人力物力,没有额外花费一分钱。另外 20 万平方米,换种的是百慕大草和黑麦草。这两种草是混种的,百慕大草在夏季生长,至 9 月份割掉后,撒上黑麦草籽。冬季是黑麦草的生长期,至第二年 5 月份割掉黑麦草,让百慕大草过了冬的草茎恢复生长。这样尽管季节变换,但草坪四季常绿。

周国庆说,上海不少公园一般不开放草坪,如有五六块草坪,可能只开放其中一两块,因为草坪维护成本比较高。但在世纪公园,所有 12 块草坪,全部向市民游客开放。每逢双休日或节假日,草坪上到处可见游客自己搭的帐篷、铺的毯子,很多市民还成群结队,在草坪上唱歌跳舞,孩子们在草坪上嬉戏奔跑。草坪为市民游客提供的是一个他们平时无法拥有的空间。

曹利名说,在树林景观改造经费不足的情况下,公园将有限的绿化养护经费投入到了花卉种植上,形成了 3 万平方米的花卉种植面积,第一种为籽播野花,种植了油菜花、红叶地芙等;第二种为花坛花境,花坛种植的是一年生的草花,花境种植以宿根类为主的花卉;第三种为蔬菜花园,为园艺化种植与花卉结合出来的景观。

周国庆说,在公园里种油菜花是我们的一个首创,2004 年,公园刚搞过全国菊花展,菊展结束景点撤出,有许多裸露的土地,大约有 1 万平方米,如果铺草坪又要花费一大笔钱,就撒上了油菜籽,想不到油菜花一起来,不知是因为油菜花种植在公园里面积集中、地形起伏、有园林背景,还是因为油菜花带来了乡土田野气息,带来了乡愁和儿童时的回忆……反正市民游客十分喜欢。后来,公园还种植过红高粱、红叶地瓜等,这些种在公园里的庄稼,都成为了景观,都收到了意想不到的观赏效果。这样,公园就在乡土田园区专门腾出 25 000 平方米的一块土地,用籽播方式培育花卉,也就是野花,每年轮播各种各样的野花,如菊类就有矢车菊、黑心菊、毛地黄等。这种花谢了,那种花开放,春天不走了,每季每月在公园的这片土地上司花司叶、绽红放绿。籽播野花成本低,景观自然有野趣。世纪公园最早推出的这种做法,后来在行业里被普遍采用。

周国庆说,红叶地芙也是世纪公园首先引入并在行业中推广的一种籽播植物。红叶地芙俗称扫帚草,一年生植物,原种颜色碧绿,至成熟期变黄。世纪公园选择的是一种红色的新品种,夏天播种,一开始生长出来的枝叶是绿色的,进入深秋,颜色奇变,有粉红、大红、绛红等,一株上就有好几种红色,从杆红到叶,从头红到脚。

笔者看了红叶地芙的照片,原来是过去农村里长在人家场头上的"落帚",只是以前乡下的落帚都是绿色的,没有这样红的。以前的落帚,乡下人家大多扎成扫帚用来扫场头(因为太蓬松不宜扫屋里),雨后新晴,落帚扫过的场地上会留下一缕缕细长的帚纹,秋天就袅袅婷婷地从这片场地上走过去了。

世纪公园风景。该照片由世纪公园提供,项宇青摄。

曹利名说，1号门的花坛和展示厅的花境是公园标志性的花卉景点，每年参加市行业系统的花坛花境评比都是第一名，今年获得了花坛展示杰出奖和花境展示杰出奖，这样的荣誉，在上海其他公园中是没有的。

世纪公园开园以来，已有不少市民前来领养树木。孩子们来领养树木，这些树木的生长就与这些孩子的成长联系在一起；恋爱中的人来领养树木，这些树木生长出的是爱情的花叶；新婚夫妇来领养树木，这些树木见证的是他们的婚姻；老年人和年轻人来领养树木，这些树木就多了一份老年人的福气和年轻人的喜气旺气。有不少动迁居民，将房屋周遭的树，捐给了公园，他们为祖父辈和自己亲手栽种的树木找到了最好的归宿。一位澳门华侨，捐赠给世纪公园两棵百年银杏。住在杨浦区的一对老夫妇，将一棵他们结婚时栽种的蜡梅捐赠给世纪公园，这是一棵见证了他们50年金婚的蜡梅，也是一棵高达2米多、独本的姿态好看的蜡梅，来到公园后，这棵老梅长出了新枝新叶新花，欧阳修"譬如妖韶女，老自有余态"的诗句，是用来评论梅圣俞诗风的，用在这棵老梅身上亦很合适。

2019年7月，人民日报社《民生周刊》发布的"7月全国景区游客评价报告"中，世纪公园位列口碑好评榜榜眼①，好评率81.22％，紧随排名第一（好评率为81.77％）的三清山风景区。这并非世纪公园首次上榜，在去年12月的《一周全国公园游客评价报告》中，世纪公园在全国主要公园口碑好评榜中位列第三。世纪公园获好评，一个原因是从2000年正式开园以来，门票仍是10元一张；另一个更为重要的原因是，世纪公园是市民度假休闲胜地，如同市民自己家的后花园。

相信每一个市民，都会希望在自己的生活里，有着一座像世纪公园这样美丽的后花园。

---

① 榜眼：古代科举考试——殿试进士的第二名，状元为第一，探花为第三。

后　记

　　写作本书采访了很多人，但写出来至多也就三四十人的所述之事，写出来这么少的原因：一是有部分采访对象所述之事，之前已被人写过了，不宜重复；二是有些采访内容不适宜本次写作；三是限于时间，有些内容目前来不及写作。对上述情况的采访对象，在此表示歉意。

　　还有一些我曾预约采访的对象，或者采访一次，后来未能继续采访的对象，由于我预约或采访时，采访对象正好没空，或者等到采访对象有空时我正好没空的原因，致使采访（当然包括写作）都未能继续进行。我在这里也一并致以歉意。

　　这本书的写作，是浦东新区地方志办公室交给我的任务，他们为纪念中国共产党建党一百周年和浦东开发三十周年，计划出版几本书，《初春》就是其中的一本。地方志办公室在组织策划、资料查阅、线索寻找、采访安排、出版经费落实等方面，为我提供了很多便利和帮助。办公室主要领导、有关部门负责人和人员还与我一起参加了多次重要采访和活动。在此表示感谢！

　　感谢浦东新区政府办公室的有关领导和同志，在写作和工作场所安排、采访对象联络和接待、会议室安排、采访录音和有关资料整理、文稿打印和编排等方面，所给予我的大力支持和帮助。

　　浦东新区档案局提供了有关档案资料。浦东新区环保局、上海市九段沙湿地自然保护区管理署、世纪公园、川沙公园、金桥(集团)有限公司、合庆镇人民政府等单位和有关人员,提供了有关照片资料。在此也一并表示感谢!